Mariam T. Azimi

Tanz zwischen zwei Welten

W0215411

Für alle, die aus ihrem Zuhause flüchten müssen,
ohne es jemals loslassen zu können.
Und für jene, die auf der Suche nach einem Zuhause
sich selbst verloren haben.

Aber vor allem für

Laith,
Hila
und
Lemar,

die mein Zuhause sind.

PROLOG

Wana lag auf dem Rücken unter ihrem Baum und schaute in die Baumkrone. Es fühlte sich seltsam an, wieder hier zu sein, aber es machte sie gleichzeitig glücklich. Sie wusste genau, wo sie war, obwohl sie nichts anderes sah als ein Stück vom Himmel und einen Ast, gespickt mit den unverkennbaren orangeroten Blüten, die wie Glocken herabhingen. Es roch nach Kabul. Nach klarer Höhenluft, nach verbranntem Holz und Maulbeerbäumen. Es roch nach Zuhause. Nach dem letzten, das sich wirklich wie eines angefühlt hatte.

Es muss Frühling sein, wenn die Frucht kleiner als die Blüte ist, dachte Wana und spürte eine Hand an ihrer Wange. Obwohl sie ihn nicht sah, wusste sie sofort, dass es die Hand ihres Vaters war. Wana legte den Kopf zur Seite und schmiegte ihr Gesicht daran.

»Es hat mich gequält, als sie Erde auf dich geschaufelt haben. Ist das so, wenn man stirbt? Sterbe ich? Oder bin ich schon tot? Bist du in Frieden gestorben, Boba?«

»Denk daran, was ich dir beigebracht habe, *Batschem*, denk an die richtigen Antworten, wenn dich Munkar und Nakir, die schwarzen Engel mit den blauen Augen, befragen. Das sind die Antworten: Mein Herr ist Allah, meine Religion ist der Islam, der Prophet Mohammed …«

Sie hörte Bobas tiefe, ruhige Stimme und schluchzte.

Wie hatte sie ihn vermisst. Sie versuchte, sich zu konzentrieren, versuchte, sich die Antworten zu merken, aber sie spürte nur Bobas große, warme Hand an ihrem Gesicht, roch die Mischung aus Haarpomade und Tabakrauch und genoss den Klang seiner Stimme. Was genau geschehen war und noch passieren würde, war nicht mehr wichtig. Sie war bei ihm und froh, ihn wiederzuhaben. Ihn an einem so vertrauten Ort zu wissen, gab ihr Frieden.

Sein Daumen streichelte ihre Wange. Ganz leicht. Wana spürte, dass er wollte, dass sie blieb. Gäbe es Leo nicht, würde sie bleiben wollen, hier bei ihm, unter diesem Baum. Doch plötzlich verschwand die Hand von ihrem Gesicht, und Wana setzte sich hastig auf. Sie griff sich an die Wange.

»Was soll ich denn machen? Er ist doch noch so klein, er braucht mich«, flüsterte Wana mit erstickter Stimme.

Sie spürte, dass sie allein, dass Boba fort war. Sie konnte ihn nicht mehr riechen. Sie stand auf, wischte sich die Tränen weg und ließ ihren Blick über den alten Garten schweifen – ihr Königreich, als sie ein Kind gewesen war, von dem sie geglaubt hatte, es nie wiederzusehen. Jetzt wusste sie, dass sie immer wiederkommen konnte. Dass es kein Abschied für immer sein würde. Sie straffte die Schultern und verabschiedete sich von ihrem Granatapfelbaum, wie schon einmal vor sechsunddreißig Jahren. Und genau wie damals wusste sie auch jetzt, dass eine neue Zeit anbrechen würde und dass die Dinge nie wieder so sein würden, wie sie einmal gewesen waren.

KAPITEL 1

13. August 1983

Kindheit

Der Granatapfelbaum war Wanas Lieblingsplatz. Er stand im Garten ihrer Eltern und war genauso alt wie sie selbst, ihr Vater hatte ihn zu ihrer Geburt pflanzen lassen. Sie liebte den Baum aber nicht nur deswegen, sondern auch, weil er so ganz anders war als die anderen Bäume: Rot im Frühling, grün im Sommer, und erst im Herbst passten sich seine Blätter dem goldgelben Spiel der anderen Bäume an.

Was Wanas Granatapfelbaum vor allem auszeichnete, war seine Lage neben dem Tor in der Mauer, die Wanas Elternhaus umgab. Unter ihm liegend, konnte Wana einen raren Blick in die Welt außerhalb des Gartens werfen. Wana hatte die Mauer noch nie gemocht und nie verstanden, wovor sie sie eigentlich schützen sollte. Sie fand die Welt da draußen nicht bedrohlich, sondern verführerisch und aufregend. Sie hatte hier und da einen Blick darauf erhascht, wenn sie früher ihre Mutter auf den Markt begleitet hatte, und Wana wünschte sich sehr, alles wäre wie früher. Aber seit »die Russen« da waren, hatte sich vieles geändert.

Boba ging nicht mehr arbeiten, Modar nicht mehr auf den Markt, und Wana konnte das Haus und den Garten kaum noch verlassen. Nur ihre Schwester ging noch regelmäßig außer Haus, um die Schule zu besuchen. Aber sie erzählte Wana selten, was sich draußen abspielte. Nila war drei Jahre älter als sie und kam sich sehr erwachsen vor. Sobald sie von der Schule nach Hause kam, ging sie zu Modar, saß mit den Frauen zusammen, und es war unter ihrer Würde, mit Wana zu spielen oder sich von ihr ausfragen zu lassen. So war Wana nur noch das Tor geblieben und die wenigen Menschen, die über die Schwelle traten und ein bisschen von der Welt da draußen mitbrachten. Wana fand die Angst vor »den Russen« übertrieben, so viele konnten es ja nicht sein, wenn man sie kaum zu Gesicht bekam. Sie brannte darauf, »einen Russen« zu sehen, und bezweifelte manchmal, dass es sie wirklich gab. Die Männer, die Boba letzte Woche besucht hatten, hatten alle wie Afghanen ausgesehen und wie Afghanen gesprochen. Als sie wieder gegangen waren, verbot Boba ihr, am Tor »herumzulungern«, und er ließ sich auf keine von Wanas Fragen nach »den Russen« oder dem genauen Grund des Verbots ein. Seitdem saß sie unter ihrem Baum und beobachtete alles aus sicherer Entfernung und war gar nicht mehr so unglücklich wie noch vor ein paar Tagen, denn es hatte sich herausgestellt, dass der Baum einen ungeahnten Vorteil hatte: Die meisten Menschen, die durch das Tor in den Garten traten, beachteten ihn nicht. Sie schenkten weder dem Baum noch Wana Aufmerksamkeit, weil sie sich gern von den üppigen weißen Rosensträuchern, die den Weg vom Tor zum Haus säumten, ablenken ließen. Oder von dem satten Rasen, auf dem niemand laufen durfte, ohne sich mit dem Gärtner anzulegen. Die meisten Blicke zog aber das zweistöckige weiße Haus auf sich, das sich rechts vom Granatapfelbaum befand. Die Menschen waren vorhersehbar: Auf ihrem Weg zum Haus bewunderten sie die Rosen, beim Haus angekommen, stiegen sie mit offenem Mund auf die Veranda und übersahen Wana, die nur wenige Meter entfernt ausgestreckt im Gras lag. Als wäre sie unsichtbar. Selbst die Gäste, die nicht ins Haus durften und auf der Veranda warten mussten, bemerkten sie zumeist nicht, obwohl sie den ganzen Garten im Blick hatten. Nicht jeder durfte zu den Frauen ins Haus. Alle Männer, die nicht zur Familie gehörten – Modars Stoffhändler oder auch entfernte, arme Verwandte, die sich für die monatliche Ration an Reis, Öl und Mehl bedanken wollten, die Boba ihnen zukommen ließ –, setzten sich auf die Veranda, die mit Teppichen und Sitzkissen ausgelegt war. Im Winter wurden sie in den Wintergarten hinter das Haus geführt. Wana beobachtete sie aus ein paar Metern Entfernung und war abgestoßen und fasziniert zugleich. Was Menschen machten, wenn sie dachten, sie wären allein! Sie pfiffen, sangen, lachten vor sich hin. Manche kratzten sich im Schritt, popelten, führten Selbstgespräche oder stopften sich die Taschen mit den Nüssen und Trockenfrüchten voll, die der Koch zum Tee serviert hatte. Andere hingegen nahmen nichts davon, obwohl ihre Augen immer wieder sehnsüchtig zu den vollen Schalen glitten.

Auch an diesem Sommernachmittag saß Wana unter ihrem Baum auf der Schaukel und beobachtete zwei Papierdrachen, die am Himmel ihre Kreise drehten. Sie hatte die Drachen vermisst. Früher hatten die Jungen in der Nachbarschaft jeden Nachmittag Drachen steigen lassen, aber seitdem »die Russen« in ihren lauten Hubschraubern tief über die Dächer flogen, war vielen Nachbarskindern das Drachensteigen verboten worden. Zumindest hatte das Boba so erklärt. Wana fragte sich, welche zwei Jungs heute Ärger kriegen würden, weil sie das Verbot missachteten.

Der Duft von *Kabob* kroch Wana in die Nase. Ihre Eltern erwarteten Besuch, der Onkel, Bobas Bruder, war schon da. Boba hatte Wana hinausgeschickt, als Onkel Wali gekommen war. Das und die Tatsache, dass er ohne Frau und Kind gekommen war, machten Wana erst recht neugierig. Und glücklicherweise blieb ihr älterer Cousin ihr heute erspart. Er war gemein und behandelte Wana wie ein Baby, seit er zur Schule ging. Wana konnte es kaum erwarten, nach dem kommenden Winter auch endlich zur Schule zu gehen. Die Vorstellung, dass sie jeden Tag diese Mauern verlassen und ganz frei, erwachsen und allein zur Schule gehen würde, machte sie fast schwindelig. Aber als ihr einfiel, dass sie dann die Vormittage nicht mehr mit Boba würde verbringen können, wurde ihre zuvor bedingungslose Vorfreude etwas getrübt. Wana überlegte und konnte sich nicht entscheiden, was sie besser fand: zur Schule zu gehen oder ganz allein mit Boba zu sein. Seit seiner Rückkehr aus dem »Urlaub« ging er nicht mehr arbeiten und hatte plötzlich so viel Zeit wie noch nie. Als Boba am Ende des letzten Herbstes plötzlich weg gewesen war und Modar behauptet hatte, Boba sei verreist, hatte Wana ihr von Anfang an nicht geglaubt. Modar hatte mit verheulten Augen dagesessen und behauptet, Boba müsse sich »erholen« und sie wisse nicht, wann er genau zurückkomme. Und er sah auch ganz und gar nicht erholt aus, als er im darauffolgenden Frühjahr abgemagert und fiebrig zurückgekehrt war. Wana wusste, dass etwas Schlimmes passiert war, aber niemand sagte ihr etwas, egal, wen sie fragte. Wana war neugierig, aber viel mehr beschäftigte es sie, dass es Boba offensichtlich nicht gut ging. Er war still und lachte nicht mehr sein dröhnendes Lachen. Er tat ihr unendlich leid, und nachts quälte sie ihr schlechtes Gewissen, weil sie sich darüber freute, dass er sie am nächsten Morgen wecken und dann den ganzen Vormittag mit ihr verbringen würde, als wäre es ein Feiertag. Er war nicht mehr so lebhaft wie vor seiner Reise, aber dafür war er fast anhänglich. Wana nahm sich jede Nacht vor dem Einschlafen vor, ihn am nächsten Tag genauso glücklich zu machen, wie sie sich fühlte. Sie war sich aber nicht sicher, ob ihr das schon jemals gelungen war.

Plötzlich knallte die Verandatür, und Wana hörte ihren Onkel »Verräter!« schnauben.

Sie ließ sich leise von der Schaukel hinuntergleiten und schlich zur Hauswand, um besser sehen und hören zu können. Wana sah, wie ihr Onkel sich hinhockte, hastig einen Schuh anzog und wütend vor sich hin murmelte.

Erneut ging die Verandatür auf, und Boba kam herausgestürzt. Er hockte sich vor Onkel Wali hin, aber dieser würdigte ihn keines Blickes und wollte seinen anderen Schuh ergreifen.

Boba war schneller, nahm den Schuh an sich und sagte flehentlich:

»Bitte bleib. Geh nicht. Bitte lass uns nach dem Essen in Ruhe reden.«

Onkel Wali sah ihn verächtlich an und riss an seinem Schuh, doch Boba ließ ihn nicht los, presste ihn mit beiden Händen an die Brust. Wana hielt den Atem an. Was war hier los? Wieso machte sich Boba so klein? Wana wünschte, er würde aufhören, an dem Schuh zu zerren.

Und endlich tat er das auch. Onkel Wali zog sich ungeduldig seinen Schuh an und stand auf. Boba blieb mit hängendem Kopf sitzen.

»Wenn das alle so machen würden, dann gäbe es uns nicht.« Ihr Onkel zeigte wütend auf den Garten und das Haus. »Dann gäbe es das hier alles nicht.«

Boba blickte zu Boden. Wana wäre am liebsten zu ihm gegangen und hätte ihn umarmt, ihn getröstet. Aber das traute sie sich nicht. Onkel Wali schaute auf Boba hinunter, der zu ihm aufsah und dabei den Kopf einzog wie ein schuldbewusstes Kind, das Schläge erwartet.

»Bitte geh nicht so; lass mich nicht ohne einen Abschied gehen. Bitte, *Lala*«, sagte er mit brüchiger Stimme.

Boba so verzweifelt, ihn in dieser Position zu sehen, während Onkel Wali so unerbittlich blieb, war mehr, als Wana ertragen konnte. Ihr Kinn fing an zu zittern, und sie schlug sich die Hand vor den Mund.

»Geh, wenn du gehen willst, aber erwarte nicht, dass ich dir eine gute Reise wünsche, während wir anderen dafür kämpfen, dass du vielleicht zurückkehren kannst!«, sagte Onkel Wali und zeigte mit dem Finger auf den Boden zwischen sich und Boba.

Wana durchfuhr es kalt, und ihre Gedanken fingen an, wild durcheinanderzuwirbeln: Zurückkehren? Von wo zurückkehren?

Da hörte sie ihren Vater einen Ton von sich geben, den sie noch nie zuvor von ihm gehört hatte, einen heiseren Ton, der aus seiner Brust kam und in ein Weinen überging. Erschrocken beugte sich Wana weiter nach vorn. Boba saß noch immer auf dem Boden und klammerte sich an Onkel Walis Bein.

»Bitte, sag das nicht. Du weißt doch, was ich durchgemacht habe. Versteh doch, ich … ich kann nicht. Ich bin doch gerade erst zurück«, schluchzte er.

Onkel Wali schien ebenso überrascht über Bobas Ausbruch wie Wana. Sie hielt die Luft an. Hier passierte etwas Furchtbares, etwas, das Boba so sein ließ, wie sie ihn noch nie zuvor gesehen hatte. Sie hatte Boba noch nie weinen sehen. Und eine böse Vorahnung ergriff sie, als sie stockend wieder ausatmete.

Onkel Walis Stirn legte sich in Falten, und er presste die Lippen zusammen. »Eben! Du solltest als Erster zur Waffe greifen, nach dem, was sie mit dir gemacht haben. Steh auf, steh auf.«

Er nahm Boba an den Schultern und zog ihn hoch. Boba stand mit gesenktem Kopf vor ihm und wimmerte.

»Dann geh. Geh weg, ruh dich aus, und wenn es dir besser geht, dann komm zurück. Lass meinetwegen deine Töchter und deine Frau dort, wenn es unbedingt sein muss, aber komm du zurück, ja?!«, sagte Onkel Wali ruhiger als vorher, und er sah so aus, als befürchtete er, dass Boba wieder zu weinen anfing.

Auch Wana hoffte, dass Boba stark blieb. Sie war wütend, auf Onkel Wali und auch ein bisschen auf Boba, weil er sich nicht wehrte, nichts erwiderte, auch wenn Onkel Wali älter war als er. Und dann warf sich Boba in Onkel Walis Arme, hielt ihn fest und weinte laut und ohne Rücksicht darauf, dass er im Garten stand, wo ihn jeder hätte sehen und hören können. Onkel Wali schien sich nicht überwinden zu können, ihn zu trösten; seine Arme hingen schlaff an ihm herunter. Erst nach einer Ewigkeit legte Onkel Wali endlich eine Hand auf Bobas Rücken. Bobas Weinen wurde lauter, und Wana sah, dass sein ganzer Körper bebte.

»Ja, ich komme zurück, ich verspreche es. Ich komme zurück«, wiederholte Boba immer wieder.

Onkel Wali zog die Augenbrauen zusammen und blickte umher, als befürchtete er, dass jemand sie beobachtete. Wana huschte zurück hinter die Hauswand, eilte geradewegs zu ihrem Granatapfelbaum und ließ sich an seinem Stamm nieder. Ihre Gedanken überschlugen sich, plötzlich ergab alles einen Sinn: die immer leerer werdenden Schränke, die Möbel, die hier und da verschwanden, die ausweichenden Antworten der letzten Wochen, wenn sie ihre Eltern auf ihre bevorstehende Einschulungsfeier ansprach.

Wana sah hoch zu den schon glutroten Granatäpfeln und fragte sich, ob sie noch hier wäre, wenn sie ganz reif, ihre saftigen Kerne süß genug zum Essen waren. Sie schaute sich um, als sähe sie alles zum ersten Mal. Den Rasen, die Mauern und den Himmel darüber, in dessen Blau die Nachbarskinder immer noch bunte Drachen fliegen ließen. Wana betrachtete die Berge am Horizont, die trotz des heißen Sommers weiße Gipfel hatten, und wusste, dass sie sich von ihnen verabschieden musste. Von all ihren Nachbarn, all ihrem Spielzeug. Von der Schaukel und dem Granatapfelbaum, den Drachen und den Menschen, die sie zum Fliegen brachten. Und am meisten bestürzte sie, dass sie nun nicht in die Schule kommen würde. Jeden Tag hatte sie sich ausgemalt, wie es sein würde. Hatte sich in neuer Schultracht in Nilas Schule, bei der Feier im Garten gesehen. Und von jetzt auf gleich wusste sie noch nicht einmal mehr, ob sie überhaupt jemals in eine Schule gehen würde.

Wanas Fragen wurden erst ein Vierteljahr später beantwortet: Sie wurde noch im selben Jahr eingeschult, aber nicht am Ende des Winters, sondern am Ende des Herbstes, an einem Mittwoch im November. Ihr erster Schultag fand in einem Land statt, das Modar und Boba »Alman« und die Deutschen »Deusch-lann« nannten, und ihr erster Schultag war in jeder Hinsicht anders, als Wana es sich ausgemalt hatte: Es gab kein großes Fest, keine tagelangen Vorbereitungen oder andere Erstklässler, die ihre Aufregung über den ersten Schultag teilten, sondern ein Frühstück zu viert in ihrem kleinen Zimmer mit einer schlecht gelaunten Nila, die krank war und deshalb ihren ersten Tag in der neuen Schule verpasste. Nila, die ach so erwachsene Nila, verhielt sich immer mehr wie ein Baby, seitdem sie Kabul verlassen hatten.

Wana stand mit Modar, die ihr die Haare flocht, am Waschbecken und fragte sich, ob Nila schon immer so eine verzogene Göre gewesen war und es in dem großen Haus in Kabul nur besser hatte verstecken können. Sie vermieste ihr den Morgen, gönnte Wana offenbar keinen schönen ersten Schultag, und Wana hatte ihre Augen vor Neid aufblitzen sehen, als Boba gestern mit einem Ranzen in der Hand nach Hause gekommen war. Seitdem nörgelte sie noch mehr. Wana betrachtete die rosa Schultasche, die nur zwei Schritte weiter auf einem Stuhl im »Essbereich« stand, wie Modar diesen Teil des Zimmers beschönigend nannte. Ihr Herz machte einen Sprung. Sie war aus der Kleiderkammer, wie fast alle Sachen der Familie. Modar hatte einige davon für sie und Boba auf den Etagenbetten ausgelegt, die an den Längsseiten des Zimmers standen und nahezu das ganze Zimmer einnahmen. Das war der »Schlafbereich«. Wana und Nila schliefen oben, Modar und Boba unten. Es gab ein kleines Fenster am Kopfende der Betten, und am Fußende war gerade noch Platz für den

»Essbereich« und die »Waschecke«, die aus einem Eckwaschbecken bestand, das Boba behelfsmäßig mit einer Wäscheleine und einem Bettlaken vom Rest des Zimmers abgetrennt hatte. Dahinter wuschen sie sich in einer großen Schüssel, die auf dem Boden stand. Auf dem Hocker neben Wana befand sich eine weitere kleine Plastikschüssel, die ihre Mutter jeden Abend mit warmem Wasser aus der Gemeinschaftsdusche füllte, denn aus dem Hahn in ihrem Zimmer kam nur kaltes Wasser. Abwechselnd stellten sich ihre Mutter, ihre Schwester, ihr Vater und Wana in die große Schüssel und seiften sich ein. Anschließend schöpften sie warmes Wasser aus der kleinen Schüssel und wuschen damit vorsichtig und sparsam den Schaum ab. Alles kurz und schnell und ohne großes Tamtam. Dass ihre Eltern entgegen ihrer sonstigen Hygieneansprüche diese Art der Wäsche den Gemeinschaftsduschen vorzogen, lag vor allem daran, dass ihnen der libanesische Nachbar erzählt hatte, dass in den Waschräumen alleinstehende Männer aus den unteren Etagen herumlungerten. Erst vor ein paar Tagen hatte Wana selbst einen dieser Männer getroffen. Er hatte aus der Nebentoilette über die Abtrennung auf sie heruntergeschaut, als sie pinkelte. Wana bemerkte ihn zunächst gar nicht. Sie verrichtete gerade ihr Geschäft, als ihr Blick plötzlich seinen traf. Gierig und bedrohlich. Das Schlimmste war, dass sich der Mann nicht wegduckte, sondern sogar so lange verharrte und auf Wana runterstarrte, bis sie sich hastig und notdürftig gesäubert und angezogen hatte. Wana hatte sich entsetzlich geschämt und war geflohen, ohne sich noch einmal umzublicken. Und nun fürchtete sie sich so sehr vor diesem Mann, dass sie jedes Mal überprüfte, ob jemand in der Nebenkabine war.

»Jetzt halt endlich still, um Gottes willen!«

Wana hatte gar nicht gemerkt, dass sie sich bewegt hatte.

»Ist es für die Schuhe nicht zu kalt?«, fragte Boba, der schon fertig war und am Tisch saß und einen Tee trank.

»Sie wollte gerne etwas Besonderes anziehen an diesem besonderen Tag«, hörte sie Modar von hinten.

Bobas Gesicht wurde weich. »Na, *Nafas*, freust du dich auf deinen ersten Schultag?«, fragte er und lächelte sie aufmunternd an.

Wana schaute ihn an, grinste und nickte mehrmals mit aufgerissenen Augen. Es war eine Grundschule, die hier – im Gegensatz zu Afghanistan – nur bis zur vierten Klasse ging. Damit war Nila zwei Jahre früher im letzten Schuljahr und hatte auch Grund zur Freude, wie Wana fand. Aber die hatte sich in ihre Decke verkrümelt. Wana konnte einfach nicht verstehen, warum sich Nila nicht auch ein klein bisschen mit ihr freuen konnte.

»Es wird Zeit, dass die Mädchen zur Schule gehen und wir zur Normalität zurückfinden«, sagte Boba nach einer Weile und sah Modar, die gerade das Haar ihrer Tochter zu Zöpfen flocht, über Wana hinweg an.

Bobas Gesichtsausdruck wusste Wana nicht zu deuten. Er schien traurig und wütend zugleich zu sein. Er blickte sie an, seine gerunzelte Stirn glättete sich, und seine Lippen verzogen sich zu einem Lächeln, aber etwas Trostloses, das er vergeblich zu verbergen versuchte, lugte doch aus jeder Pore seines erschöpften Gesichts.

»Wieso müsst ihr denn da noch mal am Nachmittag hin?«, rief Nila weinerlich aus ihrem Bett.

»Es gibt wohl ein Fest, das nach Sonnenuntergang gefeiert wird und zu dem wir eingeladen sind.«

»Und wann spielen wir dann Karten?«

Wana hätte Nila am liebsten eine geknallt. Warum musste sie alles kaputtmachen? Wieso jammerte sie nur noch?

Boba sah erschöpft aus, als er ihr geduldiger, als sie es verdiente, antwortete. »Nach dem Mittagessen? Ich weiß nicht, wie lange unser Gespräch mit dem Direktor dauern wird, aber ich denke, dass wir spätestens zum Mittagessen wieder zurück sind und dann erst um halb drei wieder losgehen.«

Nila stöhnte auf und warf sich die Bettdecke über den Kopf. »Na toll, dann verpasse ich heute auch noch das Fest!«

»Sonnenuntergang um vier Uhr nachmittags! Daran werde ich mich nie gewöhnen«, sagte Modar und eilte zur anderen Seite des Zimmers, um Nila zu trösten.

Wana ging an Boba vorbei zur Tür, nicht ohne ihn noch mal anzulächeln, aber er bemerkte es nicht. Wie so oft war er mit seinen Gedanken ganz woanders. Wana machte die Tür von außen zu und wünschte, sie hätten wieder mehr als ein Zimmer, damit sie Nila nicht den ganzen Tag ertragen musste.

In der Gemeinschaftsküche hörte sie leises Gemurmel. Um die Uhrzeit schliefen die meisten noch. Wana hoffte, dass die Toiletten nicht verdreckt waren. Modar putzte nur noch: entweder die Toilette, die sie benutzen wollte, die Küche, bevor sie anfing zu kochen, oder eben den Boden ihres Zimmers, so wie heute früh, obwohl sie ihn erst gestern gewischt hatte. Laut Modar sei der schon wieder so verdreckt, weil sie, die »Mädchen«, auf dem Weg zurück von der Toilette über Nacht den Dreck vom Flur mitgebracht hätten. Es war noch so früh gewesen. Alle anderen hatten noch geschlafen, und Modar hatte so fest geschrubbt, dass Wana glaubte, bald würde sich die Farbe des grauen Linoleumbodens auflösen.

Wana hatte in der Nacht zuvor tatsächlich dringend auf die Toilette gemusst, verkniff es sich aber und wartete, bis es hell wurde. Sie schaute zum Fenster hinaus und hoffte, dass die Nacht endlich vorbei war, denn sie ging nicht gern auf den Flur, wenn es dunkel war. Nachdem sie an so vielen Orten geschlafen hatte und immer wieder in neuen Zimmern aufgewacht war, vergaß Wana ständig, wo sie war, verlief sich selbst auf dem Weg vom Zimmer zur Toilette. Und schämte sich. Es war ihr peinlich, dass sie in ihrem Alter zwei Orte, die sich auf demselben Flur befanden, nicht auf Anhieb finden konnte, aber es entzog sich ihrer Kontrolle, und egal, wie viel Mühe sie sich gab, sie wurde immer schlechter darin, sich zu orientieren. Zumindest kam es ihr so vor. In Kabul hatte sie sich bestimmt nicht so oft verirrt, und da war sie noch jünger und auch ein bisschen dümmer gewesen als jetzt.

Wana ließ sich Zeit. Sie hatte es nicht eilig, in das enge Zimmer mit der nölenden Nila zurückzukehren. Sie fand, dass vor allem Boba viel zu nett und nachsichtig mit ihr war. Das war er auch mit ihr selbst, aber Wana war der Meinung, dass sie es im Gegensatz zu Nila auch verdient hatte. Sie war netter und machte nicht so viel Aufhebens um sich wie Nila. Ganz im Gegenteil, Wana versuchte, Boba und Modar zu helfen, versuchte, ihnen so wenig Arbeit wie möglich zu machen und so wenig wie möglich zu fordern. Es war doch offensichtlich, dass es ihnen nicht gut ging und sie nicht noch mehr Sorgen brauchten. Wana hatte sie erst gestern wieder belauscht; das machte sie öfter. Wenn Modar und Boba zusammen in die Küche gingen und sich allein wähnten, unterhielten sie sich über all die Dinge, die sie nie laut vor Wana und Nila aussprachen. Selbst wenn Wana danach fragte, wichen sie aus. Wana war beleidigt, dass sie doch tatsächlich glaubten, ihr wäre all das verborgen geblieben: das Zuhause, das sie zurückgelassen hatten, ihr Leben, das sich aufgelöst hatte. Sie taten so geheimnistuerisch, und Wana kam sich zum ersten Mal klüger als Boba vor, der nicht ahnte, dass sie das alles wusste. Wana konnte nicht verstehen, warum sie das taten. Wie sie überhaupt glauben konnten, vor Wana verbergen zu können, dass sich alles, aber auch einfach alles verändert hatte. Und sie jetzt arm waren. Die Wana, die in dem Haus an einem Berghang in Kabul gelebt hatte, kam ihr wie eine andere vor. Nie hätte sich die Wana von damals vorstellen können, wie das Leben an einem anderen Ort aussehen würde. Nie hätte sie sich ausmalen können, in dieser kleinen Behausung in Deutschland zu landen, die insgesamt nur so groß war wie ihr Wohnzimmer zu Hause. Nie hätte sie gedacht, dass sie einmal in nur einem Zimmer ohne Bad und Küche leben würde und darüber auch noch froh wäre, nachdem sie drei Monate teilweise auf dem nackten Boden geschlafen hatte. Oder dass sie außer einer Puppe kein anderes Spielzeug mehr haben würde. Oder dass sie plötzlich die Sprache ihrer Nachbarn nicht mehr verstehen würde. Wana war davon ausgegangen, dass die Sprache ganz automatisch in dem Moment über sie käme, in dem sie die Grenze zu einem anderen Land passieren würde. So hatte ihre Mutter es ihr erklärt, als sie fremde Laute an der ersten Grenze gehört hatte.

»Mama, was sagen die? Ich verstehe sie nicht«, hatte Wana erstaunt gesagt.

»Sie sprechen eine andere Sprache. Das lernst du dann auch, wenn du dort bist«, hatte ihre Mutter beiläufig geantwortet.

Wana hatte vergeblich darauf gewartet, die neue Sprache nach der Grenzüberquerung einfach zu verstehen. Als nichts passierte, war sie panisch geworden, weil sie fürchtete, dass es an ihr lag; dass sie nie andere Sprachen verstehen würde, weil etwas an ihr nicht richtig funktionierte. Modar hatte sie gefragt, was sie habe, und Wana hatte ihr weinend gestanden, dass sie immer noch nichts verstehe, obwohl sie doch die Grenze schon überquert hätten. Dann hatte Modar ihr erklärt, dass es nicht von allein geschehe, dass sie eine Sprache mühsam lernen müsse und es Monate oder Jahre brauche, bis sie sie wirklich gut sprechen könne.

Wana war erleichtert gewesen. Zwar war ihr der Glaube daran abhandengekommen, dass jeder Mensch jede Sprache der Welt sprechen und verstehen könne, aber zumindest wusste sie nun, dass ihr mangelndes Sprachverständnis nicht ihr Fehler war. Und als sie dann in Deutschland ankamen, war sie nicht mehr entsetzt, dass sie weder Deutsch noch die Sprache ihrer libanesischen und russischen Nachbarn beherrschte.

Wana dachte immerzu daran, was Onkel Wali gesagt hatte: »Lass Frau und Kinder da, aber komm du wieder zurück.« Sie hatte furchtbare Angst davor, dass Boba sie verlassen könnte, sie »dalassen« könnte, wie er Onkel Wali immer und immer wieder versprochen hatte. Wana wusste auch nicht, wohin mit dem Bild in ihrem Kopf: Boba heulend in den Armen von Onkel Wali, der sich für ihn schämte. Es passte einfach nicht zusammen, passte nicht zu Boba, dass er verletzlich und verzweifelt war, wo er doch sonst immer wusste, was zu tun war. Boba, der immer stärker als alle anderen gewesen und dessen Stärke jetzt nötiger denn je war, seit alles zusammengebrochen war. Sobald sich Wana an diese Szene erinnerte, überkam sie Scham. Auch jetzt, und sie schüttelte sich. Sie konnte nichts dagegen machen, und sie schämte sich, dass sie sich für ihren Vater schämte; schämte sich für seinen Gefühlsausbruch vor Onkel Wali, vor ihr. Sie war überzeugt davon, dass auch er sich schämte, denn er sprach nie darüber.

Wana betrat die Toilettenräume, immer noch in Gedanken verloren. Sie wollte gerade zu den Kabinen gehen, als ihr Blick ihn streifte. Er schaute wieder grinsend über die Abtrennung einer Toilette, die gerade benutzt wurde. Er hatte glasige rote Augen und bemerkte Wana nicht. Wana machte einen Schritt rückwärts, dann noch einen. Erst dann drehte sie sich um und rannte weg. Sie blickte sich nicht mehr um und traute sich erst wieder zurückzuschauen, als sie vor ihrer Zimmertür stand und Modars Stimme dahinter hörte.

Ihr Herz klopfte bis zum Hals, und sie zitterte am ganzen Körper. Aber es war nicht so schlimm wie beim ersten Mal. Wana war stolz auf sich, dass sie aufgepasst hatte, wie sie es sich vorgenommen hatte. Aber das gute Gefühl hielt nicht lange an und wich sogleich der Scham, die sie überkam, als ihr einfiel, dass sie sich vorgenommen hatte, es beim nächsten Mal Modar zu erzählen. Aber der Mann hatte doch ihren nackten Popo gesehen! Wana schlug sich die Hände vors Gesicht. Dann entschied sie, dass sie es nicht sofort erzählen musste, nicht vor Boba. Allein der Gedanke daran ließ sie den Kopf beschämt von der Tür wegdrehen, hinter der er ahnungslos saß. Wana seufzte. Boba konnte nicht noch eine weitere Sorge gebrauchen. Sie drückte die Türklinke hinunter und ging entschlossen hinein. Ihre Eltern standen hinter der Tür mit dem Frühstücksgeschirr in der Hand und wollten offenbar hinaus. Modar deutete mit dem Kopf auf Nilas Bett und flüsterte Wana leise zu, dass Nila schlafe. Erleichtert darüber, mit ihren Gedanken allein sein zu können, ging Wana hinein und zog still die Sachen an, die Modar bereitgelegt hatte. Auch die Wolljacke aus Kabul, die ihre Oma, ihre *Bibi*, für sie gestrickt hatte. Dann setzte sie sich auf einen Stuhl und starrte mit hängendem Kopf und baumelnden Beinen den grauen Linoleumboden an. Das Gesicht des Mannes aus der Toilette poppte auf wie eine Fratze. Immer seltener vermochte sie es, sich abzulenken, an schöne Dinge zu denken. Jeden Tag kam noch mehr Chaos, noch ein weiteres Bild hinzu, das sie nicht mehr losließ, sosehr sie es auch versuchte, und selbst wenn es ihr tagsüber gelang, dann suchte es sie nachts in ihren Träumen heim. Dann war sie wieder hier und dort, mal auf dem Boot, das drohte unterzugehen, mal auf der Ladefläche des Pick-ups, der rumpelnd durch die Nacht fuhr. Wana spürte dann wieder die Rillen der Ladefläche, das Brummen des Motors und hörte die ängstliche Stimme ihrer Mutter dumpf unter der Decke, unter der sie alle versteckt lagen. Sie schmeckte wieder das Blut, das ihr über die Lippen rann, als sie sich bei einer Vollbremsung die Lippe am Ellenbogen ihrer Schwester aufgeschlagen hatte. Und noch immer zitterte sie, wenn sie daran dachte, wie ihre Mutter ihr den Mund zugehalten und sie angefleht hatte, keinen Laut von sich zu geben. Das Murmeln ihrer betenden Mutter spukte in ihren Ohren.

»La ilaha illa-llah. Wa Muhammad-u-rassul Allah.«

Jedes Mal wenn Wana davon träumte, wurden sie entdeckt, weil die, die sie nicht hören durften, das Wimmern und Beten ihrer Mutter doch gehört hatten.

Dann schrie und weinte sie, bis sie von Modar oder Boba wach gerüttelt wurde, die seit ihrer Abreise aus Kabul immer mit ihr und Nila im selben Zimmer schliefen. Wana war so froh darüber, dass entweder Modar oder Boba immer in greifbarer Nähe waren und sie nachts jemanden atmen hören konnte. Sie hasste es jetzt, allein zu sein.

Nein, für Wana war das Geschehene noch lange nicht vergangen. Es war noch immer nah und bedrohlich. Sie sah es in den Gesichtern ihrer Eltern, es versteckte sich in ihrem Flüstern, es war überall und nirgends und ließ sich nicht verscheuchen. Nie.

Die Tür ging auf, und Modar blieb abrupt stehen. Wana sah hoch. Modar schaute mit glänzenden Augen auf sie herunter.

»Ach, mein Herz, wie schick du aussiehst! Wie beim *Ied-e-Ramazan* im Frühsommer in *Bibis* Haus. Dass du da noch reinpasst … Es scheint Jahre her zu sein.«

Bei diesem letzten Satz brach die Stimme ihrer Mutter, und sie drehte sich weg, aber Wana hatte bereits gewusst, dass sie gleich weinen würde. Ihre Mutter weinte immer, wenn sie von Kabul sprach. Sie strich über die weinrote Strickjacke mit Zopfmuster und berührte einen der braunen Lederknöpfe.

Boba mahnte ungeduldig zum Aufbruch. Wana hatte den Eindruck, dass auch er keine Tränen mehr sehen konnte. Aus Nilas Bett war ein Wimmern zu hören. Offenbar war Nila rechtzeitig aufgewacht, um noch ein bisschen Mitleid von Boba abzugreifen, der ihr natürlich versprach, ihr von draußen etwas mitzubringen. Modar drängte sie, noch einmal auf die Toilette zu gehen, aber Wana behauptete, sie sei schon gegangen, und war froh, als sie die Zimmertür hinter sich schlossen und endlich losgingen. Wana schaute nicht nach links, wo die Türen zu den Toiletten waren. Stumm liefen sie die Treppen hinunter und traten nach draußen. Es war windig, und es sah nach Regen aus. Wana sog die kalte Luft ein.

»Mach mal die Jacke zu, *Nafas.*«

Sie musste stehen bleiben, um die viel zu große Daunenjacke in den Griff zu kriegen. Modar hatte sie gedrängt, eine andere Jacke anzuziehen, aber Wana mochte die pinke Neonfarbe und hatte so lange gebettelt, bis Modar nachgegeben hatte. Wana zog den Reißverschluss bis zum Hals hoch und sah Boba hinterher, der zu den Mülltonnen lief, die rechts neben dem Wohnheim standen. Wie immer lag Sperrmüll davor. Die Menschen zogen ein und aus und hinterließen Dinge, für die niemand sich verantwortlich fühlte. Boba kam mit leeren Händen zurück und lächelte sie aufmunternd an. Wana nahm seine ausgestreckte Hand. Sie wollte sich freuen, auf den ersten Schultag und über die schönen roten Schuhe mit den Riemen. Es gelang ihr nicht wirklich. Aber als sie ein paar Schritte gelaufen waren, nahmen die Menschen, die Busse und Autos und die Hunde an den Leinen ihre ganze Aufmerksamkeit ein, und Wana dachte endlich nicht mehr an den Mann auf der Toilette oder an sonst irgendetwas, das sie daran gehindert hätte, sich zu freuen.

Es begann zu regnen, und als sie in der Schule ankamen, hatte Wana nasse Füße, und sie spürte einen zunehmenden Druck auf ihrer Blase.

Sie warteten vor der Schule – einem roten Backsteingebäude mit großen Fenstern. Wana überlegte, ob es vielleicht besser wäre, wenn sie auf die Toilette ginge, bevor der Dolmetscher käme. Dann könnte sie sich die Schule auch gleich von innen ansehen.

»Boba, ich muss mal.«

»Du kannst gehen, wenn der Dolmetscher da ist, ja?«, sagte ihr Vater, ohne den Blick von der Straße zu nehmen. Er biss sich auf die Lippen, und seine Augen waren zu kleinen Schlitzen verengt. Wana sah ihm an, dass es ihm lieber wäre, wenn sie jetzt nicht noch weitere Fragen stellen würde. Obwohl sie sich lieber die Schule von innen angeschaut hätte, blickte nun auch Wana auf die Straße, trat auf der Stelle und hoffte, der Mann käme endlich.

Der Regen wurde stärker, und je heftiger er fiel, desto unruhiger wurde ihr Vater und desto voller fühlte sich Wanas Blase an. Der Wind trieb den Regen unter den Schirm, den Boba Gott sei Dank mitgenommen hatte. Er versuchte, den Schirm so zu halten, dass vor allem Wana nicht nass wurde.

»Wo bleibt der *Batsche-Sag* nur?!«, entfuhr es ihm, und Wana hatte den Eindruck, dass ihn das Schimpfwort genauso erschreckte wie sie. Sie hörte auf, auf der Stelle zu treten, versuchte, still zu stehen und sich ihre Not nicht mehr anmerken zu lassen.

Als der Dolmetscher endlich in einiger Entfernung auftauchte, war ihr Vater erst kurz erleichtert, aber je näher der dicke Mann mit seiner Aktentasche und seinem schwarzen Schirm kam, desto mehr wich die Erleichterung der Anspannung. Das Lächeln auf Bobas Gesicht wirkte aufgesetzt und stand im Kontrast zu seinen erschöpften Augen und der vor Konzentration gerunzelten Stirn. Er sah aus wie ein trauriger Clown.

»Sind Sie Herr Nasseri?«, fragte der Dicke grußlos, als er endlich vor ihnen stand.

»Ja, das bin ich. Und das ist meine Tochter Wana.« Boba lächelte und zeigte auf sie.

»Wo ist Ihre andere Tochter? Waren es nicht zwei?«, fragte der Dolmetscher, der so dick war, dass der kleine Schirm nur einen Teil seines wuchtigen Oberkörpers schützen konnte. Die Schultern seines beigefarbenen Trenchcoats waren auf beiden Seiten nass.

»Doch, aber meine ältere Tochter ist leider krank. Deshalb bin ich nur mit meiner jüngeren hier.«

Der Mann würdigte Wana wieder keines Blickes und deutete mit dem Kopf auf das Schulgebäude auf der anderen Straßenseite.

»Wir müssen zum Haupteingang«, sagte er und setzte sich schon in Bewegung. Als sie die kleine Straße überquert hatten und auf die Schule zugingen, versuchte es Boba noch einmal mit einem Lächeln.

»Sie sind sicherlich schon lange in Deutschland, oder?«, fragte er. Die Miene des Dolmetschers hellte sich auf, und Wana fragte sich, ob er vielleicht netter war, als sie zuerst angenommen hatte. Doch er schaute auf die große Holztür, den Eingang zur Schule, wo plötzlich ein großer blonder Mann stand.

»Das ist der Herr Direktor der Schule, der verehrte Herr Schmidt«, stellte der dicke Dolmetscher den blonden Mann stolz vor, als sie vor ihm standen. Im Gegensatz zu dem Dicken gab der Direktor sowohl Boba als auch Wana die Hand und schaute ihnen dabei freundlich ins Gesicht. Sie gingen hinein in den Eingangsbereich, von dem eine große Steintreppe nach oben führte. Von dort aus gelangte man in einen Flur, von dem Treppen in alle Richtungen abzugehen schienen: rechts ging eine nach oben, geradeaus ging es treppab zu einem kleineren Flur. Der Direktor zeigte überallhin, redete Unverständliches und zeigte den langen Gang entlang nach links, an dessen Ende eine Treppe nach oben ging. Wana folgte den Erwachsenen langsam und betrachtete die vielen gelben Plastikjacken, die zu beiden Seiten an den Wänden hingen. Sie fragte sich erschrocken, ob es doch vielleicht eine Schuluniform gab, wieso hätten sonst so viele Kinder die gleiche Jacke. Auf dem Boden lagen achtlos hingeworfene Mützen und Schals. Jeder afghanische Erwachsene, den sie kannte, würde eine solche Unordnung nicht dulden, aber der Direktor schien sich nicht daran zu stören und ging ungerührt weiter. Plötzlich fühlte sich Wana wieder verloren und orientierungslos. Sie wünschte sich, Nila wäre bei ihr und könnte ihr sagen, ob das alles anders war oder ob es in Schulen immer so war. Wana hatte zwar noch nie eine Schule von innen gesehen, zumindest konnte sie sich nicht daran erinnern, bei Nilas Einschulung war sie erst drei Jahre alt gewesen.

Im Büro des Direktors stand ein riesiger Eichentisch, der viel zu groß für den Raum war. Der Direktor und der Dolmetscher saßen auf der einen und Boba und Wana auf der anderen Seite. Boba legte die Hände in seinen Schoß, dann auf den Tisch und wieder zurück. Seine Füße wippten. Wana rückte ihren Stuhl näher an seinen und überlegte, was sie tun könnte, um ihn zu beruhigen. Ihr Vater lächelte sie abwesend an, wippte noch ein bisschen hektischer mit dem Fuß, und das Schaukeln übertrug sich von seinem Stuhl auf Wanas. Ihre Blase meldete sich wieder. Sie rückte den Stuhl lauter als beabsichtigt wieder ein Stück weg, und der dicke Dolmetscher unterbrach seinen Redeschwall kurz, um ihr einen mahnenden Blick zuzuwerfen. Wana versuchte, ihn zu ignorieren, und bemühte sich vergeblich, die Aufmerksamkeit ihres Vaters zu erhaschen, der geschrumpft zu sein schien, seit er an diesem Tisch saß. Sie fühlte Mitleid in sich hochsteigen, schob das Gefühl aber sofort beschämt beiseite. Ihr Vater war stark und sicher wie ein großer Baum, den so leicht nichts umwerfen konnte.

»Der Schuldirektor hat eben auch nach Ihrer anderen Tochter gefragt.« Der Dolmetscher schaute ihren Vater streng an. »Das Mädchen muss jeden Tag in die Schule gehen. Egal, ob Sie Besuch haben oder jemanden besuchen wollen oder es nur ein bisschen verschnupft ist. Das ist kein Grund, das Kind nicht in die Schule zu schicken. Es muss jeden Tag kommen. Das ist hier nicht Afghanistan.« Das letzte Wort spuckte er geradezu aus. Tropfen schossen aus seinem Mund auf den Tisch.

Wana sah ihren Vater nicken und ärgerte sich, dass er schuldbewusst aussah. Warum berichtigte er nichts; erklärte nicht, dass Nila fiebrig und krank war? Als die Formalitäten geklärt waren, kündigte man ihnen an, dass Wana gleich ihre Klasse kennenlernen würde. Anschließend würden die anderen Kinder nach Hause gehen und die Lehrerin würde ausnahmsweise länger bleiben, um noch etwas mit Wana zu basteln. Wana wunderte sich darüber, sie hatte erwartet, dass man ernstere Dinge in der Schule tat. Rechnen und Lesen und Schreiben. Vielleicht war es ja auf einer deutschen Schule anders, überlegte sie. Und schon standen alle auf. Sobald Wana sich aufgerichtet hatte, meldete sich ihre Blase wieder.

»Boba, ich muss ganz dringend«, flüsterte sie ihm zu, als sie auf den langen Gang hinaustraten.

»Kannst du es noch ein bisschen aushalten?«, fragte er, und sie sah ihm an, dass er wollte, dass sie Ja sagte.

Als sie nickte, griff er nach ihrer Hand und gab ihr dabei nicht nur seinen großen Zeigefinger, der so perfekt in ihre Hand passte, sondern umfasste ihre ganze Hand, die komplett in seiner verschwand. Wana wollte tapfer sein, und mit ihrer Hand in seiner war sie das auch. Auch ihre Blase schien plötzlich etwas mehr Platz zu haben. Boba schaute sie lächelnd an, und sie konnte Erleichterung auf seinem Gesicht erkennen. Wana lächelte das beste Lächeln zurück, das ihr möglich war. Ihr Herz wurde leichter, ihre Schritte auch, und sie drückte die Hand ihres Vaters, der mit seinem Daumen ihren Handrücken streichelte. Die Liebe sprudelte aus ihr heraus und brachte ihren Kopf zum Schweben. Und als sie nicht mehr wusste, wohin mit der ganzen Zuneigung, zog sie seine Hand zu sich, hielt sie mit beiden Händen fest an ihr Gesicht und küsste sie ein-, zwei-, dreimal, bis sie gegen etwas Weiches prallte.

Es war der Dolmetscher, der vor einer geschlossenen Tür stand und sie böse anfunkelte. Sie waren am Ende des langen Flurs angelangt; rechts, noch vor den Steintreppen, die nach unten führten, befand sich offenbar Wanas Klassenraum. Wana schaute ihren Boba flehend an. Sie konnte nicht noch länger warten und spürte, dass ihre Unterhose schon ein bisschen nass war. Aber bevor ihr Vater etwas sagen konnte, öffnete der Direktor die Tür und trat hinein. Wana konnte nichts sehen, sah nur die Tür und Bobas Hüfte. Sie schaute an ihm hoch, doch er hob hilflos die Schultern und tätschelte Wana den Kopf, bevor er sie mit sich in die Klasse zog und die Tür hinter sich schloss. Wana trat aus dem Türrahmen hinter ihrem Vater hervor und wünschte sofort, sie hätte es nicht getan. Alle Augen richteten sich auf sie, Wana stockte das Herz, und sie suchte nach der Hand ihres Vaters, der aber versuchte, den störrischen Schirm zu bändigen, der sich aus irgendeinem Grund ausgerechnet jetzt wieder geöffnet hatte. Währenddessen stand Wana ohne Aussicht auf ein Versteck vor diesen bedrohlich selbstbewussten Kindern. Sie sahen alle so mutig und unerschrocken aus, und sie schauten den Erwachsenen ohne Scham ins Gesicht, selbst dem Direktor, wie Wana erstaunt bemerkte. Sie sahen alle aus wie Geschwister und wirkten, als seien sie genau dort, wo sie sein sollten. Alle außer Wana.

Der Direktor ging zur Lehrerin, und sie flüsterten miteinander. Wanas Vater nutzte die Gelegenheit, um den Dolmetscher nach der Toilette zu fragen.

»Dafür ist später noch Zeit«, entschied der Dicke.

»Aber ich muss jetzt!«, widersprach Wana.

Der Dolmetscher starrte sie verständnislos an, aber ihr Vater sprang ihr bei und setzte noch einmal an: »Sie war schon sehr geduldi–«

Aber der Dolmetscher unterbrach ihn, sprach kurz mit dem Schuldirektor, und ehe Wana sichs versah, standen die beiden mit Boba an der Tür des Klassenzimmers, die der dicke, fette Blödmann schon öffnete. Wana wich die Farbe aus dem Gesicht, und ihr Kinn fing an zu zittern. Sie wollte nicht vor allen heulen und brachte nur ein »Boba« zustande.

Boba deutete mit einer Kopfbewegung zum leeren Tisch am Fenster. »Setz dich, mein Kind. Ich warte draußen auf dich, bis der Unterricht vorbei ist.« Dann verließ er auch schon den Raum.

Wana schaute mit aufgerissenen Augen auf die Tür und fühlte sich irgendwie verraten. Wieso hatte Boba sie im Stich gelassen? Als sie zu ihrem Tisch ging, vermied sie es, den Kindern ins Gesicht zu schauen. Sie setzte sich hin und fragte sich, wie lange ihre Blase noch dicht halten würde. Sie presste die Beine aneinander, und ihre Wut wich der Verzweiflung, als sie erkannte, dass sie noch nicht einmal wusste, wie lange sie noch warten musste. Sie hoffte, dass auch in Deutschland die Schulstunden nicht länger als eine Stunde dauerten. Bis dahin, nahm sie sich vor, würde sie einfach leise zählen. Und bei jeder zweiten Zahl ihr Pipi runterschlucken. Sich in die Hose zu machen, das durfte einfach nicht passieren. Es sei denn, sie würde ohnmächtig. Aber auch dann wäre es noch immer so peinlich, dass sie sich nie wieder in die Schule trauen würde, entschied sie und fing an zu zählen.

Als der Gong endlich ertönte, hatte Wana mehrmals bis hundert gezählt. Zumindest glaubte sie das, denn so richtig sicher war sie im Rechnen noch nicht. Die anderen Kinder packten noch ihre Sachen, als Wana schon an der Tür stand.

Mittlerweile tat ihr Unterbauch richtig weh, und die Schmerzen wurden schlimmer, wenn sie sich bewegte. Gerade als sie gekrümmt auf den Flur treten wollte, fasste die Lehrerin sie am Oberarm und bedeutete ihr, im Klassenraum zu bleiben. Wana wurde fast übel. Sie zeigte diskret auf ihre untere Körperhälfte, aber die Lehrerin lächelte sie nur fragend an. Wana spürte, wie ihr vor Scham das Blut ins Gesicht schoss. »Zumindest lächelt sie«, tröstete sich Wana laut.

Dann wartete sie, bis der letzte Schüler die Klasse verlassen hatte, bevor sie eine eindeutigere Geste machte. Nachdem sie die Tür geschlossen hatte, trank sie aus dem imaginären Glas, dann hockte sie sich auf den Boden und gab ein »Schischhhh«-Geräusch von sich, während sie mit der Hand vom Schritt nach außen wischte.

Die Lehrerin nickte und schien endlich zu begreifen. Sie öffnete die Tür und zeigte ihr die Toiletten, die sich draußen auf dem Schulhof befanden. Mit jedem Schritt wurde Wanas Blase noch ein bisschen undichter, und mittlerweile spürte sie, dass sich die Nässe an der Innenseite ihrer Oberschenkel nach unten ausbreitete.

»Bitte, lieber Gott, beschäm mich hier nicht. Hilf mir, dass ich es noch bis dahin schaffe. Und verzeih mir, dass ich deinen Namen in diesem unreinen Zusammenhang erwähne«, betete Wana halblaut vor sich hin.

Einige Mädchen standen kichernd vor der einen Tür; unbewusst gab Wana ein Wimmern von sich und drehte sich um die eigene Achse. Die Mädchen hörten auf zu kichern und starrten sie an. Also beschloss Wana, die andere Tür zu nehmen. Schon als sie eintrat, sah sie an den weißen Kacheln, dass sie am richtigen Ort war. Doch dann erblickte sie die winzig kleinen Klosetts, die dazu auch noch an der Wand hingen. Ihre Not schien gar kein Ende zu nehmen.

»Wie soll ich denn da hochkommen und auch noch hineinpinkeln, lieber Gott?!«

Aber so kurz vor dem Ziel schien ihre Blase nicht mehr warten zu wollen. Wana hob panisch ihren Rock und zog ihre Strumpfhose herunter. Sie schaute sich verzweifelt um, wo sie sich erleichtern konnte, entdeckte zwei Türen, doch als sie an ihnen rüttelte, waren sie abgeschlossen. Dann sah sie am Ende des Ganges einen Abfluss, doch noch bevor sie dorthin gelangen konnte, spürte sie ein Rinnsal ihren Oberschenkel hinablaufen. Schnell sprang sie zum Abfluss und konnte sich gerade noch hinhocken. Es war ihr nicht möglich, langsam zu pinkeln, damit nichts auf ihre Schuhe spritzte. Sie konnte gerade noch ihren Rock notdürftig zusammenraffen, als schon alles schmerzvoll aus ihr herausschoss. Dabei hatte sie nicht gehört, wie die Tür aufging. Erst das entsetzte »Omeigod!« ließ sie erschrocken nach oben und in ein angewidertes Jungengesicht blicken.

Wana wollte am liebsten im Boden versinken. Sie versuchte, den Schwall abzubrechen, aber es war zu spät. Erstarrt sah sie, wie der Junge hinausrannte und etwas schrie. Dann hörte sie Mädchen kreischen. Zeitgleich ging die zweite Tür auf, und ein kleiner blonder Junge trat heraus. Als sie sein mitleidiges Gesicht sah, fing Wana an zu schluchzen. Er sah sie wortlos an, ging dann zurück zu der Tür und als er wiederkam, hielt er ihr eine Rolle Klopapier vor das Gesicht.

Wana blieb so lange in der Toilette, bis sie keine Stimmen mehr hörte. Und dann zählte sie vorsichtshalber noch einmal langsam bis hundert, bevor sie leise die Tür öffnete und sich hinausschlich. Der Gang und der angrenzende Schulhof waren verwaist. Wana ging schnell zum Schulgebäude und vermied es, nach links und rechts zu schauen. Schnurstracks lief sie auf die Glastür zu; ihre Lackschuhe quietschten, und Wana versuchte, ihre Schritte leichter zu setzen. Sie wollte weder gesehen noch gehört werden. Am liebsten wäre sie verschwunden.

Wo ist noch mal das Klassenzimmer?!, dachte Wana verzweifelt, als sie in den langen Flur trat, der nun wie leer gefegt dalag und der ohne die Jacken, Schals und Mützen trist wirkte. Während sie sich zu orientieren versuchte, hörte sie Schritte: Boba und die Lehrerin kamen eilig auf zu sie.

»Wo warst du?! Wir haben dich überall gesucht! Wieso bist du nicht in der Klasse geblieben?«

Als die Lehrerin wieder zurück in die Klasse ging, fragte Boba noch einmal, und als Wana den Mund öffnete, um zu antworten, brach nur ein Schluchzen aus ihr hervor. Damit ging ihr letzter Mut verloren, und sie fing heftig an zu weinen.

»Hey, was ist denn, *Nafas*? Was ist passiert? Warum weinst du?«, fragte ihr Vater in einem sanfteren Ton.

Aber sie weinte und weinte, konnte nicht aufhören damit, und ihr Vater umarmte sie fest, redete beruhigend auf sie ein und streichelte ihr tröstend über den Kopf, den Rücken und den Oberarm.

Wana wollte ihm erzählen, was passiert war, aber das Weinen ließ es nicht zu. Erst nach und nach machten sich die Worte in ihrer Kehle Platz, und sie konnte ihrem Vater berichten, was sich zugetragen hatte. Sie erzählte ihm alles. Auch dass sie nicht mehr in die Schule wollte. Als sie ihm von den Klosetts an der Wand berichtete, lachte er kurz auf, fing sich aber wieder, als er ihr erschüttertes Gesicht sah.

»Mein Herz, du gehst doch immer auf dieselbe Toilette zu Hause?«

Wana nickte zögerlich, unsicher, was das damit zu tun haben sollte.

»Und deine Mutter geht auch immer auf diese Toilette, nicht wahr?« Wana nickte wieder.

»Da gibt es keine Klosetts an der Wand, in Männer- und Jungentoiletten schon. Aber das konntest du nicht wissen, nicht wahr?«

Wenn Boba gedacht hatte, sie damit beruhigen zu können, dann hatte er sich geirrt.

»Ohhh nein, Boba! Das ist ja noch peinlicher! Ich war auch noch auf der Jungentoilette. Alle werden über mich lachen. Alle, alle! Ich will hier nicht mehr hin, ich kann nicht! Bitte, bitte, zwing mich nicht!«

Ihr Vater überging ihre Bitte. »Was ist denn mit dem kleinen Jungen, der dir helfen wollte und der dir das Toilettenpapier gegeben hat? Der scheint doch ganz nett zu sein.«

Wana hörte den Einwand ihres Vaters nicht, denn ihre eigenen lauten, hektischen Gedanken übertönten alles andere in ihrem Kopf.

»Alle werden sich über mich lustig machen. Die denken doch bestimmt, dass ich dumm bin und nicht weiß, wie man eine Toilette benutzt.«

»Aber, aber, jetzt warte doch erst mal ab. Halte dich einfach an den netten Jungen.«

»Und was ist, wenn die anderen mich nicht in Ruhe lassen?«

»Dann hilft er dir bestimmt.«

Boba verstand nichts; Erwachsene dachten immer, dass Kinder vernünftig wären, wenn man vernünftig mit ihnen sprechen würde. Aber Kinder waren unfair und gemein und hauten ohne Grund. Wie Hamed, Onkel Walis verzogener Sohn. Sie hatte immer Angst gehabt, dass es Kinder wie ihn in ihrer Schule geben würde. Und hier kannte sie niemanden. Was, wenn sie nur so gemeine Kinder in der Schule hatte?

»Boba, der ist so klein. Er ist vielleicht nett, aber genauso klein wie ich und noch dünner. Er sieht aus wie eine Spinne«, sagte Wana und schämte sich sofort, dass sie ihn so nannte, denn schließlich hatte er ihr geholfen. Und er war vielleicht klein, aber er war mutig gewesen und war nicht hinausgelaufen wie der andere Junge und hatte die Mädchen draußen nicht zum Kreischen gebracht. Er war dageblieben. Der bittere Geschmack in ihrem Mund ließ ein wenig nach.

Ihr Vater sagte einen Moment lang nichts. Als Wana Mitleid in seinen Augen erkannte, fing ihre Unterlippe erneut an zu zittern.

»Hey«, erwiderte er hastig und drückte sie fest an sich. »Unterschätze Spinnen nicht! Du weißt noch nichts über die Spinnen, die ganze Armeen starker Männer abgewehrt haben.« Boba versuchte, Wanas Aufmerksamkeit zu gewinnen, indem er ihr Gesicht mit beiden Händen festhielt. »Komm«, sagte er dann und klopfte auf sein Bein. Wana stand auf und setzte sich auf seinen Schoß. Sie konnte die Haarpomade riechen, die sich mit dem Geruch seiner Lederjacke und dem von Zigarettenrauch mischte. Es war Bobas ganz eigener, unverkennbarer Duft, der sich nicht verändert hatte. Die weißen Haare an den Schläfen, die er erst vor Kurzem bekommen hatte, glitzerten silbern im schwachen Sonnenlicht, das sich durch den immer noch stark bewölkten Himmel durchgekämpft hatte. Wana schloss die Augen, als sie ihren Kopf auf seine Schulter legte. Allmählich beruhigte sich ihr Herz.

»Also«, begann Boba, »unser Prophet, Mohammed, hatte viele Feinde. Menschen, denen er Angst machte, weil er anders war. Er missbilligte ihr Verhalten und kritisierte sie öffentlich. Das war sehr mutig, denn der Prophet hatte keine Armee oder Waffen, seine Anhänger gehörten zu den Schwachen und Mittellosen. Irgendwann hatte er so viele mächtige Menschen, darunter auch die Herrscher von Mekka, gegen sich aufgebracht, dass er aus der Stadt fliehen musste.«

Boba küsste sie auf die Stirn, und Wana fragte sich, ob er vielleicht traurig darüber war, dass der Prophet auch ein

Geflüchteter gewesen war. Sie wollte sein Gesicht sehen, aber Boba drückte sie sanft zurück, als sie sich aufrichtete, und fuhr fort: »An jenem Tag war nur ein Gefährte bei ihm, und sie flohen vor ihren Verfolgern zum Berg Hira. Dort hatte der Prophet einst die ersten Suren des Korans empfangen. Seine Verfolger waren ihm dicht auf den Fersen, und der Prophet und sein Begleiter wähnten sich verloren. Abu Bakr zeigte auf eine Höhle, und sie huschten beide hinein. Kaum waren sie drin, hörten sie schon die Stimmen ihrer Verfolger näher kommen. Sie krochen in die hinterste Ecke der Höhle, fingen an, leise zu beten, und baten Gott, ihnen in der Stunde ihres Todes beizustehen.« Wana schaute ihren Vater bestürzt an. Er strich ihr kurz über die Wange, erzählte dann aber weiter. »In dem Moment fing plötzlich eine Spinne an, in größter Eile ein Netz vor dem Höhleneingang zu weben. Kurz bevor die Verfolger die Höhle erreichten, war das Netz fertig und spannte sich quer über den gesamten Eingang. Jetzt sah es so aus, als wäre seit langer Zeit niemand in die Höhle hineingegangen, und die Verfolger liefen daran vorbei. Und so rettete die kleine Spinne dem Propheten das Leben und trug entscheidend dazu bei, dass er seine Botschaft in der ganzen Welt verbreiten konnte.«

Boba wischte Wana zärtlich die nass geschwitzten und nass geweinten Haare aus dem Gesicht und lächelte sie an. Er lächelte so lange, bis auch sie lächeln musste.

Als Wanas Vater seine Geschichte beendet hatte, kam Wanas neue Lehrerin auf sie zu und führte Wana wieder zurück in die Klasse. Dort lag auf ihrem Pult mehr buntes Papier, als Wana je zuvor gesehen hatte.

Ohne zu sprechen, bastelten Wana und ihre Lehrerin eine Laterne aus grüner Pappe, in die sie Löcher schnitten, die sie dann mit rotem und purpurfarbenem durchsichtigem Papier auskleideten. Boba saß am Nebentisch und beobachtete sie. Manchmal starrte er auch nur vor sich hin und schien ganz weit weg zu sein. Als sie fertig waren, konnte Wana ihren Blick nicht mehr von der Laterne abwenden. Sie hielt sie hoch und gegen das Licht. Die Farben erinnerten Wana an die bunten Lichter der Moschee in ihrer Straße in Kabul. Die hatte sie durch das Schlafzimmerfenster ihrer Eltern sehen können, und manchmal hatte sie stundenlang auf der Fensterbank gesessen und die bunten Lichter bewundert.

Die Laterne und die ruhige Bastelstunde halfen Wana, sich beim Mittagessen tapfer einzureden, dass es nicht so schlimm war, was ihr am Vormittag in der Schule passiert war. Sie ging sogar im Wohnheim entschlossen auf die Toilette und hatte sich wütend vorgenommen, sich nicht noch einmal von dem Mann, der sie am Morgen so erschreckt hatte, einschüchtern zu lassen. Die Dinge waren jetzt anders; sie musste selbst auf sich achtgeben, musste sich durchschlagen. Bevor sie in der Kabine verschwand, hatte sie sichergestellt, dass niemand in den Nachbarkabinen war. Und sie hatte sich vorgenommen, so schnell wie möglich hinauszurennen, wenn sie hörte, dass jemand die Toilettenräume betrat. Sie kam sich dumm vor, dass sie am Morgen tatsächlich gedacht hatte, nicht auf die Toilette zu gehen, wäre die Lösung des Problems.

Die beiden freien Stunden zu Hause vergingen rasch, und früher, als es Wana lieb war, machten sie sich am Nachmittag wieder auf den Weg zur Schule. Wana hatte jetzt ihre Turnschuhe an, die abgewetzt und nicht wirklich wasserfester als die Lackschuhe waren, die sie am Vormittag getragen hatte. Sie wurde mit jedem Schritt stiller.

Boba drückte ihr aufmunternd die Hand, sie sah zu ihm auf, und er nickte ihr ermutigend zu. Dann fiel ihr Blick auf ihre Laterne, die am Zeigefinger ihrer anderen Hand hing, und es tröstete sie, dass es neue Sachen geben würde, an denen ihr Herz sich erfreuen könnte.

Als sie in die Straße der Schule einbogen, erwartete sie etwas so Schönes, dass sie der Anblick überwältigte. Die Menge mit den vielen Laternen sah aus wie ein Haufen bunter Glühwürmchen. Wana hielt inne und schaute verzaubert auf diese Szenerie. Grüne, rote, blaue Lichter leuchteten in der Dunkelheit und verwandelten die graue Straße in einen Weg aus einem Zauberland. Wanas Lehrerin zeigte auf die Menschen und auf sich und auf Wana und Boba und schien mit einer Kopfbewegung sagen zu wollen, dass sie sich der Gruppe anschließen sollten. Leichteren Herzens und mit sichereren Schritten ging Wana mit ihrem Vater und der Lehrerin auf die Gruppe zu. Die Mütter – es war kein einziger Vater anwesend – standen in mehreren Grüppchen eng zusammen, und die Kinder wuselten um sie herum und zeigten sich gegenseitig ihre Laternen. Erst dann sah Wana, dass manche Laternen an Stäben hingen, an denen kleine Lampen befestigt waren, in anderen steckte eine brennende Kerze. Wanas Laterne hatte weder einen Stab noch eine Lampe, und als sie auf ihre Hand hinunterblickte, fragte sie sich kurz erschrocken, ob es wirklich noch dieselbe Laterne war. Sie sah ganz und gar nicht mehr so schön und bunt aus wie noch vor ein paar Minuten.

Wana versuchte, die Enttäuschung zu ignorieren, aber sie ließ sich nicht verscheuchen. Durch ihren Kopf spukten gehässige Worte: *Deine Laterne ist nicht so schön wie die der anderen Kinder. DU bist nicht so wie die anderen Kinder.*

DEIN Vater ist der einzige Mann hier, und DEINE Mutter ist nicht wie die Mütter hier!

Wana versuchte, das Gefühl wegzulächeln. Sie wollte wieder glücklich sein und ihren Vater lächeln sehen. Sie befahl der Stimme in ihrem Kopf, die Klappe zu halten, und folgte dem Blick ihres Vaters, der, ebenso wie sie vorhin, gebannt in die Menge schaute. Wana blieb an einer Gruppe Mädchen hängen, die zusammenstanden und ausgelassen lachten, und ertappte sich bei dem Gedanken, wie es wohl wäre, wenn sie eines dieser Mädchen wäre. Sie hätte helle Haut und blonde Haare und wäre genauso unbeschwert. Hin und wieder würde sie sich selbstbewusst mit einem der umstehenden Erwachsenen unterhalten, wie diese Mädchen es taten. Und sie würde alle kennen, mit allen sprechen können und wäre so angezogen wie sie.

Obwohl sie erst sechs Jahre alt war, wusste Wana, dass sie sich etwas Unmögliches wünschte. Sie würde nie wie sie sein und wie sie aussehen.

Sie versuchte, sich abzulenken, wollte diesen trüben Gedanken nicht zu viel Aufmerksamkeit schenken. Sie hörte jemanden ansteckend lachen. Es war ein ausgelassenes blondes Mädchen, das auch Wana unwillkürlich lächeln ließ. Das Mädchen nahm ihre Laterne, hängte den Stab aus und trug sie dann wie Wana am Zeigefinger. Sie lief vor der laut lachenden Gruppe auf und ab, während die Laterne heftig hin und her schaukelte, und als sie etwas sagte, lachte die Menge laut auf. Daraufhin stellte das Mädchen die Laterne ab, tat so, als ob sie sich die Hose herunterzog, hockte sich hin und wippte mit dem Po.

Die Mädchen kreischten. Die Erwachsenen redeten tadelnd auf sie ein. Und alle schauten immer wieder zu

Wana. Herausfordernd. Spöttisch. Neugierig. Verstohlen. Mitleidig. Das war das Schlimmste.

Wana schaute weg. Beschäftigte sich mit ihren Schuhspitzen und tat so, als hätte sie nichts gesehen. Sie linste zu ihrem Vater hoch, der ebenfalls etwas auf dem Boden zu betrachten schien. Wana versuchte, den Kloß in ihrem Hals hinunterzuschlucken, aber er ließ sich nicht vertreiben und blieb schmerzhaft stecken.

»Komm!«, sagte ihr Vater und zog sie an der Hand in Richtung des Gebüschs an der Seitenwand der Schule.

Wana war irritiert, ging aber mit. »Boba, was machst du?«

»Warte mal! Ich suche nur was!«, sagte er und fing an, den Boden mit den Händen abzusuchen.

»Boba, alle gucken«, flehte Wana ihren Vater an. Der Kloß arbeitete sich zurück nach oben, und ihre Augen füllten sich mit Tränen.

Ihr Vater hielt plötzlich einen Stock und schaute stolz. »Hier!«, sagte er und nahm Wana die Laterne ab. Dann hängte er sie an den Stock und hielt sie zufrieden vor sich hin. Der Stock war in der Mitte leicht gekrümmt, und die Laterne daran sah aus wie ein traurig hängender Kopf. Wana wusste mit Gewissheit, dass die anderen Kinder ihre Laterne trotz des Stocks weiterhin genauso lächerlich fanden wie zuvor. Sie war das Mädchen, das einfach irgendwohin pinkelte. Ihre Laterne sah komisch aus. Es war kein Stab mit einer Lampe dran, und sie leuchtete auch nicht so wie die der anderen.

Als Wana ihren Vater unschuldig lächelnd Laterne und Stock betrachten sah, fühlte sie Mitleid in sich aufsteigen. Und diesmal ließ sie es zu. Eine Welle der Liebe für ihn machte sich in ihr breit. Es tat ihr leid, dass er nicht verstanden hatte, was sie verstanden hatte. Und sie spürte den Drang in sich, alles dafür zu tun, damit er dieses Lächeln auf seinem Gesicht nicht verlor.

An diesem Abend lief Wana an der Hand ihres Vaters in der Menge mit, hörte Lieder, die sie nicht verstand und nicht mitsingen konnte, während das Gefühl, dass sie ihren Vater vor etwas beschützen musste, immer stärker wurde. Als Boba anfing, die Melodie der Lieder zu summen, die die Kinder sangen, zog sie an seiner Hand, damit er aufhörte. Still begleiteten sie den Umzug bis zum Schluss, und auch auf dem Nachhauseweg sprachen sie kaum.

KAPITEL 2

23. April 2019

Nach dem Unfall

Als Wana endlich aus ihrem traumlosen Schlaf erwachte und die Augen öffnete, war es grell. Das Licht tat ihr in den Augen weh, und sie drehte den Kopf zur Seite. Nach einer Weile versuchte sie, die Lider noch ein bisschen weiter zu heben. Dann erst sah sie das weiße Holzkreuz, die Glasvierecke, und als sich ihre Augen an die Helligkeit gewöhnt hatten, konnte sie endlich das ganze Fenster sehen. Etwas glitzerte im rechten unteren Viertel; ganz fein und zerbrechlich. Die Sonne verschwand hinter einer Wolke, und Wana erkannte das Glitzern als ein Spinnennetz, das am Fenster zu schweben schien. Sie verfolgte die Fäden bis in die Mitte und wieder zurück. Es war ihr nicht möglich, den Anfang des Fadens in dem kunstvoll gewobenen Geflecht zu erkennen. Das Ende schon. Es hing an der Spinne, die sich abseilte und wieder hochschnellte, um dann wieder genauso regungslos zu verharren wie Wana in ihrem Bett. Wana wollte auch so einen Faden, der sie immer wieder zurückführte, egal, wie weit weg sie war oder wie schlimm sie sich verlaufen hatte. *Wie schön es wäre, immer zu wissen, wohin man gehört*, dachte sie und versuchte, ihre brennenden Augen aufzuhalten, denn aus irgendeinem Grund machte ihr das Schlafen Angst. Sie wusste nicht, warum, aber sie wusste, dass sie nicht wieder einschlafen durfte. Sie dachte an Boba, an ihren ersten Schultag und an seine Geschichte von der Spinne. Das hielt sie beschäftigt, es war eine ihrer liebsten Erinnerungen an Boba. Seine tröstenden Worte, seine große Hand auf ihrer Wange. Nie wieder hatte sie jemanden gefunden, der ihr solchen Trost schenken konnte. Und während Wana versuchte, die Unruhe zu ignorieren, die langsam in ihr hochkroch, je stärker die Erinnerung an Boba wurde, glitt sie in einen dämmrigen Schlaf, aus dem sie immer wieder aufwachte, ohne Kontrolle. Flimmernde, verwirrende Bilder drängten sich ihr auf und verflüchtigten sich wieder. Zwischendurch spürte sie Hände an sich, ein Rumpeln.

Wana schrak auf.

Es war nur ein Traum, dachte sie erleichtert, als sie sah, dass sie im Bett lag. Dann erst registrierte sie das fremde, kahle Zimmer. Alles war weiß: die Wände, die Bettwäsche. Wana bekam Angst. Leichentücher waren weiß. Sie schaute sich hektisch um, an der Wand gegenüber hing viel zu hoch ein Fernseher, rechts vom Bett ein weißer Tisch an der Wand, vollgestellt mit Blumen, aber die bunten Blüten beruhigten sie nicht. Blumen lagen auf Gräbern. Wanas Blick wanderte vom Tisch zum Fußende ihres Bettes, einen Wimpernschlag später sah sie die Schläuche, die von ihrem Körper wegführten. Dann flatterte eine Erinnerung durch ihr träges Gehirn, und ein Flüstern kam von weit her:

»Das war kein Traum. Boba ist tot.«

Während sie versuchte, sich zu orientieren, wurde sie mit jeder Frage, die in ihrem Kopf aufpoppte, panischer.

Wo bin ich?
Was ist passiert?
Wo ist Leo?
Wo bin ich?

Sie lag auf dem Rücken und wollte sich bewegen, aber in ihren Rippen steckten große Nadeln, die sich bei jeder Bewegung in ihr Fleisch bohrten.

Ein Männergesicht sah sie ernst und konzentriert an, irgendetwas daran war so vertraut wie der Geruch ihres Vaters. Wana kämpfte gegen die Panik an. Mit letzter Kraft hob sie ihren Kopf. Der Boden schwankte, dann wurde er weggerissen, während die Wände sich auf sie zubewegten.

»*La ilaha illa-llah. Wa Muhammad-u-rassul Allah. La ilaha illa-llah. Wa Muhammad-u-rassul Allah.* Es gibt keinen anderen Gott, außer den einen. Und Muhammad ist sein Prophet.«

Ihre Stimme klang fremd und heiser, die Worte rollten sich auf ihrer Zunge zusammen und fielen unverständlich aus ihrem Mund. Sie glaubte nicht an Gott oder seinen Propheten. Sie wollte nicht beten. Es war plötzlich einfach aus ihr herausgebrochen. Der Klang ihres Gebets half ihr, nicht in den Strudel gezogen zu werden, der sich über ihr zusammengebraut hatte und der immer stärker wurde. Immer noch spürte sie die Enge in der Brust. Und dann löste sich plötzlich alles auf.

Wana war zwar immer noch recht benommen, als sie das nächste Mal ihre Augen öffnete, aber alles war klarer, und sie fühlte sich nicht mehr so unendlich müde. Draußen dämmerte es. Entweder war der Tag zu Ende oder er begann. Wie lange hatte sie geschlafen? Wana drehte ihren Kopf und schaute sich im Zimmer um. Modar saß strickend am Bettrand, ihr Gesicht wirkte alt und ungewohnt nackt ohne die übliche Schicht Schminke. Dunkle Augenringe zeichneten sich unter ihren stechend grünen Augen ab. Sie hob eine Augenbraue, als sie versuchte, eine störrische Masche einzufangen, kein Haar der perfekt in Form gebrachten Brauen traute sich, aus der Reihe zu tanzen. Sie hatte Wana immer gedrängt, sich ihre zu zupfen. Wana hatte sich geweigert, wie immer, wenn ihre Mutter sie antrieb, mehr aus sich zu machen. Sie hatte sie erst gezupft, als sie von zu Hause ausgezogen war. Ihr Vater hatte gelächelt, als er sie gesehen hatte.

»Du hast die Augen deiner Mutter.«

Boba, schoss es Wana durch den Kopf, noch bevor sie richtig im Hier und Jetzt angekommen war. Eine bittere Traurigkeit umfing sie, legte sich auf ihre Brust und drang in jede Pore ihres Körpers. Sie würde Boba nie mehr hören, sehen, halten. Wana wollte es nicht verstehen. Sie wollte die Erinnerung aus ihrem Kopf reißen. So wie ihre Haut, die sich nicht mehr wie ihre anfühlte und die sie am liebsten abgezogen und weggeworfen hätte. Ihr wurde heiß, und sie spürte eine Schweißperle an ihrem Hals herunterrinnen. Sie wollte sprechen, aber ihr Hals tat weh. Ihr Rachen war so trocken. Jeden Gedanken musste sie erst mühsam aus dem Dickicht herauspulen, das in ihrem Kopf zu wuchern schien.

»Leo« war alles, was sie krächzend von sich geben konnte. Erleichtert konnte sie sehen, dass Modar sie gehört hatte. Wanas Lider wurden wieder schwer.

»Wana?«, drang eine Stimme von weit her.

Mühevoll öffnete sie die Augen und sah ihre Mutter über sich. »Wo ist Leo?«, flüsterte Wana.

Modar lächelte, aber Wana konnte sehen, dass sie mit den Tränen kämpfte. Ihr Kinn zitterte, und sie runzelte die Stirn. Diesen Gesichtsausdruck kannte Wana, seit sie denken konnte. Ihre Mutter setzte ihn immer dann auf, wenn sie ihre Angst nicht zeigen wollte. Sie lächelte, so wie andere im dunklen Wald pfeifen, um sich Mut zu machen. Wana spürte auf einmal ihren Herzschlag klar und deutlich. War etwas mit Leo?! Sie riss die Augen auf.

»Jetzt sag schon, sag es doch endlich!«

Wanas Rachen durchfuhr ein brennender Schmerz. Als ob der heiser ausgestoßene Satz einen Riss durch ihre Luftröhre gezogen hätte. Modar wich zurück und schüttelte entsetzt den Kopf. »Nein, nein, es geht ihm gut. Gott bewahre! Er ist bei Nila. Wir sind alle bei Nila; sie bringt ihn gleich zu dir. Mach dir keine Sorgen. Es geht ihm gut.«

Sie schluchzte und tätschelte Wanas Decke. Erleichtert atmete Wana auf. Eine fürchterliche Sekunde lang hatte sie erwartet, das Schlimmste zu hören. Sie wandte den Blick von ihrer weinenden Mutter ab, die sie unnötig erschreckt hatte, während diese weitersprach.

»Alexander ist nach Berlin gefahren, er musste sich um die Arbeit kümmern, aber er war immer wieder hier. Er weiß noch nicht, dass du wach bist. Er musste sich um seine Arbeit kümmern …«

Sie redete unaufhörlich weiter. Wana hatte den Eindruck, dass sie sie damit beruhigen wollte, aber das Gegenteil war der Fall. Wana sah Alexander auf dem Friedhof, hörte sich schreien, ihn anschreien.

Es klopfte, und fast zeitgleich ging die Tür auf.

»Guten Morgen, darf ich reinkommen?«, fragte ein weiß gekleideter Mann freundlich.

Offenbar war er Arzt, denn er begann, sie zu untersuchen, drückte wunde, schmerzende Stellen und stellte dann das Bett so ein, dass Wanas Kopf etwas angehoben war. Dankbar lächelte sie ihn an, und seine Oberlippe zuckte. Dann zählte er viele Operationen und Verletzungen auf, aber Wana fiel es schwer zuzuhören. Ihr drängten sich andauernd Bilder auf. Ein Sarg. Bobas Sarg! Dann ein weißes Auto, das viel zu schnell fuhr. Der Friseur an der Ecke. Die Häuser auf der anderen Straßenseite, gefolgt von Autos, die plötzlich auf sie zuschossen. Wana kniff die Augen zu, sah den Arzt, wie er weiterredete, vom künstlichen Koma sprach, und sie fand es komisch, dass es ihr gleichgültig war, was er sagte. Es war nämlich so, dass sie genau hörte, was er sagte, aber sie fühlte sich nicht angesprochen. Sie bemühte sich, sich zu konzentrieren, aber ihr Kopf bestand nur aus einer weichen Masse, in der die Worte einschlugen, dann einsackten und bevor sie sie greifen konnte, wieder verschwanden. Sie sah, wie seine Oberlippe zuckte, wie er aufstand und sich hinter den Stuhl stellte.

»… spätestens in ein paar Wochen kannst du wieder nach Hause gehen. Hast du noch Fragen?«, sagte er. Jetzt zuckte seine Oberlippe nicht mehr.

Die einzige Frage, die Wana durch den Kopf ging, war, warum der Arzt sie duzte.

»Geht nicht. Mein Sohn!«, packte Wana mühsam ihre vielen Gedanken in vier Worte, die Ewigkeiten brauchten, bis sie ausgesprochen waren. Ihre Stimme hörte sich krächzend und fremd an.

»Möchtest du ein bisschen Brühe?«, fragte Modar.

Ohne eine Antwort abzuwarten, goss sie etwas aus einer Thermoskanne in eine Tasse auf Wanas Tisch und hielt sie ihr an den Mund. Schon der erste Schluck tat ihrem wunden Rachen gut. Wana sah ihre Mutter dankbar an, trank noch einen zweiten Schluck und wandte sich wieder an den Arzt, der geduldig an seinem Platz gewartet hatte.

»Ich muss zurück nach Berlin, nach Hause«, flüsterte sie und versuchte erst gar nicht, normal zu klingen. Jetzt war sie froh, dass Modar bei ihr war.

Der Arzt schüttelte den Kopf und schaute sie ernst an, während er medizinische Gründe anführte, warum sie nicht nach Hause konnte, und zwischendurch mit Modar Blicke austauschte, als ob sie das alles schon besprochen hätten. Irgendwann drehte Wana den Kopf zum Fenster. Sie sah, wie sich das Weiß der Zimmerwände darin spiegelte, sah sich aus dem Fenster schauen. Es fühlte sich an, als sähe sie eine fremde Frau in einem fremden Zimmer. Hier würde sie in den nächsten Wochen sein. Hier essen, hier schlafen. Es war ihr Gesicht, das sich dort spiegelte, das wusste Wana, aber sie fühlte sich nicht eins mit der Frau, die sie sah. Sie hörte, wie der Arzt sich verabschiedete, aber sie drehte sich nicht um, als sie ihm antwortete. Sie dachte an Leo, wollte einfach nur zu ihm. Ihn sehen, ihn halten. Sie hatte eine solche Sehnsucht nach ihm, dass sie schreien wollte.

»Wieso willst du unbedingt zurück? Ich kann mich doch um Leo kümmern. Und um dich. Außer deinem Mann gibt es doch in Berlin niemanden, der für euch da sein kann.«

Modar hatte ihr Strickzeug in den Schoß gelegt und rückte mit dem Stuhl näher ans Bett. Wana wusste, dass sowohl Modar als auch der Arzt recht hatten. Sie hatte außer Alexander niemanden, der sich um sie und Leo kümmern konnte. Und beim letzten Mal, als er sich um sie kümmern sollte, nach Leos Geburt, hatte er es nicht geschafft, war vor ihr mit Grippe zusammengebrochen, und Wana hatte sich auch noch um ihn kümmern müssen. Es war vielleicht nicht fair, es war nicht seine Schuld gewesen. Aber ihre war es auch nicht, und trotzdem hatte sie sich irgendwie schuldig gefühlt; dafür, dass sie dieses Baby hatte haben wollen.

Tränen verschleierten ihren Blick, das Spinnennetz flatterte leicht und glitzernd im Wind. Die Spinne verharrte regungslos, und Wana fragte sich, ob sie die Spinne oder die Spinne sie beobachtete. Sie kam sich hilflos vor.

»Modar, gib mir dein Telefon.« Wana konnte nur leise flüstern, und sie stellte fest, dass sie eigentlich keine Kraft für ein Gespräch, ja, nicht einmal die Stimme hatte, um zu sprechen, aber sie konnte nicht einfach so herumliegen. Sie wollte Alexanders Stimme hören. Sollte sie nicht als Erstes mit ihm reden, mit ihrem Mann, dem Vater ihres Kindes?

Modar gab Wana ihr altes Telefon mit Seniorentastatur. Es war sechs Uhr. Morgens. Mühsam wählte sie Alexanders Nummer, ihre Finger wollten ihr dabei kaum gehorchen. Modar stand neben ihrem Bett, um zu helfen, aber Wana wünschte sich, sie würde sich hinsetzen oder, noch besser, rausgehen. Mit jedem Klingeln klopfte ihr Herz lauter. Nach dem fünften Mal sprang die Mailbox an, Wana ließ ihre Hand mit dem Telefon sinken und legte auf. Sie sah Modar nicht an, als sie sie bat, Nilas Nummer für sie zu wählen. Als ihre Schwester abnahm, tat Wana der Arm vom Halten weh, und sie schaltete den Lautsprecher ein. Dann legte sie das Telefon neben sich aufs Kopfkissen und atmete tief durch, bevor sie flüsternd sagte: »Nila?«

»Wana?«

Am anderen Ende wurde es erst still, dann war ein lautes Schluchzen zu hören, dann ein Räuspern und dann wieder Weinen. Wana weinte auch, still und unfähig, ein Wort zu sagen. Und just in diesem Moment erinnerte sich Wana wieder an Bobas Beerdigung. Sie sah Alexander mit Leo auf dem Friedhof. Nila hatte es bemerkt, hatte gemerkt, dass sie sich gestritten hatten. Sie hatte Wana davon abhalten wollen, allein zu fahren. Wanas Augen bewegten sich hektisch auf der weißen Decke hin und her.

»Wo ist Leo?«, fragte Wana. Es war Leo, an den sie gedacht hatte, als das Auto gegen sie geprallt war. Sie hatte gedacht, dass es das nun gewesen war, dass sie nun sterben würde. Der Geruch von Maulbeerbäumen stieg ihr in die Nase. Wana schnupperte, hatte aber keine Ahnung, ob sie sich den Geruch nur einbildete. Ihr wurde heiß. Nilas Stimme drang aus dem Telefon und wurde immer lauter.

»Ich bin's, *Batschem*. Wir sind noch dran«, sagte Modar plötzlich laut neben ihrem Kopf. Sie nahm das Handy und hielt es näher an Wanas Ohr, die aber mit zusammengezogenem Gesicht ein Kopfschütteln andeutete. Sie konnte nicht mehr sprechen, wegen der Schmerzen, aber auch wegen all der Bilder und Erinnerungen in ihrem Kopf, die so schnell aufpoppten wie Pilze im Herbst aus dem Waldboden.

»Leo schläft noch. Sobald er aufwacht, kommen wir«, hörte sie Nila sagen, und Modar wiederholte es noch mal für Wana, als ob sie vergessen hätte, dass der Lautsprecher an war.

»Geht es ihr gut? Waren die Ärzte schon da?«, fragte Nila.

»Nicht alle, aber der Arzt, weißt du noch, Wanas Schulkamerad, war eben hier.«

Wana schaute ihre Mutter an. Jetzt verstand sie, warum

sie immer nur seine zuckende Oberlippe gesehen hatte, warum er und Modar ihr so vertraut vorgekommen waren.

»Und Alexander? Weiß er Bescheid?«, sagte Nila.

Modars Gesicht wurde ernst, und sie nuschelte: »Nein, noch nicht. Er schläft vielleicht noch.«

Wana fühlte den alten Reflex in sich, Alexander zu verteidigen. Sie wollte ihn entschuldigen, wollte nicht zulassen, dass sich die beiden in all ihren Vorurteilen ihrem Mann gegenüber bestätigt fühlten. Aber sie war zu schwach, und zudem wusste sie nichts vorzubringen, was entschuldigt hätte, dass er nicht bei ihr war. Erschrocken über ihre bitteren Gedanken, schaute Wana auf die Infusionsnadel, die in ihrem Handrücken steckte. Es war eine große Nadel, und jedes Mal wenn Wana die Hand bewegte, tat es weh. Wieso war Alexander nicht bei ihr? Wieso war Leo nicht bei ihm, sondern bei Nila? Ein Schluchzen arbeitete sich in ihrer Brust hoch, als sie an Leo dachte, den sowohl Vater als auch Mutter verlassen hatten. Wana krümmte sich zusammen. Wie war es Leo ohne sie ergangen? Wie war er damit fertiggeworden? Sie bemerkte, dass Modar sie beobachtete, und riss sich zusammen.

»Ich finde, du solltest Leo aufwecken und ihn zu seiner Mutter bringen. Es wird ihnen beiden guttun«, sagte Modar ins Telefon, als ob sie wüsste, dass Wana an Leo gedacht hatte. Sie lächelte Wana an und beendete dann das Telefonat. Wanas mühsam zurückgehaltene Tränen liefen still aus ihren Augen.

»Ich weiß«, sagte Modar und setzte sich auf die Bettkante und streichelte ihren Oberarm. Wenngleich Wana froh war, dass Modar ihre Sehnsucht nach Leo verstand, bei ihr war und sich um sie kümmerte, war ihre körperliche Nähe doch ungewohnt, und Wana fühlte sich nicht wohl dabei. Die Vorstellung, keine Kraft zum Wegrücken zu haben, falls Modar noch näher kommen würde, machte sie nervös. Sie drehte ihren Kopf wieder zum Fenster. Die Spinnweben am Rahmen tanzten unwirklich im frühen Sonnenlicht. Hier und da warfen sie das Sonnenlicht in Regenbogenfarben zurück.

Irgendwann setzte sich Modar zurück auf ihren Stuhl. Sie sah auf den Boden, und Wana hatte den Eindruck, dass sie es vermied, sie anzuschauen. Jetzt tat es Wana leid, dass sie weggeschaut hatte. Modar nahm Wolle und Nadeln vom Tisch und strickte erst zögerlich, dann immer schneller eine Masche nach der anderen. Immer wieder stoppte sie, als würde sie über etwas nachdenken. Eine ganze Weile lang schwiegen sie. Wana schloss die Augen und war froh, dass ihr mattes Gehirn eine Pause machen konnte.

»Möchtest du noch ein bisschen Brühe?«, flüsterte Modar.

Wana hätte sich am liebsten schlafend gestellt, sie war so müde. Sie wollte aber nicht wieder abweisend wirken, und so öffnete sie kurz die Augen und schüttelte den Kopf.

Offensichtlich nahm Modar an, dass sie jetzt wieder wach und ansprechbar war, und legte in einem Plauderton los: »Sag mal, hast du ihn nicht erkannt, den Kleinen aus deiner Schulklasse? Sein Vater war auch Arzt, oder?«

Wana nickte.

»Ich mochte ihn, er war schon immer so lieb und anständig. Und jetzt kümmert er sich um seine kranke Mutter.« Sie beugte sich nach vorn und sagte leise, als ob sie befürchtete, jemand könnte sie hören: »Ist nicht mehr ganz richtig im Kopf. Vergisst alles.«

Modar wackelte mit dem Kopf und zog an ihren Ohrläppchen – eine abergläubische Geste, die verhindern sollte, dass das Schicksal in ähnlicher Weise auch bei ihr zuschlagen würde. »*Toba, toba.* Er hat mir erzählt, dass es ihr immer schlechter geht, seitdem sein Vater vor ein paar Jahren gestorben ist.«

Ihre Stimme brach. Wana wusste, dass sie an Boba dachte. Auch ihr traten wieder Tränen in die Augen. Dann lenkte Modar aber wieder ab und erzählte von Wanas altem Schulfreund, dem Arzt, und Wana wunderte sich, dass ihre Mutter so viel über ihn wusste, ja sich überhaupt mit ihm unterhalten hatte. Ihre Mutter hatte nie mit ihren Freunden gesprochen, dafür konnte sie gar nicht gut genug Deutsch. Zumindest dachte sie immer, dass das der Grund war, warum sie kaum mit Alexander sprach. Beim Gedanken an ihn merkte Wana, dass seine Abwesenheit sie seltsam unberührt ließ. Während sie sich nach Leo verzehrte, machte es sie wütend, dass Alexander nicht da war. Wie konnte er jetzt nicht bei ihr sein? Bei Leo? Aber es war nicht so, dass sie ihn bei sich haben wollte, sie vermisste seine Nähe nicht.

»So ein stilles, blasses Kind. Ich hatte immer den Drang, ihm etwas zu essen in die Hand zu drücken. *Ya Rabb*, was der alles gegessen hat! Aber es blieb einfach nichts an ihm hängen.« Sie lächelte traurig, und ihr Blick verlor sich in der Ferne.

Wana wollte die Gelegenheit nutzen, um sich ein bisschen auszuruhen. Sie dachte wieder an Leo und wünschte sich, dass er bald bei ihr wäre. Der bloße Gedanke an ihn versetzte sie in eine solche Unruhe und Ungeduld, dass jede Müdigkeit von ihr wich. Wo blieb Nila nur? Sie wollte Leo endlich im Arm halten, sich an ihm festhalten.

»Und ein *Doktar* ist er geworden. »*Ofarin*! Möge er

seiner Mutter erhalten bleiben. Sie hat ja nur dieses eine Kind, oder?« Sie sah von ihrem Strickzeug auf und wartete offenbar auf Wanas Reaktion.

Etwas widerwilliger als vorhin nickte Wana. Ärzte standen für Modar über allen anderen Menschen. Sie hatte nie nachvollziehen können, dass Wana »nur« Anglistik und Germanistik studiert hatte.

»Wieso hast du Sprachen studiert, die du schon kannst?«, hatte sie gefragt.

Wana dachte an ihre Arbeit, an ihr Übersetzungsbüro und ihre Termine. Hatte irgendjemand ihre Termine abgesagt? Es war so schwierig gewesen, Aufträge zu bekommen, nachdem sie mit Leo so unflexibel geworden war und kaum noch Zeit fand zu arbeiten. Sie zog bei der Vorstellung, dass man auf sie gewartet hatte und sie einfach nicht erschienen war, gequält die Stirn zusammen. Wana erschrak, war der Termin im St.-Joseph-Krankenhaus nicht direkt am Dienstag nach der Beerdigung gewesen? Was war heute für ein Tag?

Sie wollte Modar fragen, aber die redete immer weiter. Wana suchte das Zimmer ab. Gab es denn nicht irgendwas, worauf das Datum vermerkt war? Eine Zeitung oder ein Krankenblatt? Dann wurde Wana klar, dass sie auch in den nächsten Wochen nicht würde arbeiten können. Sie würde ausgerechnet den Termin mit dem Familienvater absagen müssen, der wie Boba damals damit gerungen hatte, sie als eine Fremde um einen Gefallen bitten zu müssen. Er hatte eine Dolmetscherin gebraucht, die beim Vorgespräch mit dem Arzt, der sein Kind operieren sollte, übersetzte. Obwohl Wana es sich nicht leisten konnte, ihre Dienste unentgeltlich anzubieten, hatte sie an Leo gedacht und zugesagt.

Wana blickte zur Decke und seufzte. Sie fühlte sich schuldig, auch wenn von Schuld nicht die Rede sein konnte, wenn sie an ihrem dysfunktionalen Körper hinuntersah. Sie würde auch alle kommenden Aufträge absagen müssen. Aber in diesem Moment waren es nicht die verlorenen Einnahmen, die sie niederdrückten, sondern das schlechte Gewissen. Sie hatte bei ihrer Arbeit oft ein schlechtes Gewissen. Es war irrational, sie wusste das. Und wenn sie sich dabei ertappte, dass sie sich schuldig fühlte wegen des vielen Geldes, das sie plötzlich verdiente, wegen der großen Wohnung, in der zwei geflüchtete Familien unterkommen könnten, oder wegen des Platzes auf der anderen Seite des Tisches, wo alle saßen, die die Regeln kannten und die Sprache verstanden, dann ärgerte sie sich über sich selbst und arbeitete daran, Abstand zu ihrer Arbeit zu gewinnen. Sie suchte nach Unterschieden, um sich davon zu überzeugen, dass es keinen Grund gab, die Schicksale, mit denen sie durch ihre Übersetzungsarbeiten in Berührung kam, abends mit ins Bett zu nehmen. Sie war fast froh, wenn ihr die Menschen unsympathisch waren, denn dann mussten sie ihr nicht leidtun; ja sie suchte irgendwann nach Gründen, sie nicht zu mögen, weil es einfacher war, danach nach Hause zu gehen und einen unbeschwerten Feierabend zu genießen, den sie nach den langen Arbeitstagen so bitter nötig hatte. Und ab dem Winter 2015 waren sie immer länger geworden. Und je mehr Geflüchtete ins Land gekommen waren, desto mehr Aufträge hatte sie, und desto mehr Geschichten hörte sie, die so klangen wie die ihrer eigenen Familie: nächtliche Besuche, verschwundene Angehörige, Verhöre, Folter, gebrochene Eltern und tapfere Kinder. All das begleitete sie, wenn sie abends nach Hause ging. Und die Geschichten hafteten sich fest, vermischten sich mit ihren Träumen, ihren Ängsten und Erinnerungen. Und die Erinnerungen an ihre eigene Kindheit, ihre eigene Flucht, brachten auch Modar und Boba zurück in Wanas Leben, und die Schuld, Boba verlassen zu haben, hatte wieder Einkehr in Wanas Gedanken und ihr Leben gehalten. Sie war so froh gewesen, als Leo auf die Welt gekommen war und sie nicht mehr arbeiten musste. Sie hatte gewusst, dass sie die Not, vor allem die der Kinder, nicht mehr ertragen hätte. Nicht mit der Verletzbarkeit einer jungen Mutter.

»Was für ein Segen, dass er ausgerechnet hier arbeitet. Er war ein Engel, als du im Koma lagst«, schniefte Modar.

Schlagartig verschwand Wanas Sorge um ihre berufliche Existenz. Die Worte ihrer Mutter erinnerten sie daran, dass sie zerquetscht und durchbohrt worden war. Sie schauderte, und das Wissen um die eigene Verletzbarkeit fühlte sich an, als würde jemand mit einem Fingernagel über eine Tafel fahren und nicht mehr damit aufhören; ein Schreck, der an den Knochen sägt. Wana wünschte, ihre Mutter würde aufhören zu reden. Sie wusste, dass sie es nur gut meinte, sie ablenken wollte, bis Leo kam. Aber wie so oft war das, was Modar *glaubte*, dass Wana es brauche, und das, was Wana *wirklich* brauchte, einfach nicht dasselbe.

»Willst du Bilder von deinem Kleinen sehen?«, fragte Modar und zog einen Stapel Fotos heraus und hielt sie Wana hin.

Wana wunderte sich darüber, dass trotz der Beerdigung und allem, was danach passiert war, jemand die Zeit gefunden hatte, für Modar Fotos von Leo auszudrucken. Aber sobald sie Leo auf dem Foto erblickte, vergaß sie den Gedanken sofort. Er saß zwischen seinen beiden Cousinen und grinste frech in die Kamera. Wanas Herz krampfte sich zusammen, und ihr traten Tränen in die Augen. Auf dem zweiten Bild trug er roten Lippenstift und eine Schleife im Haar. Nun musste sie lächeln. Auf dem dritten stand er in einer Badehose am Beckenrand und wollte offenbar gerade ins Wasser springen. Er lachte mit weit aufgerissenen Augen in die Kamera.

»Der Kleine ist so wild und aufgeweckt!«

Modar gluckste und suchte nach weiteren Fotos und merkte gar nicht, dass Wana wie vom Donner gerührt war und nichts sagte. Sie hielt ein weiteres Foto hoch, aber Wana schaute nicht hin. Sie hatte bereits auf dem zweiten Foto gesehen, dass er Sachen trug, die sie nicht kannte.

»Wie lange bin ich eigentlich schon hier?«, fragte Wana tonlos.

Wana konnte sehen, wie sich Modars Augen unruhig hin und her bewegten. Dann legte sie das Foto ab und sah Wana ernst an.

»Sechzehn Tage, du bist seit zwei Wochen und zwei Tagen hier, mein Kind«, sagte sie und sah Wana prüfend an.

Nichts, nicht die Schmerzen oder die lange Liste der Verletzungen, hatte sie so schockiert wie die Tatsache, dass sie bis zu diesem Zeitpunkt nicht gewusst hatte, dass sie ihn seit sechzehn Tagen verlassen hatte. Über zwei Wochen, Wochen, in denen sie nicht da gewesen war, um ihn zu trösten oder ihn ins Bett zu bringen.

»Oh Gott!«, entfuhr es Wana, und sie fasste sich an die Brust. »Mein armes Kind!«

Modar stand abrupt auf und setzte sich an Wanas Bettrand. Sie nahm Wanas Hand in beide Hände und streichelte ihren Handrücken. Entschieden sagte sie: »Mach dir keine Sorgen, *Batschem*, deinem Kindchen geht es gut.« Ein zärtliches Lächeln huschte über ihr Gesicht, das sich sogleich wieder straffte. Ihre Stimme zitterte, als sie weitersprach: »Du bist zurück … Gott sei Dank! Bald bist du wieder ganz gesund, und dann kannst du dich wieder selbst um ihn kümmern.«

Was, wenn ich nicht zurückgekommen wäre?, fragte Wana sich entsetzt in Gedanken und fing an zu zittern. Ihr war plötzlich eiskalt. Egal, wie sehr sie es versuchte, sie konnte ihren Körper nicht still halten.

Modar sah sie beunruhigt an. »Ist dir nicht gut? Hast du Schmerzen?«

Wana schüttelte den Kopf und sagte nur zähneklappernd: »Kalt.«

Modar stand auf und zog die Decke bis zur Brust hoch und bedeckte Wanas Arme. Es fühlte sich gut an, wie Modar sie fest in die Decke einwickelte, die Seiten unterschlug. Es funktionierte, und als Wana nicht mehr zitterte, ging Modar hinaus, um die Schwester um eine weitere Decke zu bitten. Wana schloss die Augen. Doch in der Dunkelheit fühlte sie sich noch verlorener. Der Unfall und alles, was er in Wana aufrührte, war so roh, so existenziell, dass daneben alles andere lächerlich banal erschien. Sie wäre fast gestorben und hätte Leo fast allein zurückgelassen und war noch einmal davongekommen. Das war alles, was zählte, was wichtig war. Von jetzt auf gleich hatte sich alles geändert, und Wana blickte zurück auf eine Wana, die ihren funktionierenden Körper und ihr Leben für selbstverständlich gehalten hatte. Ein Leben, das sich plötzlich nicht mehr wie das ihre anfühlte. Sie lag in ihrem Bett und verstand, dass sie weder zurück- noch weitergehen konnte, weil sie nicht wusste, wohin. Was sie aber mit Sicherheit wusste, war, dass nichts so bleiben würde, wie es war. Wana kannte diesen Moment, hatte ihn schon zweimal in ihrem Leben erlebt: als Kind, vor der Flucht aus Kabul, und mit fünfzehn, nach der Nacht mit Mathis, jener verhängnisvollen Nacht, die erst Wochen später ihr unheilvolles Geschenk preisgegeben hatte. Als Teenagerin war sie nicht so stark gewesen wie als Kind. Sie hatte der Zäsur nicht ins Auge blicken können. Sie hatte sich dagegen gewehrt, dass sich die Dinge verändert hatten, hatte es nicht wahrhaben wollen. Diesmal nicht, entschied Wana und dachte an ihr sechsjähriges Ich, das so viel vernünftiger und weiser gewesen war, obwohl das, was ihm bevorgestanden hatte, so viele Menschen überfordert hätte. Ihr fünfzehnjähriges Ich hingegen hatte nie überwunden, was in dieser Nacht passiert war. Das verstand Wana in diesem Moment zum ersten Mal.

KAPITEL 3

26. März 1993

Vor der Nacht mit Mathis

Wana saß im Matheunterricht, las zusammen mit ihrer Freundin die Ratgeberseite der *Bravo* unterm Tisch und achtete schon seit geraumer Zeit nicht mehr auf Herrn Wehner, den Lehrer, der sich umgedreht hatte und an der Tafel etwas erklärte. *Sabine K. aus Göttingen, 18 Jahre*, wusste nicht, von wem sie schwanger war, sie hatte mit zwei Jungen geschlafen und fragte die *Bravo*, wer der Vater sei.

Wana schüttelte unwillkürlich den Kopf. Solche Probleme waren ihr fern. Sie hatte noch nie einen Jungen geküsst, geschweige denn mit einem geschlafen. Wenn sie sich auch nur vorstellte, schwanger zu werden!

Wenn Modar und Boba wüssten, dass ich einen Jungen auch nur geküsst habe, würden sie mich einsperren, dachte Wana entsetzt. Schon allein mit der prüden Modar über Sex zu sprechen, trieb Wana die Schamesröte ins Gesicht. Und schlimmer, als ungeplant schwanger zu werden, wäre nur noch, eine tödliche Krankheit zu haben oder einen Unfall, aber keinen leichten, sondern einen, nach dem man nicht mehr laufen kann oder blind ist oder so was. Oder zu sterben. Oder wenn jemand stirbt, den man liebt, sinnierte Wana weiter, bis sie jäh von der Stimme des Mathelehrers aus ihren schaurigen Tagträumen herausgerissen wurde.

»Wana und Biljana, das reicht jetzt!«

Wana sah aufgeschreckt hoch. Er stand direkt vor ihrem Tisch, sie musste den Kopf in den Nacken legen, um sein Gesicht zu sehen. Schnell packte sie die Zeitschrift weg. Biljana kicherte. Wana wünschte sofort, sie hätte es nicht getan. Dann wurde Herrn Wehners Stimme schneidend.

»Wisst ihr, was? Bleibt doch einfach weg! Meinetwegen könnt ihr gehen. Wer nichts lernen will, muss nicht hier sitzen und alle anderen stören. Bitte schön!« Er zeigte blass vor Wut auf die Tür hinter sich und schaute auf sie herunter, als wären sie Ungeziefer.

»Nichts lieber als das«, flüsterte Biljana hörbar und packte ihre Sachen ungerührt langsam in ihre Tasche.

Wana hielten zunächst noch die erwartbar schlechten Noten zurück. Wenn sie im nächsten Halbjahr genauso schlecht wäre, müsste sie das Gymnasium verlassen. Andererseits war die Fünf im Zeugnis sowieso nicht mehr vermeidbar. Und hier den Rest der Stunde abzusitzen, würde daran auch nichts mehr ändern. Sie wollte den Nachmittag nicht ohne Biljana verbringen. Vor allem wollte sie nicht zu Hause sein. An so schönen Tagen wie diesem konnte die Zeit dort unerträglich lang werden. Außerdem ertrug sie Nila gerade kaum, deren Gewese um dieses Großmaul von Freund einen neuen Höhepunkt erreicht hatte. »Behzad sagt dies, Behzad sagt jenes«, so ging es den ganzen Tag. Seit sie mit ihm zusammen war, machte sie einen »auf afghanisch«. Sie hörte nur noch afghanische Musik und hatte plötzlich ausschließlich afghanische Freunde, sprach neuerdings von »uns« und »den Deutschen«. Wana fand sowohl Nila als auch ihre sogenannten »afghanischen Freunde« unerträglich.

Hastig packte Wana ihre Sachen zusammen und vermied jeden Blickkontakt mit dem Wehner. So lautlos es ging, huschte sie Biljana hinterher. Kaum waren sie auf dem Flur, kicherten sie beide los und verließen auf dem schnellsten Weg das Schulgebäude. Sie überquerten rasch den leeren Sportplatz, kletterten nach einem kurzen Schulterblick über den Zaun und verkrochen sich im Gebüsch.

»Hier!« Biljana hielt ihr die Schachtel hin.

Wana nahm eine Zigarette heraus, obwohl ihr vor Hunger schon ganz schlecht war. Sie wollte sich nicht ans Rauchen gewöhnen und achtete darauf, nicht zu oft zu inhalieren. Vor allem jetzt nicht, so kurz vor dem Staffellauf. Sie brauchte dringend die Eins in Sport. Es war das Ritual nach Schulschluss, das Wana nicht aufgeben wollte. Ihr Ritual. Sie nahmen nie jemanden mit. In diesen fünf bis sieben Minuten planten sie ihren Nachmittag.

Dass es eine Zeit gegeben hatte, in der sie nicht befreundet waren, kam Wana jeden Tag erstaunlicher vor. Kurz vor den letzten Sommerferien hatten sie sich in einer heftigen Diskussion in der Klasse auf derselben Seite wiedergefunden. Erst dann war die stets umschwärmte Biljana auf Wana aufmerksam geworden. Biljana holte ein Feuerzeug aus der Tasche, hielt es Wana vors Gesicht, die sich ihre Zigarette anzündete und den Rauch sofort wieder auspustete. Wie gut, dass sie auf die weiter entfernte Schule ging und ihre Eltern sich nie hierher verirrten. Sie würden ausflippen, wenn sie wüssten, dass Wana rauchte.

Biljana stellte sich auf die Zehenspitzen und verrenkte sich. »Ach, guck mal, wer da ist.« Sie zeigte auf den Sportplatz. »Oh mein Gott, Mio ist auch da!«

Biljana biss sich auf die Unterlippe, und ein Lächeln umspielte ihren Mund. Mio war Biljanas neuer Schwarm. Sie hatten vor Wochen auf einer Party rumgeknutscht, und seitdem gab es für Biljana keinen anderen mehr.

»Ich muss dahin. Bitte! Kommst du mit? Wie sehen meine Haare aus? Hast du einen Kaugummi?«

Ohne Wanas Antworten abzuwarten, holte sie eine kleine Dose Haarspray aus ihrer Tasche und sprühte es sich großzügig in das vornüberhängende Haar. Als sie wieder aufschaute, stand ihr Pony wie eine Wand über ihrer Stirn. Biljana holte einen kleinen Taschenspiegel aus ihrem Etui heraus, hob den Pony mit den Fingerspitzen noch ein wenig an und zupfte ihn hier und dort zurecht. Dann begann sie, sich die Lippen nachzuziehen.

»Igitt, wie sieht das denn aus?! So was musst du mir doch sagen!«

Sie rieb sich mit dem Zeigefinger über die Schneidezähne. »So!« Sie lächelte mit ihren dunkelroten Lippen erst ihr Spiegelbild und dann Wana an. »Komm, lass uns hin, bevor sie anfangen zu spielen. Sonst müssen wir vielleicht bis zur Halbzeit warten.«

Wana hatte keine Ahnung, was der Plan war, vertraute aber Biljana, die immer schnell wusste, was los war und was getan werden musste, vor allem, wenn es um Jungs ging. Biljana kannte fast alle Jungen, die auf dem Sportplatz abhingen, auch die des Gymnasiums auf der anderen Straßenseite, mit dem sich ihre Schule den Sportplatz teilte. Seit Wana mit Biljana befreundet war, lernte sie jeden Tag, wirklich jeden Tag neue Jungs kennen.

Biljana nahm ihr den Kaugummi aus der Hand und marschierte los. Nicht zu schnell und nicht zu langsam. Ihr Selbstbewusstsein schien mit jedem Schritt zu wachsen. Ihr Gang wurde wiegender, ihr Kopf schraubte sich immer weiter in die Höhe. Wana versuchte, sich ein bisschen von Biljanas Haltung abzugucken, drückte ihren Rücken durch und versuchte, sich nicht von ihren Brüsten irritieren zu lassen. Obwohl sie schon seit drei Jahren wuchsen, hatte Wana sich noch immer nicht an sie gewöhnt. An ihrem athletischen Körper sahen sie zu groß, einfach irgendwie deplatziert aus. Sie drängten sich in den Vordergrund und ließen keinem anderen Körperteil die Chance, ebenfalls aufzufallen. Sie störten beim Rennen, und Wana hasste es, wenn fremde Blicke an ihrem Gesicht hinunterglitten und auf Brusthöhe hängen blieben. Sie mochte die Aufmerksamkeit von Jungs, aber sie hasste die Blicke von Männern.

»Es sind deine, und du kannst sie auch nicht abschneiden«, hatte Biljana auf Wanas Antwort auf die Frage nach dem Körperteil, das sie am wenigsten an sich mochte, erwidert. Sie müsse ja kein Dekolleté zeigen, aber wenn sie keinen Buckel wolle, dann müsse sie aufhören, die ganze Zeit einen zu machen. Das hatte Wana eingeleuchtet, also trug sie seitdem Rollkragenpullis und Hochgeschlossenes und achtete auf einen geraden Rücken.

Die Jungs, die in ihren Trikots halsabwärts wie Männer aussahen, grinsten alle gleich verlegen, als Biljana sie ansprach. Bis auf Mio kannte Wana keinen von ihnen, auch den Blonden mit den Locken nicht, der ihr schräg gegenüberstand. Seine eisblauen Augen starrten Wana unentwegt an, und ein Lächeln umspielte seinen Mund. Mio trat aus der Gruppe heraus und kam auf Biljana und Wana zu.

»Hey Biljana! Wir spielen eine Runde Fußball, und dann gehen ein paar noch mit zu mir. Ich habe sturmfrei, und wir wollten uns Pizza holen und abhängen. Kommt doch auch.«

Er schaute beim letzten Satz höflicherweise auch kurz Wana an. Dabei fiel ihm eine lange Haarsträhne ins Gesicht, die er sich mit einer geübten Handbewegung aus den Augen strich. Das war Wana schon aufgefallen, als sie ihn zum ersten Mal gesehen hatte: Er liebte diese Bewegung, und langsam nutzte sie sich bei Wana ab.

»Ich weiß nicht …«, sagte Biljana gelangweilt. »Was meinst du?«

Wana zuckte mit den Schultern und versuchte, auch gelangweilt auszusehen.

»Wir fahren mit dem Auto. Mathis ist der Chauffeur!« Mio legte dem Blonden den Arm um die Schultern und zog ihn an sich. Dann deutete er mit dem Kopf auf die zwei anderen. »Erkan und Can kommen auch mit. Und du, kommst du auch mit? Vanessa, oder?«

»Wana«, sagte Wana und lächelte in die Runde.

Mathis formte ein lautloses »Hallo« mit den Lippen und grinste frech.

Nachdem das Spiel beendet war, gingen sie zu Mathis' Auto und quetschten sich zu viert auf die Rückbank. Wana saß auf Biljanas Schoß, Erkan in der Mitte und Can am Fenster. Mio schmiss sich auf den Beifahrersitz, und Mathis ließ den Wagen an, Wana war direkt hinter ihm und konnte ihn riechen. Es war eine Mischung aus Staub, frischem, angenehm nach Salz riechendem Schweiß und einem würzigen Deo oder vielleicht sogar Aftershave. Er hatte große Hände, die wie die eines Mannes aussahen und auf denen sich große Adern abzeichneten. Wana stellte sich vor, wie sie sie berührten, und es lief ihr warm den Nacken hinunter. Gekonnt drehte er das Steuer hin und her und hielt es mal locker und mal fester. Wanas Augen wanderten über seine kräftigen Arme zu seinen Schultern und seinem Hals, der ihren Händen, die sich am Gestell der Kopflehne festhielten, bedrohlich nah war. Als ob ihre Finger ein Eigenleben entwickelt hätten, drängten sie zu seinem Nacken, und Wana ballte sie für einen Moment erschrocken fest zusammen. Er bewegte den Kopf, und als ihr sein Geruch erneut in die Nase stieg, musste sie unwillkürlich lächeln. Sie schaute sich verstohlen um, um sicherzugehen, dass niemand sie beobachtete. Ihr Blick streifte den Rückspiegel, und bevor sie es realisiert hatte, schauten daraus seine graublauen Augen direkt in ihre. Sie schaffte es nicht mehr, sich das Lächeln vom Gesicht zu wischen.

Bei Mio angekommen, verstreuten sich erst mal alle. Wana war erleichtert, dass die Wohnung weder besonders groß noch besonders schön eingerichtet war. Immer wenn sie sah, dass auch andere karg und bescheiden lebten, erschien ihr ihr eigenes Zuhause nicht mehr ganz so schäbig.

»Setzt euch doch«, forderte Mio sie auf, nachdem er sie ins dunkle Wohnzimmer der Erdgeschosswohnung geführt hatte.

Wana und Biljana setzten sich auf die Couch. Die Jungs verstreuten sich, kümmerten sich um den Fernseher und organisierten Verpflegung. Wanas Blick fiel auf die gehäkelten kleinen Deckchen auf den Armlehnen der Couch. Sie bedeckten nur notdürftig den zerschlissenen grünen Überzug. Biljana fläzte sich am anderen Ende. In ihrem langen Kleid aus schwarzem Feinripp sah sie aus wie gemalt. Vor Wanas Gesicht tauchte eine Bierdose auf.

»Willst du auch?« Mathis sah sie amüsiert an.

Wana schüttelte den Kopf und fragte sich, was er so lustig fand.

»Willst du etwas anderes? Wasser?«

Wana hielt den Blick nicht mehr aus. »Ist schon okay, ich hole es mir selbst.«

Hastiger, als sie beabsichtigt hatte, stand sie auf und ging in die Küche. Als sie zurückkam, waren die Fenster abgedunkelt, und Mathis schob die Videokassette in den Rekorder ein. Bis auf ihn hatten alle ihre Plätze eingenommen. Ihr Platz war noch frei. Als Wana sich hinsetzte, lächelte Mathis und setzte sich direkt zu ihren Füßen. Wana zog ihre Beine auf die Couch und war froh, dass er mit dem Rücken zu ihr saß. Mathis lehnte den Kopf so weit in den Nacken, dass er ihr ins Gesicht schauen konnte. Seine Haare kribbelten auf ihrer Haut.

»Kennst du den Film?«, fragte er, als die anderen sich auf *Eine Frage der Ehre* mit Tom Cruise geeinigt hatten.

Wana hatte sich zurückgehalten, fand, dass der Schauspieler immer gleich aussah und viel zu glatt spielte. Ihr gelang es kaum, die Filme mit ihm auseinanderzuhalten.

»Nein, ich glaube nicht.« Wana spürte, wie ihr Gesicht warm anlief.

Er schüttelte den Kopf und lachte leise in sich hinein. »Du *glaubst* nicht? Der Film scheint ja nicht viel Eindruck auf dich gemacht zu haben, falls du ihn gesehen haben solltest.«

Dass er sie kopfüber anschaute und dabei komisch aussah, machte es etwas leichter, seinem Blick standzuhalten. Wana überlegte fieberhaft, was sie Kluges sagen könnte, ohne viel sagen zu müssen. Aber ihr fiel nichts ein. Deshalb lächelte sie wie Biljana und sagte lediglich: »Tja, was soll ich sagen?«

Die Lachfältchen um seine Augen wurden tiefer. Er hob den Zeigefinger und erwiderte: »Ah-ha.«

Sonst nichts. Wana hatte keine Ahnung, was er damit meinte, und hoffte, er würde jetzt einfach schweigen und sie in Ruhe lassen. Sie lächelten sich zu, und er schaute ihr ein, zwei, drei, vier, fünf Sekunden in die Augen, bevor er sich wegdrehte. Wana atmete aus und fürchtete, dass alle ihr Herz schlagen hören konnten. Sie schaute zwar in Richtung Fernseher, nahm vom Geschehen auf dem Bildschirm aber nichts wahr, sie war viel zu beschäftigt damit, ihren Gedanken zu folgen, die wie aufgeregte Hühner hin und her flatterten. Irgendwann rutschte Mathis tiefer und lehnte seinen Kopf an ihr Schienbein.

Wana versuchte, gleichmäßig zu atmen. Sie spürte, wie die Berührung über und durch ihren ganzen Körper wanderte. In ihrem Bauch verursachte sie ein flaues Gefühl, die Beine und Arme überzog sie mit Gänsehaut. Plötzlich griff Mathis hinter sich und zog ihre Hand zu sich heran. Er drehte sich nicht um. Wana hielt den Atem an und hoffte, dass ihre Hände nicht schwitzig waren. Seine große Hand umfasste ihr schmales Handgelenk und zog es sich auf die Brust. Als sie ein bisschen mehr an den Rand der Couch rückte, zog er auch ihre andere Hand zu sich und legte sie ebenfalls auf seine Brust. Wana konnte gar nicht anders, als sich von hinten an ihn anzuschmiegen. Biljana, die näher zu ihr herangerückt war, damit sich Mio zu ihr setzen konnte, stupste sie an, aber Wana tat so, als merkte sie es nicht. Nichts wollte sie verändern, nicht wegrücken müssen. Ihre Köpfe so nah beieinander, dass sie einander atmen hören konnten. Mathis nahm ihre rechte Hand, und dann spürte sie seine weichen Lippen an der Innenseite ihres Handgelenks. Das Blut schoss ihr erst in den

Kopf und sank anschließend in den pulsierenden Unterleib. Es ließ ihre Hände und Knie zittern und ihre Ohren rauschen. Und dann verlor sie ihr Zeitgefühl. Sie saß da und bewegte sich nicht mehr. Bis der Film zu Ende war.

Mit Verzögerung setzten sich alle langsam aufrecht hin, streckten sich, und Biljana knöpfte ihre Bluse zu, wie Wana entsetzt feststellte.

»Lasst uns heute Abend ins Mudia Art gehen«, sagte Mathis.

Wana fühlte sich plötzlich im Zentrum der Aufmerksamkeit, weil alle Mathis anschauten, der immer noch vor ihren Füßen saß. Wana fühlte sich, als sei sie gerade erst aufgewacht. Sie befühlte verstohlen ihre Wangen. Ihre Hände waren eiskalt und ihr Gesicht heiß.

»Ohhhh, ich habe so Bock, tanzen zu gehen heute! Und in *den* Laden will ich schon die ganze Zeit rein. Wana, lass uns hin!« Biljana schaute Wana mit aufgerissenen Augen und hochgezogenen Brauen erwartungsvoll an.

Wana versuchte sich an einem unverbindlichen Lächeln und hoffte, Biljana würde nicht versuchen, sie festzunageln. Sie mochte nicht allen erzählen, wie streng ihre Eltern waren. Doch zum Glück zog Mio Biljana zurück, sie lachte vergnügt auf, ließ sich nach hinten fallen, rollte sich dann ein und schmiegte sich an ihn. Mio nahm so viel Platz ein wie nur möglich. Einer seiner ausgestreckten Arme rutschte von der Couchlehne runter auf Biljanas Schultern, die beeindruckend cool blieb.

Der Nachhauseweg war viel zu kurz für all das, was Wana durch den Kopf ging. Als sie in ihre Straße einbog, in der die Häuser der einst bessergestellten Zechenarbeiter standen, blieb sie noch ein bisschen in der Sonne stehen und genoss das Licht und die frische Luft. Die Straße machte »was her«, wie ihre Mutter es nannte. Modar hätte gern eine größere Wohnung gehabt, aber die hätten sie sich nur am anderen Ende der Stadt leisten können. Und wie so oft war Modar der äußere Schein wichtiger. Und sie konnte sich nicht damit anfreunden, wie »alle anderen Afghanen« in der tristen Neubausiedlung zu wohnen. Und Boba hatte von Anfang an nichts davon hören wollen. Wana war ausnahmsweise froh gewesen, dass Boba es nicht mochte, wenn sich die Dinge veränderten. Denn noch mehr als der Besuch einer neuen Schule und der Abschied von ihren Freunden hatte auch Wana die Vorstellung entsetzt, wie »alle anderen Afghanen« zusammengepfercht in dieser Sackgasse zu leben, in der auch Wanas Tante wohnte. Sie hatte keine Lust, sich ihre Schule mit Kindern zu teilen, die zu Hause berichten würden, dass Wana rauchte und mit Jungs abhing. Sobald auch nur ein Afghane etwas wüsste, würde es schnell die Runde machen und auch zu ihren Eltern vordringen. Nein, es war gut, dass sie hier im wohlhabenden Teil der Stadt wohnten, die einzige arme, aber auch die einzige afghanische Familie weit und breit waren. Und wenn es nach Wana ging, dann sollte sich daran auch nichts ändern.

Sie ging den kleinen Weg entlang zum Einfamilienhaus von Frau Waschkowski, einer alten Bergarbeiterwitwe, in deren kleiner dunkler Einliegerwohnung Wana und ihre Familie wohnten. Die Dreizimmerwohnung befand sich im ersten Stock, im Parterre wohnte die alte Dame, mit der sie sich das Treppenhaus teilten. Frau Waschkowski war streng und erwartete tadelloses Benehmen. Wana mied sie, so gut es ging. Sie bestand auf ihre zahlreichen Regeln und war selten großzügig. So durften sie den großen Garten hinter dem Haus nicht benutzen, obwohl Wana sich als Kind so sehr nach einem Ort gesehnt hatte, wo sie draußen sein konnte, ohne ständig beaufsichtigt zu werden. Ihre Eltern hatten sie nicht wie die Nachbarskinder draußen herumstreunen lassen. Nila und ihr war es nur erlaubt gewesen, mit Boba oder Modar rauszugehen. Manchmal hatten sie vor dem Haus allein spielen dürfen, aber sie mussten immer in Sichtweite bleiben.

Wana schloss die Haustür auf. Drinnen war es dunkel wie immer. Die Rollläden vor dem großen Flurfenster zur Straße waren immer heruntergelassen. Frau Waschkowski mochte wie Wanas Vater kein helles Licht. Im Herbst und im Winter machte es Wana wenig aus, denn wenn sie nach Hause kam, war die Sonne ohnehin schon untergegangen. Aber an so hellen, leichten, fröhlichen Tagen wie heute fiel es ihr schwerer, die Dunkelheit zu ertragen. Manchmal fühlte sie sich dann wie ein Tier im Käfig.

Im Flur war es angenehm kühl. Wana lehnte sich an die Wand. Sie atmete tief ein, erlaubte sich ein letztes Mal, an seinen Geruch und an seine Hände zu denken. Ihr Magen hüpfte hoch, und sie stöhnte leise auf. Wana biss sich erschrocken auf die Lippen. Sie straffte die Schultern, berührte ihre Wangen, die sich nicht mehr so heiß anfühlten, dennoch hielt sie vorsichtshalber ihr Gesicht an die kalte Hauswand, bevor sie langsam zur Wohnung hochstieg. Sie wollte so lange wie möglich mit ihren Gedanken allein sein. Leise schloss sie die Tür auf und trat in den kleinen dunklen Flur, von dem links die Küche und rechts Nilas und Wanas Zimmer abgingen. Das Kinderzimmer war das eigentliche Wohnzimmer der Wohnung, es war das größte Zimmer und hatte eine Tür mit einem Glaseinsatz in der Mitte. Aber da Boba die Stille mochte und Modar nicht ruhig sein konnte, hatte ihre Mutter diese Aufteilung verfügt, und so saßen sie, außer zu den Essenszeiten, in entgegengesetzten Enden der kleinen Wohnung, die im hinteren Teil noch ein winziges Bad und zwei weitere kleine Räume beherbergte. In dem einen befand sich Bobas Schlafzimmer, kaum mehr als eine Abstellkammer mit Bett, in dem anderen das winzige Wohnzimmer, wo Modar schlief. Dort hielt sich tagsüber fast nur Boba auf. Es war eng, die Möbel passten kaum rein. Ihr kleiner Esstisch konnte nur an der Wand stehen und bot so auch nur drei Personen Platz. Deshalb aßen sie immer in der Küche, die so sauber war, dass man vom Boden essen konnte. Was sie auch taten. Immer, denn einen Tisch gab es in der Küche nicht. Wenn Modar mehr als zwei Gäste hatte, meistens afghanische Freundinnen oder Verwandte, nahm sie Wanas und Nilas Zimmer in Beschlag, das ja praktischerweise gegenüber der Küche lag. Wana hätte sich lieber mit ihrer Schwester eines der beiden anderen, viel kleineren Zimmer geteilt, als in dem größeren ständig ihre Mutter und ihre Gäste in ihren Sachen herumwühlen zu lassen.

Hinter der Küchentür waren die Stimmen von Nila und Modar zu hören. Wie immer saß Boba am anderen Ende des Flurs und hörte hinter der geschlossenen Tür Radio. So geräuschlos wie möglich hängte Wana ihre Jacke auf und öffnete nach einem leichten Klopfen die Wohnzimmertür. Das Zimmer war immer abgedunkelt, aber die Nachmittagssonne verschaffte sich hier und da Einlass durch die dicken Vorhänge. Eigentlich war es das hellste Zimmer, hatte aber die dicksten Vorhänge. Boba saß in seinem Sessel. Der stand so dicht an einer Zimmerecke, dass man immer nur den Rücken sah, egal, wo man stand. Abgewandt von der Welt, schaute Boba den ganzen Tag auf das dunkle Eckregal, das vollgestellt war mit Büchern und allem, was er griffbereit um sich haben wollte: seinen Weltempfänger, seine Thermoskanne und sein Teeglas, Schälchen mit Mandeln und Rosinen, Taschentücher, Stifte, Zeitungen, Briefe, Vitamine, Fotoalben. Und, und, und. Als ob er nie mehr aufstehen wollte.

»*Salam*, Boba.«

Er hob nur die Hand. Heute war offenbar kein guter Tag. Wana trat zu ihm und küsste ihn auf die Wange. Kurz tätschelte er ihren Kopf, bevor er sich wieder dem Weltempfänger und den Nachrichten zuwandte. Er hatte sich wieder nicht rasiert und schaute gedankenverloren auf das Gerät in seiner Hand, sein Blick war leer.

Einen Kuss tauschten sie immer aus. Wenn er gut drauf war, schaute er sie an, sah ihr ins Gesicht und lächelte. Manchmal wollte er sogar reden. Früher war sie dann auf den Sessel gestiegen und hatte sich auf die Lehne gesetzt, oder Boba war ein wenig zur Seite gerutscht, und sie hatte sich neben ihn gequetscht. Seit sie älter war, setzte sie sich in seiner Nähe auf den Boden. Am liebsten links vom Regal und rechts vom Fenster. So sah sie alles, was sie sehen wollte: ihren Vater und die Tür und die Vorhänge, zwischen denen sie hier und da einen Blick nach draußen erhaschen konnte.

Leise verließ Wana das Zimmer und ging in die Küche. Sie öffnete die Tür und lugte hinein.

»Mama, lass das, du wirst uns alle mit diesem Fettgestank einhüllen! Das hätten wir vor dem Duschen machen müssen. Außerdem ist dafür auch keine Zeit mehr!«

Nila stand im Bademantel und mit hochgetürmtem Handtuch auf dem Kopf vor Modar, die gequält auf einen Teigklumpen in einer Schüssel schaute, die vor ihr auf der

Arbeitsplatte stand. Ihre Mutter trug eines ihrer üblichen langen Gewänder, aber sie war geschminkt, und die Haare waren frisiert. Entweder kam Besuch oder sie wollten irgendwohin.

»*Salam*«, sagte Wana betont beiläufig und wollte die Tür schnell wieder schließen.

»Wana-*Batschem*, warte mal!«

Boba mochte keine lauten Stimmen, also trat Wana unwillig in die Küche und schloss die Tür.

»Deine Tante hat uns heute Abend eingeladen. Zu Ehren der neuen Schwiegertochter ihres Schwagers.«

Wana stieg gedanklich aus der Unterhaltung aus. Nicht nur wegen der Verwandtschaftsverhältnisse, die Wana schon immer verwirrt hatten. Sondern auch weil sie Einladungen dieser Art öde fand. Ihre Tante wohnte im »Afghanenviertel«, und Wana kam sich vor wie unter einem Brennglas, wenn sie dort war. Sie hasste die Nachbarschaft ihrer Tante. Das Getue der Mädchen, die über Bollywood-Filme redeten und immerzu tanzen wollten, das Getratsche und die Kontrolle der Mütter, die darüber wetteiferten, wer die bravsten Kinder hatte. Modar kam immer völlig aufgeladen zurück und war dann besonders streng, hielt ihren Mädchen, aber vor allem Wana vor, wie »verdeutscht« sie schon seien und was für sittsame Mädchen die anderen Familien hätten. Mädchen, die anscheinend nie ausgingen, immer lernten und gleichzeitig kochten, putzten und kleinere Geschwister aufzogen. Modar nahm ihnen das alles ab. Wana nicht. Sie wusste genug über sie. Nila hatte ihr ein paar Dinge verraten, die ihr Behzad erzählt hatte, der es wiederum von seinen Autoverkäuferfreunden hatte, die die größten Klatschmäuler überhaupt waren. Und dazu noch verdammte Heuchler, die selbst nichts von dem ausließen, was sie an Frauen verurteilten: Alkohol, Sex und Schlimmeres.

»Geh und mach dich fertig. Wir müssen schon früher hin. Ich habe ihnen versprochen, dass wir bei den Vorbereitungen helfen.«

Modar kniff Wana in die Wange. Wana, die nur noch die letzten Sätze gehört hatte, trat zurück und spürte die Tür im Rücken.

Modar plusterte sich auf, als sie Wanas abweisendes Gesicht sah. »Ich habe dich doch erst gestern daran erinnert.«

»Ich muss lernen. Das habe ich dir doch gesagt.«

Das stimmte nicht, aber es verunsicherte Modar, wie Wana gehofft hatte.

»Kann ich nicht hierbleiben? Boba geht doch bestimmt auch nicht mit.«

Ihre Mutter trat noch näher und fing an, Wanas Haarsträhnen hinter die Ohren zu streichen. Wana zog ihren Kopf weg, und Modars Hand blieb in der Luft hängen. Sie sah Wana tadelnd an, aber ihre Stimme blieb sanft und bittend.

»Ach komm, es ist doch Wochenende. Lass uns zusammen gehen. Die Töchter von *Bibi* Goll und die Schwestern von Nafisa werden auch da sein.«

Wana hatte keine Ahnung, von wem Modar sprach.

»Du magst sie doch, weißt du noch?«, sagte Modar, und Wana rollte mit den Augen, obwohl sie immer noch nicht wusste, von wem die Rede war. Modar atmete ungeduldig aus.

»Und deine Lieblingscousine? Zahra? Die ist auch da.« Modar gab nicht auf, und während sie Wana zu überreden versuchte, hatte sie eine ihrer Augenbrauen nach oben gestrichen, zwei Flusen und ein Haar vom Pulli gepflückt und kniff nun in Wanas Po, die verschreckt auswich und entgegnete: »Die ist im Kindergarten! Was soll ich denn mit der anfangen?!«

Sie mochte Zahra, aber sich einen ganzen Abend lang um sie zu kümmern, das musste auch nicht sein. Darauf würde es hinauslaufen, weil Zahra ihr wie immer nicht von der Seite weichen würde.

»Denk an das Essen, das dir sonst entgehen würde. *Aschak, Mantu, Qabeli*. Na, wie sagt man hier? Lecker, lecker? Was willst du denn den ganzen Abend hier allein?«

Wanas Augen verengten sich zu Schlitzen. »Ich bin nicht allein, oder zählt Boba nicht mehr?«

Modar schaute entnervt zur Seite. »Du weißt, was ich meine! Nun komm schon!« Modar versuchte nun, sie zu kitzeln.

»Lass das!« Wana wand sich aus ihren Armen. »Ich will nicht mit. Ich bin nicht allein, ich tanze nicht, ich singe nicht, und ich mag niemanden dort. Was soll ich denn da?!«

»Dir ist wohl niemand gut genug! Uns magst du auch nicht, oder was?«, sagte Nila und versuchte, auf ihre typisch passiv-aggressive Art, Wana ein schlechtes Gewissen zu machen. Nila spielte gern das Opfer, das hatte sie von Modar geerbt. Als sie jedoch Wanas provozierenden Blick sah, brauchte sie offenbar keine Antwort mehr und zischte: »Lass sie, Modar. Sie verdirbt uns sowieso nur die Laune.« Dann senkte sie ihre Stimme und beugte sich näher zu Modar. »Lass uns vor Behzads Familie keine Szene riskieren.«

»Vielleicht hast du recht.« Modar schenkte Wana einen

kurzen, strengen Blick, bevor sie sich wieder lächelnd Nila zuwandte. »Sie sind eine gute Familie, anständige Leute. Alle Töchter makellos. Aber du bist nicht weniger makellos, mein Mädchen.« Sie strich über Nilas Wange. Dann erschien wieder eine strenge senkrechte Falte zwischen ihren Augenbrauen. »Sieh zu, dass sie weiterhin nichts an dir auszusetzen haben! Mädchen, pass ja auf, hörst du?! Noch ist nichts offiziell.«

Wana glaubte sich verhört zu haben. *Was hieß hier »noch«?!*, empörte sie sich in Gedanken.

»Sei heute Abend vorsichtig. Seine Familie weiß Bescheid, und alle Blicke liegen auf dir. Und auch sonst: keine Treffen allein.« Modar sah Nila durchdringend an. »Du hast dich doch noch nicht mit ihm allein getroffen, oder?«

Nila schüttelte den Kopf. Wana auch, angesichts der offensichtlichen Heuchelei, was diese mittlerweile einjährige heimliche Beziehung anging.

Modar lächelte befriedigt, hob die Stirn an und nickte wissend. »Männer haben süße Zungen vor und spitze Zungen nach der Hochzeit, mein Schatz. Bleib standhaft, ja? Egal, was er dir verspricht. Lass ihn noch nicht einmal deine Hand halten, bevor nicht ein Verlobungsring daran steckt.« Modar wedelte mit dem Zeigefinger vor Nilas Gesicht herum, deren Miene sich beim Wort »Verlobungsring« aufgehellt hatte.

»Meinst du nicht, dass du vielleicht noch zu jung bist zum Heiraten?«, platzte es aus Wana heraus.

Sie konnte nicht glauben, dass Modar nicht tausend Fragen hatte, bevor sie Nila so leichtfertig ihren Segen gab, diesen nichtsnutzigen Kerl zu heiraten. Sie schüttelte sich innerlich. Nila runzelte die Stirn und bedeutete ihr verärgert, still zu sein.

»Ach, papperlapapp, das ist genau das richtige Alter! Dann ist man noch jung genug zum Ausgehen und kann sich mit allem Zeit lassen. Dann eilt es nicht so mit dem Kinderkriegen, und du kannst mit deinem Mann noch deine Jugend genießen. Geht aus, genießt das Leben, solange ihr noch so jung seid!«, rief Modar.

Es war schwer zu sagen, wessen Gesicht mehr glühte – Nilas oder Modars. Boba hatte bislang jeden potenziellen Heiratskandidaten für Nila abgelehnt, einmal sogar einen für sie. Eine Bekannte ihrer Mutter hatte sich erdreistet, den Vorschlag zu machen, ihren Sohn mit Wana zu verloben, obwohl sie damals gerade 14 Jahre alt geworden war. Boba war so aufgebracht gewesen, dass er danach Modar verboten hatte, die Frau noch mal zu empfangen.

Modar hingegen hatte das schon immer anders gesehen. Sie war davon überzeugt, dass man die Töchter früh verheiraten sollte, bevor sie »Flausen im Kopf« hätten und »man sie nicht mehr kontrollieren« könnte. Nun standen sie beide da, Nila und Modar, wie Komplizinnen, die sich dem Sieg nah wähnten. Modar, die ihre Töchter so jung wie möglich unter die Haube bringen wollte, und Nila, die sich hoffnungslos in den erstbesten Mann verliebt hatte.

»Aber Modar, versprich mir, dass du jetzt nichts mehr frittierst, anbrätst oder sonst was!«, wechselte Nila das Thema, bevor Wana noch irgendetwas Kritisches sagen konnte. Nila hielt Modar an den Schultern und schaute sie gespielt streng an. Sie küsste Modars Stirn und dann respektvoll ihre Hand, und Wana war sich sicher, dass sie das nicht tat, weil sie es wollte, sondern weil sie dachte, dass eine solche Szene in einem Bollywood-Film genau so ausgehen musste. Das war einer jener Momente, in denen Wana ihrer Schwester genau ansah, dass sie eine Rolle spielte, einen Text aufsagte, den sie auswendig gelernt hatte und schon immer mal sagen wollte. So benahm sie sich auch, wenn ihr Großmaul von Freund in der Nähe war. Er war Wana allein schon deshalb unsympathisch, weil Nila in seiner Gegenwart redete und sich bewegte wie die Heldin in einer Seifenoper. Gekünstelt und pathetisch, eine schlechte Schauspielerin in einer gähnend dummen Rolle.

»Aber wir können doch nicht mit leeren Händen hingehen!« Modar sah zu der Schüssel mit dem Teig hinüber. Nila drehte mit beiden Händen Modars Kopf zurück und schaute sie eindringlich an.

»Dann nehmen wir eine Schachtel Pralinen mit. Oder ich hole Blumen. Außerdem helfen wir ja auch bei den Vorbereitungen und wahrscheinlich auch beim Aufräumen. Das reicht doch! Komm, Mami *jaan*, lass uns uns fertig machen, ja?!«

Modar erwiderte Nilas glückliches Lächeln und murmelte: »Möge dir der liebe Gott ein glückliches Eheleben bescheren. Möge ich nie das Leid eines meiner Kinder erleben. Möge dein Ehemann immer gut zu dir und mögen eure Kinder gesund sein. *Ya Choda*, schenke meiner Tochter Eheglück!« Sie flüsterte ein weiteres leises Bittgebet und pustete Nila den Segen ins Gesicht.

Ja, klar! Der schwängert sie sofort, und dann darf sie sich um die Kinder kümmern!, dachte Wana mit wachsender Resignation und zog schließlich die Schultern hoch. Hier braute sich etwas zusammen, das, wenn überhaupt, nur noch Boba verhindern konnte. Ohne ein weiteres Wort zu sagen, öffnete sie die Tür und ging leise hinaus. Sie wusch sich die Hände und ging zurück ins Wohnzimmer. Ihr Vater schnarchte, das Radio lief noch immer. Sie setzte sich an ihren Platz und lehnte sich an die kühle Wand. Deshalb war sie viel lieber bei ihm. Boba ließ ihr Raum für ihre Gedanken und sie zur Ruhe kommen. Je älter sie wurde, desto mehr bevorzugte sie die Stille bei ihm und fand Modars Geschnatter gleichzeitig immer anstrengender.

Mechanisch holte sie ihre Bücher und Unterlagen aus der Tasche und klappte sie auf. Sie fragte sich, ob Boba auch schon etwas von Nilas Plänen wusste, ob er wusste, wie ernst es ihr war. Sie starrte auf die Seiten, und als sie versuchte, sich auf die Aufgaben zu konzentrieren, erschien plötzlich Mathis' Lächeln vor ihren Augen, und sie spürte, wie sie errötete.

Nachdem Nila und Modar gegangen waren – Nila war ganz schlecht gewesen vor Aufregung, weil auch ihre »Schwiegerfamilie« in spe da sein würde –, starrte Boba, der wieder aufgewacht war, auf die Seite seines Buches, ohne wirklich zu lesen. Seine Augen schauten unbeweglich auf dieselbe Stelle. Wana beobachtete ihn eine Weile und versuchte vergeblich, ihn in ein Gespräch zu verwickeln, gab aber auf, als er erschöpft seine Augen schloss. Das war seine Art zu sagen, dass er Ruhe brauchte. Wana machte sich wieder an die Mathehausaufgaben, die sie nicht ansatzweise verstand. Sie wusste noch nicht einmal, wo sie anfangen sollte, um auf die Lösungen zu kommen. Das erste Mal würde ein Mangelhaft auf ihrem Zeugnis stehen. Wenn sie in Deutsch nicht mindestens eine Zwei bekommen würde, würde sie sitzen bleiben.

»Wie läuft es in der Schule, *Nafas*?« Er klang angestrengt.

Wana versuchte, nicht zu schuldbewusst zu wirken. »Gut.«

Sie vermied es, ihn anzusehen, und packte ihre Schulsachen in ihre Tasche. Sie fühlte sich elend. Seine Reaktion, nachdem er die Note unter ihrer letzten Matheklausur entdeckt hatte, hatte sich eingebrannt. Er war in sich zusammengesunken, als ob jemand die Luft aus seinem Körper gelassen hätte. Wana hatte sich zu seinen Füßen gesetzt, sich entschuldigt und gehofft, er würde noch etwas sagen. Und als er nach einer Ewigkeit Wana endlich ins Gesicht geblickt hatte, sah er besiegt aus. Als ob *er* versagt hätte. Wana hatte gewünscht, er würde mit ihr schimpfen, aber er tätschelte nur ihre Hand auf der Sessellehne und sagte nichts. Die Erinnerung daran bedrückte sie seitdem, und mit jedem Tag wuchs ihr Ärger über sich selbst, weil sie es nicht schaffte, bessere Noten nach Hause zu bringen. Gute Noten waren eins der wenigen Dinge, die ihn in gute Laune versetzten. Zumindest für seine Verhältnisse.

Obwohl sie froh war, dass er zu Hause geblieben war, denn sonst hätte ihr Modar nicht erlaubt, auch zu bleiben, wünschte sich Wana, Boba wäre heute mitgegangen. Er ging kaum noch unter Leute. Er hatte auch früher nie enge Freundschaften mit den afghanischen Familien gepflegt, die in den Hochhäusern in der Straße von Wanas Tante wohnten. Aber er kannte sie alle und sie kannten ihn. Es hatte ihm immer gutgetan, dort zu sein. In diese hingespuckte Hochhaussiedlung am Rande der Stadt hatte sich noch ein Teil von Bobas alter afghanischer Autorität hinübergerettet. Seine Macht aus einer anderen Welt in einem anderen Leben zeigte sich hier und dort, wenn etwa die afghanischen Nachbarn ihrer Tante ihre Gespräche unterbrachen, um Boba respektvoll zu grüßen. Wana konnte sich noch an ein Ramadan-Fest erinnern, an dem ihm die afghanischen Kinder die Hand geküsst hatten. Er hatte ihnen, wie üblich großzügig, *Iedie* und Süßigkeiten gegeben. Danach hatten sich die Kinder der deutschen Roma-Familien angestellt und ihm ebenfalls die Hand geküsst. Boba hatte überrascht aufgelacht und auch ihnen ein paar Münzen gegeben.

Boba blätterte um. Diesmal schien er wirklich zu lesen, denn Wana konnte sehen, wie seine Augen sich bewegten. Sein Profil war dasselbe geblieben, aber der zittrige alte Mann im Sessel hatte nichts mehr mit dem stattlichen Beamten zu tun, der im Anzug oder in der afghanischen Männertracht schneidig auf den Fotos lächelte, die Modar ins Regal gestellt hatte, neben den Koran und andere kleine Kostbarkeiten, die sie aus Afghanistan mitgebracht hatten. Alles zusammen hätte in eine Schuhkiste gepasst. Doch wie es da so stand, wirkte es wie ein Schrein.

Das Telefon klingelte. Boba blieb wie immer ungerührt und ignorierte es. Das war eine rätselhafte Eigenart ihres Vaters, die Wana nicht begreifen konnte, er war doch sonst so geräuschempfindlich.

Wana ging in den Flur, nahm den Hörer ab und hörte Biljanas lang gezogenes »Naaa…?!«

Wana zupfte das Telefonkabel hinter dem kleinen Schrank hervor. »Hallo Biljana«, sagte sie laut, damit auch Boba es hörte. Ihre Eltern wollten nicht, dass sie allein im Zimmer telefonierte, wenn sie nicht wussten, mit wem. Da sie aber nie kontrollierten, wer tatsächlich dran war, war die Regel für Wana eine Farce. Sie telefonierte ständig auch mit Jungs und gab ihnen Mädchennamen, um das Telefon mit ins Zimmer nehmen zu können. Während Wana versuchte, das Kabel zu entwirren, plapperte Biljana drauflos.

»Erzähl! Was läuft da zwischen dir und Mathis? Habt ihr euch geküsst? Geht ihr jetzt miteinander?«

»Warte mal.«

Wana zog das Kabel straff, nur so ließ sich die Tür schließen. Ihr Magen machte einen Hüpfer, und sie begann zu schwitzen, als sie an Mathis' Lippen dachte. Sie hätte ihn gern geküsst und hatte gehofft, es würde sich nach dem Film noch ergeben. Aber sie hatten keine Gelegenheit mehr gefunden, allein zu sein. Zum Abschied hatte er ihr einen Kuss auf die Wange gegeben, und er hatte ihr rau »Bis heute Abend!« ins Ohr geflüstert.

»Ich weiß auch nicht, ob wir miteinander gehen. Er hat während des Films seinen Kopf auf mein Bein gelegt, aber ich war mir nicht sicher, ob das wirklich Absicht war. Es war eher so am Schienbein. Aber dann hat er meine Hand zu sich gezogen und mein Handgelenk geküsst.«

»Und was hast *du* gemacht?«

»Nichts.«

Wana dehnte das »Nichts« lang, als ob dadurch aus dem Nichts mehr werden könnte. Verschämt legte sie sich die Hand auf die Augen und war froh, dass Biljana sie nicht sehen konnte.

»Aber hat es dir denn gefallen?«

»Ja, schon, aber was heißt das jetzt?! Gehen wir jetzt miteinander? Wir haben uns ja nicht geküsst«, jammerte Wana.

»Kein Wunder, dass er dich nicht geküsst hat, du musst ihm schon auch zeigen, dass es dir gefällt, wenn er deine Hand nimmt und deine Nähe sucht. Das sind keine fünfzehn- oder sechzehnjährigen Jungs. Mathis ist mindestens schon achtzehn. Die erwarten schon mehr als die Jungs in unserem Alter. Du musst schon eine Reaktion zeigen, sonst weiß er ja gar nicht, dass es dir gefällt.«

Das klang sehr einleuchtend.

»Und was mach ich dann genau?«

Biljana lachte: »Süße, du wirst in ein paar Wochen sechzehn! Was hast du denn bis jetzt in deinem Leben gemacht?! War denn mal mehr bei dir als nur küssen?«

»Ich werde erst im Sommer sechzehn«, antwortete Wana, als ob das wichtiger wäre als Biljanas Frage nach ihren bisherigen Erfahrungen. Sie hatte nämlich noch nicht einmal jemanden geküsst, geschweige denn »schon mehr gemacht als nur küssen«.

»Okay«, sagte Biljana gedehnt. Sie klang nicht sehr überzeugt.

Wana konnte ihr Grinsen fast hören.

»Na gut, pass auf, beim nächsten Mal gibst du deinem Mathis einfach ein kleines Zeichen. Küss ihn zur Begrüßung auf die Wange, drück seinen Oberarm dabei ein bisschen länger. Bleib in seiner Nähe und erwidere seine Berührungen. Kannst du direkt heute Abend ausprobieren! Du kommst doch mit, oder? Komm schon, komm bitte mit, ja?!«

Aus einem alten Reflex heraus hätte Wana am liebsten geantwortet, dass er nicht ihr Mathis sei, aber das kam ihr plötzlich albern und heuchlerisch vor, weil sie ja wollte, dass er ihr Mathis wäre. Vielleicht würde sich das ändern, wenn sie ihn näher kennenlernte, aber bis jetzt war alles an ihm so, wie sie es sich immer vorgestellt hatte. Sie mochte seine ruhige Art. Laute, großmäulige Jungs waren ihr zuwider. Trotzdem war er witzig und frech. Das war selten, meistens waren die ruhigen leider auch schüchtern. Und er sah gut aus. Ihr gefielen immer die helleren Jungen, die mit den blonden Haaren und mit den blauen Augen, die mindestens einen Kopf größer waren als sie, was bei ihren ein Meter vierundsiebzig gar nicht so einfach war. Und dann diese schönen Hände!

»Komm schon, sag was, Wana! Sag Ja!«

»Billie, ich kann das so kurzfristig nicht eintüten! Was soll ich denn meinen Eltern sagen? Du weißt doch, wie das bei mir ist«, sagte Wana niedergeschlagen.

Sie war so froh gewesen, dass Biljana nicht schockiert gewesen war, als sie ihr ausführlich von ihren Eltern erzählt hatte, davon, dass diese miteinander verheiratet worden waren, Modar nicht lesen und schreiben konnte und kaum Deutsch sprach. Dass sie ihr und Nila nichts erlaubten, was für andere in ihrem Alter selbstverständlich war: schwimmen, Freunde treffen nach sechzehn Uhr. Sie hatte ihr erzählt, dass sie sich jeden kleinen Ausflug, der nichts mit der Schule zu tun hatte, erlügen und erschleichen musste. So viel hatte sie noch nie einer Freundin erzählt.

»Es wäre so schön, wenn du auch mitkommen würdest«, bedauerte Biljana, ohne darauf herumzureiten, dass Wanas Eltern so waren, wie sie nun mal waren. Biljana kannte »das Andere« durch ihre kroatische Seite, wie sie selbst es ausgedrückt hatte. Wana hatte es irgendwie beeindruckt, dass sie das so ungezwungen gesagt hatte. Wana hatte keine »afghanische Seite«. Das warf ihr Modar auch regelmäßig vor.

»Können wir uns nicht etwas ausdenken?«, bettelte Biljana.

»Was denn ausdenken?! Ein Schulausflug ohne Ankündigung? So plötzlich? Eine Übernachtung zum Geburtstag, ohne dass es vorher eine Einladung gab? Das werden sie mir nie und nimmer abkaufen, das ist einfach zu kurzfristig! Und ich müsste meine Mutter fragen, mein Vater mag es nicht, wenn ich mit so was ankomme.«

Boba war die letzte Instanz, aber er weigerte sich, mit

ihr über etwas zu sprechen, das sie nicht zuvor schon versucht hatte, mit Modar zu klären. Am liebsten war es ihm, wenn man Ärger und Streit von ihm fernhielt. Und in letzter Zeit stritten Wana und Modar viel.

»Versuch's doch wenigstens, bitte! Wann kommt denn deine Mutter zurück?«

»Keine Ahnung, aber zu spät, um sie noch zu fragen. Sie werden erst irgendwann nachts zurückkommen, bestimmt nicht vor zwei, drei Uhr.«

»Ach, echt …?«, sagte Biljana und machte eine lange Pause, in der Wana ihre Hintergedanken förmlich spüren konnte.

»Hast du nicht auch mal gesagt, dass dein Vater früh ins Bett geht?«, fragte Biljana zögerlich.

Als Wana nicht sofort antwortete, legte sie los wie ein Maschinengewehr: »Könntest du denn heimlich raus? Und kannst du deiner Schwester vertrauen? Würde sie dich warnen, wenn sie früher zurückkämen? Wäre das vielleicht eine Möglichkeit?«

»Nein, würde sie nicht. Meine Schwester würde mich nie bei so etwas decken, dafür ist die viel zu brav. Und überhaupt, wie soll sie mich warnen? Im Mudia Art anrufen, oder was?«

Obgleich Wana die besseren Argumente und große Hemmungen hatte, ein solches Risiko für einen einzigen Abend einzugehen, gelang es Biljana irgendwann doch, sie davon zu überzeugen, sich hinauszuschleichen, wenn ihr Vater eingeschlafen war. Wanas Sehnsucht nach Mathis, seinen Armen und die Aussicht auf seine weichen Lippen ließen sie schneller nachgeben, als sie gedacht hatte. Biljana versprach, sie mit den Jungs um elf Uhr an der nächsten Straßenecke abzuholen und dafür zu sorgen, dass sie spätestens um halb zwei zurück wäre, damit sie vor ihrer Mutter und Schwester nach Hause kommen würde.

Zwei Stunden später ging Boba ins Bett, um Viertel nach neun, wie immer. Wana verbrachte die nächsten zwei Stunden ruhelos in ihrem Zimmer; im Zwiegespräch mit sich selbst, ob das alles eine gute Idee war und ob es nicht besser wäre, die Aktion abzublasen. Trotz ihrer wachsenden Zweifel machte sie sich sorgfältig zurecht und zog ihr schönstes Kleid an. Ein weinrotes Baumwollkleid, das mit kleinen, grünen, blattförmigen Motiven verziert war. Wana hätte es noch gar nicht anziehen dürfen. Modar hatte sich überzeugen lassen, es ihr für das anstehende *Ied* zu kaufen. Aber da sie ohnehin etwas viel Verboteneres tat, fiel ihr die Missachtung dieser vergleichsweise unbedeutenden Regel nicht schwer.

Ihr Herz klopfte bis zum Hals, als sie um genau 22.50 Uhr leise aus ihrem Zimmer auf den Flur trat. Alles war ruhig. Mit den Schuhen in der Hand lauschte sie erst an der Eingangstür, ob sich jemand im Flur befand, und spähte dann durch den Spion. Es brannte kein Licht. Wana drückte leise die Türklinke hinunter und verließ die Wohnung. Leise schloss sie die Tür hinter sich und atmete auf. Die erste Hürde war geschafft. Wenn sie jetzt die neugierige Frau Waschkowski traf, könnte sie einfach behaupten, sie habe es sich anders überlegt und wolle doch noch zu ihrer Tante fahren. Natürlich müsste sie dann wirklich hingehen, denn es könnte sein, dass Modar und Frau Waschkowski zufällig darauf zu sprechen kamen. Aber sie sprachen eigentlich nie miteinander. Umso umsichtiger kam sich Wana deshalb vor. Es war ein wirklich guter Notfallplan, und Modar wäre so glücklich, sie dort zu sehen, dass sie bestimmt nicht viele Fragen stellen würde.

Doch dann hatte Wana es geschafft. Im Stehen und sich dabei an der Haustür abstützend, zog sie Nilas hochhackige Schuhe an, die Biljana ihr eingeredet hatte, damit sie älter aussah. Wana fröstelte. Es war eine dieser kalten Frühlingsnächte, bei denen die Tage fast sommerlich sind und die Kälte nach Sonnenuntergang alle überrascht. Wana zitterte am ganzen Körper. Die dünne Nylonstrumpfhose hielt den kalten Wind kaum ab, und Wana wünschte sich, sie hätte sich wärmer angezogen.

Sie lief dicht an der Hecke entlang, und ihr Herz klopfte bis zum Hals. Es war ganz still, nur vereinzelt hörte sie ein Auto aus der Ferne. Die meisten Häuser lagen im Dunkeln. Obwohl sie alles kannte, jede Ecke, jeden Weg, wirkte die Umgebung fremd auf sie. Eigentlich hätte sie froh sein müssen, dass niemand Zeuge ihres nächtlichen Ausflugs wurde, aber sie fröstelte und wünschte sich, es wären noch andere Menschen unterwegs. Sie blieb zögerlich stehen, atmete durch und überlegte, ob es nicht doch besser wäre, abzusagen und wieder nach Hause zu gehen. Wenn das rauskäme, sie wollte es sich gar nicht vorstellen.

Sie drehte sich nicht um. Ging weiter. So vorsichtig wie möglich. Immer wieder blickte sie auf und um sich, hielt den Atem an, weil sie glaubte, etwas gehört oder gesehen zu haben. Wana war froh, endlich ihre Straße hinter sich zu lassen. Bis zuletzt hatte sie das Gefühl, jemand greife ihr gleich von hinten an die Schulter. Die Vermieterin oder Boba, der auf die Toilette wollte und gesehen hatte, wie sie aus dem Haus schlich. Oder noch schlimmer: irgendjemand anderes, ein Fremder.

An der Hauptstraße blieb Wana stehen und entdeckte ein Auto auf dem Busstreifen, dessen Lichter kurz aufblitzten. Sie zwang sich, nicht zu rennen. Als sie das Auto erreicht hatte, stieg Can aus und öffnete ihr die Tür. Der Bus kam hupend hinter ihnen zu stehen. Wana erschrak und fiel neben Biljana auf die Rückbank. Can stieg ein, und Mathis fuhr mit quietschenden Reifen los. Biljana zog Wana an sich und umarmte und küsste sie überschwänglich.

»Wohoooo, lasst die Spiele beginnen! Maestro, wo bleibt die Musik?«

Prompt brummte der Bass, die Wände des Wagens vibrierten, und die Worte, die aus Wanas Mund kamen, wurden ungehört von der Musik verschluckt. Mathis grinste im Rückspiegel und nickte im Takt. Biljana stupste sie mit der Schulter an und lachte ihr glücklich und ausgelassen ins Gesicht. Wana konnte nicht anders, als zurückzulächeln. Und dann gestattete sie es sich: hier zu sein, mitzumachen, es zu genießen. Sie schaute durch die Scheibe, und als sie die Häuser an sich vorbeiziehen sah, fühlte sie sich frei und verwegen. Sie schickte für alle Fälle ein letztes kleines Bittgebet gen Himmel und sah strahlend in den Rückspiegel, aus dem Mathis ihr zuzwinkerte.

Als sie sich dem Stadtzentrum näherten, wurden die Straßen belebter. Wana konnte sich nicht sattsehen. Sie fühlte eine ungeahnte Energie in sich, als sie die Stadt, die sie so gut kannte, um diese ungewohnte Uhrzeit sah. Obwohl die Läden geschlossen waren, waren viele gut gelaunte Menschen auf der Straße. Selbst der hässlich klobige Kinokomplex sah beleuchtet schöner aus. Mathis bog in eine der Seitenstraßen ein, die zum Gewerbegebiet führten, und schlagartig wurde es ruhiger. Sie fuhren auf das Gelände, und die asphaltierte Straße hörte auf. Der Parkplatz war nicht beleuchtet, und man sah nur das, was die Scheinwerfer erhellten.

Mathis zog den Schlüssel ab und stieg aus. Wanas Herz klopfte immer lauter. Er klappte den Sitz vor und half ihr beim Aussteigen. Ohne seine Hand loszulassen, küsste sie ihn bemüht cool zweimal auf die Wange, während ihre Knie und Hände zitterten. Als sie sich von ihm löste, suchten seine Augen ihren Mund. Leider musste sie seine Hand wieder loslassen, denn die anderen drängelten von hinten. Wana trat zur Seite, war auf den hohen Schuhen um Haltung bemüht und stellte sich in eine Reifenspur, wo die Erde fester war. Dann blickte sie sich um. Der Parkplatz lag im Dunkeln, auch das Gewerbegebiet drum herum war nur spärlich beleuchtet. Umso eindrucksvoller war das bunte Spiel der Lichter, das durch die imposanten Fenster der einst verlassenen Krupp-Ruine auch die Dunkelheit hier draußen durchbrach. Immer nur kurz blitzten die Strahler auf und ließen Wana hier und da ein kleines Stück Rasen, den Baumstamm daneben erkennen. Wana kam sich vor wie in einem anderen Land. Elektrisiert von der Szenerie, wurde sie von Aufregung vor dem ergriffen, was noch kommen würde.

Mathis schloss das Auto ab und stellte sich zu ihr, zusammen mit den anderen trank er ein paar Schlucke aus der kleinen flachen Flasche, die jemand mitgebracht hatte. Am meisten trank Mio. Er schien nervös und trat auf der Stelle.

»Hey Leute, die Tür ist knallhart. Wollen wir uns das wirklich antun?«, brach es plötzlich aus ihm heraus. Er deutete mit dem Kinn auf die lange Schlange, die sich vor der Tür gebildet hatte.

Während die anderen diskutierten, beobachtete Wana Mio und fragte sich, was der eigentliche Grund war, warum er plötzlich nicht mehr mit hineinwollte. Er hatte die ganze Zeit schon eher unwillig auf sie gewirkt. Und diese stille Kommunikation zwischen ihm und Mathis war auch verdächtig. Jetzt schüttelte Mio stirnrunzelnd den Kopf, und als sie zu Mathis sah, schien dieser nicht zu wissen, was Mio meinte. An der Art, wie Mio zu Biljana schaute und Mathis noch mal verkniffen ansah, verstand Wana endlich, was los war. Mio wollte sich vor Biljana keine Blöße geben, und er hatte Angst, dass er nicht hineinkam. Sie hätte ihn viel selbstbewusster eingeschätzt.

»Lasst uns doch ins Soundgarden. Da läuft heute HipHop, da kommen wir bestimmt rein«, versuchte Mio es erneut.

»Ich muss um spätestens halb drei zu Hause sein und Wana schon um halb zwei. Nach Dortmund und wieder zurück sind es schon fast zwei Stunden. Mio, bitte!« Biljana machte einen Schmollmund und klimperte überzogen mit den Wimpern.

Mio warf ihr einen Luftkuss zu. Damit schien es beschlossen. Biljana hakte sich bei Wana unter, und sie gingen vorneweg.

»Denk dran, schau so, als ob du dahin gehörst. Nicht zu schüchtern, sei selbstbewusst«, sagte Biljana. »Stell dir vor, du gehst durch deine Haustür. Du bist freundlich und auf keinen Fall aufgeregt.«

An der Tür saß eine Frau auf einem Barhocker und schaute sie verächtlich an. Sie war umringt von Männern, so groß und breit, dass Wana meinte, sie passten noch nicht einmal durch den Türrahmen, den sie bewachten. Niemand von ihnen grüßte zurück, als Wana und Biljana versuchten, das Richtige zu tun, ohne zu anbiedernd zu wirken. Die Frau mit den roten Lippen und dem schwarzen, glänzenden Bob schaute gelangweilt über sie hinweg und einem der schwarz gekleideten Schränke ins Gesicht. Der wich von der Tür, nur um sich sofort wieder in den Weg zu stellen, nachdem Wana und Biljana unsicher durchgegangen waren.

»Du ja, ihr nicht«, sagte der Mann und zeigte erst auf Mathis, dann auf Can und Mio. Wana drehte sich auf der Stelle um. Bedröppelt schauten Mio und Can den Türsteher an.

Biljana ging zurück, stellte sich neben Mio und setzte ein strahlendes Lächeln auf. »Wir gehören zusammen«, sagte sie eifrig und versuchte, sich so hinzustellen, dass der Türsteher sie nicht übersehen konnte.

Aber der fertigte schon die nächsten Gäste ab und ignorierte sie. Biljana tippte ihm auf den Oberarm, und er schnellte zurück und bellte: »Ihr geht jetzt entweder rein oder ihr bleibt draußen.«

Biljana schrak zusammen.

Mio schob sie zur Seite und drängte sich zu dem bulligen Türsteher vor. »Warum denn nicht? Sag's doch, sag's! Warum kommen wir beide nicht rein? Es ist die Hautfarbe, stimmt's?«

Wana stöhnte auf und fand seine Aktion einfach nur peinlich. Zumal die Hautfarbe des Türstehers, die hier und da auf seinen tätowierten Armen durchschimmerte, Wanas ähnelte. Er trat einen Schritt auf Mio zu. Sie sah nur seinen Rücken und Mios wutverzerrtes Gesicht.

»So 'ne Scheiße!«, rief er.

Er schlug mit der flachen Hand gegen den Türrahmen, direkt neben dem Türsteher. Der ergriff blitzschnell Mios Handgelenk, drehte ihm den Arm auf den Rücken und schob ihn weg.

»Bitte nicht!« Biljana versuchte, sich vor Mio zu stellen.

Gleichzeitig schnauzte die Frau auf dem Barhocker: »Raus mit euch! Keiner kommt rein! Verstanden?« Sie zeigte auf sie alle.

»Schaff sie hier weg«, rief sie dem Mann zu, der mit seinen tätowierten Armen Mio anscheinend mühelos in Schach hielt.

Mathis raunte Wana zu: »So ein Idiot, die geben uns gleich Hausverbot, und wir kommen nie wieder hier rein!«

Can hob beschwichtigend die Hände und trat neben Biljana. »Ist okay, wir gehen ja schon. Wir machen keinen Ärger mehr, okay?!« Er griff nach Mios Schulter, ohne die Augen vom Türsteher zu nehmen.

Wana atmete auf, als sie sah, dass dieser Mios Arm losließ. Can hob seine freie Hand, während er mit der anderen immer noch Mio festhielt und ihn mit sich zog. Biljana folgte ihnen wortlos. Wana konnte kaum erkennen, wo sie hinliefen. Das alles war so schnell gegangen.

Was machen wir jetzt?, schoss es Wana durch den Kopf. Dann nahm Mathis ihre Hand. So langsam sie konnten gingen sie wortlos hinter den anderen her.

»Warum war Mio wütend auf dich?«

Mathis schnaubte und schüttelte den Kopf. Er sah sie nicht an. »Keine Ahnung!«, sagte er genervt.

Wana spürte, dass er genau wusste, warum Mio sauer auf ihn war. Sie blieb stehen und sah ihn an.

Mathis ließ ihre Hand los. »Er wollte nicht in diesen Club, und ich habe ihn überredet, weil ich den Laden super finde.« Das kurze Lächeln, das aufschien, als er den Club erwähnte, erstarb wieder, und er runzelte verärgert die Stirn. »Na und?! Biljana hat ihn doch auch überredet, und auf die ist er nicht sauer!«

Wana nickte.

Die anderen standen am Auto, als Wana und Mathis Hand in Hand ankamen.

»Hey, da seid ihr ja!«, rief Biljana betont gut gelaunt. Sie lehnte an der Fahrertür, Mio stand vor ihr und sah zu Boden.

Can lehnte am Kofferraum. Sie stellten sich zu Can, und Mathis legte den Arm um sie und streichelte ihre Taille.

»Wollen wir noch woandershin?«, fragte Mathis ohne große Begeisterung und sah Can an, der lustlos mit den Schultern zuckte. Wana schaute zu Biljana, die zögerlich nickte. Mio schüttelte den Kopf.

Als Mathis mit Can beratschlagte, wo sie jetzt noch hinkönnten, kam plötzlich Mio um das Auto herum zu ihnen und sah sie kopfschüttelnd an, als könnte er nicht glauben, was er sah. Mathis hörte auf zu reden und sah Mio irritiert an. Mit den Händen auf den Hüften lehnte sich Mio zurück und sagte mit hochgezogenen Augenbrauen höhnisch: »Na, will der weiße Junge seine Kanaken ausführen und überlegt, wo sie nicht so auffallen?«

»Hey, was soll der Scheiß?« Mathis hörte auf, ihre Taille zu streicheln.

Wana sah nur Biljanas Haarschopf, konnte ihr Gesicht hinter dem Auto nicht erkennen.

»Was ist denn los mit dir?«, hörte Wana Biljana klagen.

»Ist doch wahr!«, rief Mio entrüstet und trat vor Mathis, der sich aufrichtete und einen Schritt vortrat. Wana versuchte, ihn zurückzuziehen, doch er drückte sie weg.

Mio kam ebenfalls näher. Seine Nasenflügel waren aufgebläht, seine Lippen schmal und aufeinandergepresst.

»Na, bist du jetzt zufrieden?! Hast du es jetzt mit eigenen Augen gesehen und glaubst mir jetzt? Ich habe es die ganze Zeit gewusst und es dir gesagt, aber der weiße, reiche Junge weiß es immer besser! Du bist es einfach nicht gewohnt, dass man dich abweist, nicht wahr?!«

»Das reicht!« Can trat zwischen Mathis und Mio. »Komm, Mio, wir gehen ein paar Schritte.«

Wana war froh, dass Can da war und diesen Drama-King Mio in Schach hielt. Sie fragte sich, wie gut er und Mathis wirklich befreundet waren. Can und Mio gingen ein ganzes Stück vom Auto weg, und Mio gestikulierte wild, während Can immer nur nickte. Plötzlich legte ihm Can die Hand auf die Schulter und schaute ihn eindringlich an, redete auf ihn ein. Mio stand mit hängendem Kopf vor ihm. Biljana, die die ganze Zeit still am Auto gestanden hatte, ging ebenfalls zu den beiden.

»Was für eine Scheiße!« Mathis sah niedergeschlagen aus, versuchte aber zu lächeln, als Wana seine Hand nahm. Am liebsten wäre sie mit ihm weggegangen und hätte Mio sich selbst überlassen. Aber das konnte sie Biljana nicht antun. Und Wana tat Can leid, der erst die demütigende Zurückweisung wortlos ertragen hatte und nun schon das zweite Mal den Babysitter für Mio spielen musste.

»Alles okay?«, fragte Mathis Can, als der sich wieder zu ihnen gesellte.

Can nickte nur.

»Was ist denn los mit ihm? Der tut ja so, als ob er der Einzige wäre, der nicht in einen Club reinkommt.«

Can sah ihn mit zusammengezogenen Augenbrauen an und sagte verärgert: »Nein, er ist tatsächlich nicht der Einzige gewesen. Ich kam ja auch nicht rein. Und das passiert uns fast jedes Wochenende; du hast schon recht, wir sollten es gewohnt sein!«

»Wieso sagst du das?«, fragte Mathis verdutzt.

»Weil ihr nie Rücksicht nehmt, so wie du heute!«, rief

Can und zeigte auf Mio und dann wieder mit der flachen Hand auf Mathis. Er sah aus, als ob er ihm am liebsten eine Ohrfeige geben würde. »Mio hat es dir doch schon versucht zu erklären.« Can schnaubte und schaute weg. Dann lachte er bitter auf. »Und wir wollten noch nicht einmal in den Scheißladen!« Er trat in die Erde.

Wana wich ungläubig zurück.

Can schaute auf. Er sah für eine Sekunde erschrocken aus. Er hob die Hand in ihre Richtung, aber diesmal erschien er nicht wütend, sondern flehentlich.

Mathis räusperte sich, und Cans Gesichtszüge wurden wieder hart, als er ihn ansah. »Es ist ja nicht so, dass ihr mit uns ›Schwarzköpfen‹ dann solidarisch draußen bleiben würdet«, presste er hervor. »Und am nächsten Tag, am nächsten Wochenende, das nächste Mal, wenn wir uns wiedersehen, unterhaltet ihr euch über den tollen Abend, den ihr ohne uns verbracht habt. Denkt ihr einmal daran, wie es uns dabei geht?! Offensichtlich nicht, denn dann hättest du Mios Bedenken nicht vom Tisch gewischt! Ich hab da echt keinen Bock mehr drauf!«

Can drehte sich weg, und Wana hätte ihm am liebsten ihre Hand auf den Rücken gelegt. Sie kannte das Gefühl, außen vor zu sein, nur zu gut, kannte die Einsamkeit, wenn alle anderen zusammen Spaß hatten, aber man selbst kein Teil davon war. Sie schaute Can an, fühlte mit ihm, wusste aber nichts zu sagen.

»Aber der Türsteher hatte doch auch braune Haare und dunkle Haut« war dann das Einzige, was sie hervorbrachte.

Can schaute über seine Schulter auf sie herunter, als wenn er sie für ein kleines dummes Mädchen halten würde. Er zuckte mit den Schultern und schaute wieder weg, als er antwortete. »Ja, aber er muss trotzdem tun, was der Besitzer sagt. Und wenn der ihm sagt, dass er keine Schwarzhaarigen reinlassen soll, dann macht er das. Hier, schau selbst.«

Er ging ein paar Schritte rückwärts, damit auch Wana und Mathis die Clubtür sehen konnten, und ob Zufall oder nicht, gerade trottete eine Gruppe von jungen Männern, die alle nicht weiß waren, Richtung Parkplatz. Sie starrten auf den Clubeingang und schwiegen. Als Wana kurz zu Can hinüberschielte, sah sie ihn mit zusammengekniffenem Mund in den nächtlichen Himmel schauen. Sie hatte sich unter ihren Freunden immer unter ihresgleichen gewähnt. Es fiel ihr schwer zu glauben, dass Can recht hatte. Plötzlich löste sich jemand von der Tür und kam auf sie zu.

»Scheiße!«, entfuhr es Can. »Der Türsteher kommt. Vielleicht fahren wir hier besser weg.«

Mathis schloss den Wagen auf, und Can pfiff Mio und Biljana zurück, die sich ein ganzes Stück von ihnen entfernt hatten. Sie machten sofort kehrt, aber bis sie Wana und die Jungs erreicht hatten, war der Türsteher schon fast bei ihnen. Er sah nicht wütend aus, er lächelte sogar.

»Komm mal her«, sagte er gönnerhaft und winkte Mio mit einer weit ausholenden Armbewegung zu sich heran.

Mio schaute ihn verdutzt an, unschlüssig, was er davon halten sollte. Der Türsteher zündete sich eine Zigarette an, und Mio ging ein paar zögerliche Schritte auf ihn zu.

»Hört mal zu, ihr müsst früher kommen, wenn der Club noch nicht offen ist. Wenn ihr in der Bar seid und der Club macht auf, seid ihr automatisch drin und müsst nicht an der Tür vorbei.« Er zog an seiner Zigarette und lächelte in die Runde. »Sorry, aber mein Chef will keine Ausländer drin haben.«

Wana biss sich unwillkürlich auf die Lippe. Ohne zu ahnen, was seine Worte in ihr ausgelöst hatten, fuhr der Türsteher fort, während er mit der brennenden Zigarette in der Hand gestikulierte.

»Dann wollen die Gäste nicht mehr kommen, die er haben will. Außerdem machen unsere Jungs immer Ärger, ist doch so!« Bei »unsere Jungs« zeigte er mit der Hand auf sich und dann auf Can und Mio, die sich irritiert anschauten. Vielleicht stolperten sie ebenso wie Wana darüber, dass der Türsteher aus ihnen ein »uns« machte.

»Und, habt ihr jetzt keine Schlägereien mehr?«, fragte Mathis unvermittelt.

Wana sah ihn dankbar an. Mathis war auf ihrer Seite. Er stand an der offenen Autotür und schaute dem Türsteher starr ins Gesicht.

Der zog noch einmal an seiner Zigarette, blies den Rauch aus Mund und Nase und warf die Kippe auf den Boden. »Doch, haben wir«, sagte er, während er die Zigarette zertrat. Dann wandte er sich Can zu. »Kommt nächste Woche Freitag, und ich lass euch rein, okay? Kommt früh, vor halb zwölf, und nicht mehr als fünf Schwarzköppe, sonst krieg ich Ärger mit meinem Chef, ja?!«

Ohne eine Antwort abzuwarten, hob er die Hand, drehte sich um und ging mit breiten Schritten und durchgedrückter Brust zurück zum Club. Selbst als er schon längst wieder an seiner Tür stand, hatte immer noch keiner von ihnen ein Wort gesagt.

Irgendwann setzten sie sich ins Auto. Wana lehnte ihren Kopf an die Fensterscheibe und fühlte sich matt. Can öffnete das Fenster, und Wana wünschte, er würde es schnell wieder schließen. Ihr war plötzlich so kalt. Mio schaute aus dem Fenster ins Leere, und Biljana saß zurückgelehnt da und hatte die Augen geschlossen. Mathis stieg ein und streckte sich müde auf dem Sitz aus, bevor er Wana kurz im Rückspiegel anlächelte und dann den Wagen anließ.

Wana hatte so viele Fragen, aber nicht den Mut, sie laut zu stellen, ja sie war sich nicht einmal sicher, ob sie die Antworten der anderen wirklich hören wollte. War das alles ein dummer Zufall? Oder gab es wirklich diese Grenze, die offenbar alle außer ihr und Mathis schon vorher gekannt hatten? Wieso hatte Biljana die ganze Zeit über nichts gesagt, wo sie doch sonst nicht auf den Mund gefallen war? Hatten Can und Mio recht?

Alles in Wana sträubte sich, das zu glauben. Aber was sie heute Abend erlebt hatte, verunsicherte sie, vielleicht lagen die Dinge doch anders, als sie immer gedacht hatte. Stumm schüttelte sie den Kopf.

»Was ist los, Süße?« Biljana nahm sie unvermittelt in den Arm. »Mach dir nichts draus. Scheiß drauf!«

Wana hatte keine Ahnung, was Biljana genau meinte, aber es tat gut, von ihr umarmt zu werden. Über Biljanas Schulter hinweg sah Wana, dass Can sich auf dem Beifahrersitz zu Mio umgedreht hatte und ihn bekümmert ansah.

»Sobald ich mein Abi hab, bin ich hier weg! Ich weiß gar nicht, warum meine Eltern in dieses Scheißland gekommen sind. Wir gehören hier nicht hin!«, jammerte Mio plötzlich. Er hatte sich nicht gerührt, aber offenbar Cans Aufmerksamkeit bemerkt.

Ach, halt doch die Klappe!, schoss es Wana entnervt durch den Kopf.

Ihr Mitleid hielt sich in Grenzen. Nein, für Mio hatte

sie kein Verständnis. Er hatte ihnen allen die Laune verdorben und seine Wut grundlos an Mathis ausgelassen. Es war eher Can, der sie traurig und nachdenklich stimmte. Alles war schräg, passte nicht richtig zusammen, knirschte und knackte, als ob es gleich bersten würde. Wana hatte keine Worte für das, was sie fühlte. Ihre Beine zitterten immer stärker, und sie versuchte, den dünnen Stoff ihres Kleides über die schlotternden Knie zu ziehen. Noch vor ein paar Stunden hatten die Farben so hell gestrahlt, und der Stoff hatte sich so gut angefühlt. Sie hatte solche Kleider an anderen Frauen gesehen und sich vorgestellt, wie sie darin wohl aussehen würde. Sie hatte das Kleid anprobiert und darauf geachtet, wie es um ihre Brüste saß, und sich über die perfekte Länge gefreut. Jetzt sah sie nur noch ihre braunen Beine darunter hervorragen und fragte sich, ob die Leute erst ihre Hautfarbe und dann das Kleid sahen. Bis heute war sie davon ausgegangen, dass es umgekehrt sei. Und aus irgendeinem Grund erinnerte es sie an ihren ersten Schultag. Diese Ernüchterung, dass ihre Laterne nicht so schön war wie die Laternen der anderen Kinder. Dass es immer etwas geben würde, das den Unterschied klar und deutlich erkennbar machen würde. Und egal, wie sehr man versuchen würde, es zu ignorieren, es würde trotzdem da sein und für alle sichtbar eine Grenze ziehen.

KAPITEL 4

4. Juni 2019

Die Entscheidung

Wana öffnete beide Türen des alten Spiegelschranks, der immer noch in ihrem alten Zimmer stand und vollgestopft war mit Sachen, die seit Jahrzehnten niemand mehr getragen hatte. Gelächter schwappte aus der offenen Küche gegenüber zu ihr herüber. Modar und Nila kochten ein Sonntagsessen, während Leo mit seinen Cousinen und Behzad im Schwimmbad war. Der Geruch von Modars Gewürzmischung waberte durch die Wohnung. Wana hatte oft versucht, sie selbst herzustellen, aber es war ihr nie gelungen. Seit Jahren hatte sie sich vorgenommen, Modar nach den genauen Zutaten zu fragen.

Jetzt habe ich ja genug Zeit, dachte Wana. Sie verharrte einen Moment und genoss den Duft ihres Lieblingsessens als Kind. Es gab mit Lauch gefüllte Teigtaschen. Sie wurden mit Joghurt und einer Tomaten-Hackfleisch-Soße serviert.

Wana griff voller Vorfreude auf die Ablage über der Kleiderstange, die Modar ihr für ihre Sachen freigeräumt hatte. Obwohl es nur eine kleine, alltägliche Bewegung war, musste sie unwillkürlich lächeln. Viele alltägliche

Dinge waren lange Zeit für sie nicht mehr selbstverständlich gewesen, es war befreiend, nicht mehr für alles auf jemanden angewiesen zu sein.

Wana nahm den oberen der drei kleinen akkurat gefalteten Stapel. Seit dem Unfall trug sie immer das Gleiche: weiße T-Shirts und eine der identischen weiten Jogginghosen, die ihr Nila ins Krankenhaus mitgebracht hatte, nachdem man Wana die Schläuche abgenommen hatte. Sie hatte damals wenig eingepackt, als sie aus Berlin aufgebrochen war. Im Gegensatz zu den anderen Fächern war ihr Fach überschaubar und aufgeräumt. Die Kleiderstange hingegen hing voller Bügel. Die Ärmel und Röcke der bunten afghanischen Trachten stachen heraus wie Regenbogen, dazwischen hingen alte Mäntel, Kleider und Anzüge, unter deren Gewicht sich die Kleiderstange in der Mitte durchbog. Modar war es schon immer schwergefallen, auszumisten und Sachen zu entsorgen, aber je älter sie wurde, desto schlimmer wurde es. Modar konnte nichts weggeben. Solange es nicht völlig zerschlissen oder zerbrochen oder am besten zu Staub zerfallen war, warf Modar nichts weg. Auch hier, in Wanas altem Zimmer, gab es immer noch dieselben Vorhänge, denselben Teppich, selbst die Möbel standen noch da, wo sie schon immer gestanden hatten: der wuchtige Spiegelschrank gegenüber den Betten, die längs an der Wand standen, links neben dem Fenster der Kinderschreibtisch aus Eiche, auf dem jetzt eine Nähmaschine stand. Daneben waren Schuhkartons und Dosen gestapelt, in denen Modar ihre Näh- und Strickutensilien aufbewahrte. Sie hatte viele davon, mehr, als man in einem Leben verarbeiten konnte. Es war erdrückend. Alles war vollgestellt, jede Ecke, jede Ablage, selbst die Fensterbank.

Wana drehte sich zurück zum Schrank und wollte gerade die Türen schließen, als ihr ein weinroter Stoffzipfel mit grünem Blattmotiv ins Auge fiel. Sie wusste sofort, worum es sich handelte. Wana schob die Bügel rechts und links zur Seite und nahm das Kleid heraus. Sie befühlte den leichten Stoff, und ihr Bauchgefühl sagte ihr eigentlich schon in diesem Moment, dass sie es besser wieder zurückhängen, nicht die alten Geister heraufbeschwören sollte, aber sie warf die Bedenken über Bord. Es war ein schöner Tag, sie fühlte sich gut und gesund und sehnte sich nach einem Kleidungsstück, das nicht nach Krankenhaus und Bettruhe aussah, aber trotzdem luftig und bequem war.

Wana stellte sich in die offene Schranktür und zog sich das Kleid über. Sie merkte schnell, dass es zu eng war. Sie klappte eine der Spiegeltüren zu, um sich zu begutachten. Es schnitt ihr in die schlaffen Oberarme, und um ihre Brust spannte es so stark, dass sie befürchtete, der Stoff würde reißen. Es sah furchtbar aus.

Aber es war nicht ihr Aussehen, das Wana erschütterte, sondern ihre Erinnerungen an jene Nacht, die alles verändert hatte. Ihr Blick wanderte über das Kleid, befühlte regelrecht den weichen Stoff, und alles war wieder da. Die Kälte und wie verloren sie sich gefühlt hatte. Es war langsam angerollt, das Beben, das in jener Nacht begonnen hatte. In jener seltsamen Nacht, die damit geendet hatte, dass sie nicht in den Club gekommen waren, und deren Nachwirkungen noch lange nicht vorbei gewesen waren, als Wana verloren und in Gedanken versunken im Auto gesessen hatte.

Dort hatte das Bild, das sie sich all die Jahre von sich selbst und von ihrem Leben und ihrem Zuhause gemacht hatte, einen Riss bekommen. Sie hatte sich geweigert zu glauben, dass dieser Riss der Beginn eines Grabens war, hatte vergeblich gehofft, dass er nicht weiter aufklaffen und noch mehr Schaden anrichten würde. Aber die Nacht hatte eine noch viel unheilvollere Wendung genommen und ihre Schatten auf die Monate und Jahre, die auf sie folgten, geworfen.

Im Spiegel sah Wana ihre tief liegenden Augen mit den schwarzen Rändern darunter. Sie sah müde aus, ihr Gesicht war schmal geworden. Ihre Schultern auch. Wana schaute zurück in ihr eingefallenes Gesicht und wieder auf ihre knochigen, hochgezogenen Schultern; eine dürre, ängstliche Frau in dem zu engen Kleid eines einsamen jungen Mädchens. Sie wandte sich jäh von ihrem Spiegelbild ab und wollte nur noch raus aus dem Kleid. Ungeduldig zerrte sie es sich über den Kopf, zog es fahrig über den Bügel und hängte es zurück in den Schrank. Sie stopfte es tief hinein und schob mit der Hand immer wieder nach, bis von dem Kleid nichts mehr zu sehen war. Hastig streifte sie sich ein T-Shirt über und schloss mit einem Knall, der sie selbst erschreckte, beide Türen.

»Wana? *Batschem*, geht es dir gut?«, rief Modar aus der Küche.

»Ja.«

Wana ging schnell zur anderen Seite des Zimmers, wo sie von der Küche aus nicht mehr zu sehen war. Sie setzte sich aufs Bett und vermied es, in den Spiegel gegenüber zu schauen. Langsam und mechanisch streifte sie sich die Jogginghose über und starrte dabei die ganze Zeit auf denselben Punkt irgendwo vor ihren Füßen. Was sie damals hatte durchhalten lassen, war die Aussicht gewesen, dieses Zimmer zu verlassen, diese Wohnung, diese Enge und das Leben mit Modar unter einem Dach.

Und jetzt? Jetzt war sie wieder zurück in diesem Zimmer, und das alte Gefühl überkam sie, wie eine Fremde auf das eigene Leben zu schauen, und wieder einmal fragte sie sich, ob sie da sein wollte, wo sie war. Ob sie dahin gehörte. Alles war zurück, und Wana wünschte sich, sie hätte das Kleid nie angezogen. Sie wünschte, sie hätte sich in das einheitliche Weiß gekleidet und hätte den Frieden, die Dankbarkeit und die Zuversicht genossen, die sie gespürt hatte.

Aus der Küche drang Modars und Nilas Lachen. Wana hatte keine Ahnung, was sie so erheiterte. Der Geruch des angebratenen Hackfleischs wehte ihr in die Nase, und Wana verzog angewidert das Gesicht. *Es riecht wie früher, alles sieht aus wie früher*, dachte sie und schauderte bei dem Gedanken. Als hätten sich all die Jahre aufgelöst, kam sie sich plötzlich wie das Mädchen von damals vor: Boba nicht greifbar und nicht da, Modar und Nila vertraut und zusammen, während sie nur ein paar Meter von ihnen entfernt im anderen Zimmer saß und sich fühlte, als wäre sie Lichtjahre von ihnen entfernt.

Wana schloss die Augen, und als sie sie wieder öffnete, hatte sie den Eindruck, dass der Raum kleiner geworden war und die Decke tiefer hing. Sie atmete stockend ein und wieder aus. Sollte das wieder ihr Leben sein? Wenn sie nicht mehr zu Alexander gehörte, wohin denn dann? *Hierhin*? Wollte sie wirklich Alexander und dieses andere Leben, das sie sich so mühsam aufgebaut hatte, einfach hinter sich lassen? Sollte sie ihn, Leos Vater, wirklich verlassen? War sie nicht auch ihrem Kind verpflichtet? Ihrem gemeinsamen Kind, das jedes Mal weinte, wenn sich Alexander verabschiedete, um nach Berlin zu fahren.

Wana wusste auf einmal keine Antworten mehr auf

diese Fragen, die sie kurz zuvor noch so sicher hätte beantworten können; wusste nichts mehr, außer dass ohne Alexander diese alte Wohnung ihr einziger Zufluchtsort war, ihre einzige Alternative. Das Telefon in die Hand zu nehmen und Alexanders Nummer zu wählen, erschien ihr wie ein Ausweg aus dieser klaustrophobischen Panik, auch wenn sie kein gutes Gefühl dabei hatte, sich ihm mit ihren Ängsten anzuvertrauen. Sie hatten sich in den letzten Wochen immer weiter voneinander entfernt. Aber jetzt erschien ihr Alexander wie ein Strohhalm, an den sie sich klammern konnte. Sie wählte ihn per Videoanruf an, wollte sein Gesicht sehen, nicht erraten müssen, was in ihm vorging, wenn sie mit ihm sprach. Gab es Hoffnung darauf, das alte Leben zu retten? Nicht zu trudeln, sondern wieder einen festen, sicheren Platz zu haben. Verankert zu sein.

Alexander nahm schneller ab als erwartet. Sie sah etwas Weißes, das sich als Kissen entpuppte. Sein Gesicht erschien auf dem Display, vom Schlaf verquollen.

»Sorry, ich habe geschlafen«, murmelte er mit rauer Stimme. Dann erschienen Falten auf seiner Stirn, und er kniff die Augen zusammen, als fiele es ihm schwer, klar zu sehen. »Ist alles in Ordnung? Geht es euch gut?«, fragte er erschrocken.

Wana rührte seine Sorge, und in ihrer Brust ließ die Enge nach. »Alles gut. Uns geht es gut! Ich habe dich nur vermisst und wollte sehen, wie es dir geht.« Das hatte sie schon lange nicht mehr gesagt.

Alexander lächelte und rieb sich den Schlaf aus den blauen Augen. Er streckte sich und gähnte. »Hach, wie schön, dass du dich meldest, und ja, mir geht's gut. Wir hatten ein großartiges Treffen gestern. Super gelaufen, in jeder Hinsicht!«

Sie nahm ihm ab, dass er sich über ihren Anruf freute. Alexander setzte sich auf, und sie sah verwackelte Bilder, bis er wieder auf dem Display erschien. Der kurze Moment der Verbundenheit, als sein Gesicht noch so nah gewesen war und sie seine Augen hatte sehen können, löste sich auf. Er hatte das Handy offenbar auf dem Nachttisch abgestellt und zog sich an. Mit der heiseren Stimme von Menschen, die viel getrunken und gefeiert haben, erzählte er von seinem abgeschlossenen Deal und der darauffolgenden Tour durch das Berliner Nachtleben.

»Ich habe mich seit Langem nicht mehr so frei, so gut gefühlt«, sagte er abschließend und strahlte sie an.

Wana versuchte, sich über die Leichtigkeit, die ihn umgab, zu freuen, und lächelte.

Er nahm es als Aufforderung weiterzuerzählen. »Ich hatte das so lange nicht mehr: lange arbeiten, spontan ausgehen und feiern, bis es hell wird. Es ist einfach anders, wenn niemand wartet und man nur sich selbst Rechenschaft schuldig ist.« Er zog sich das Shirt über den Kopf und verstummte kurz. Dann kam sein Gesicht wieder aus dem Ausschnitt geschlüpft, und er sah sie prüfend an. »Du weißt, wie ich das meine, oder?«

Wana beeilte sich, ihre Stirn zu glätten, und sie lächelte, damit es nicht wie ein Vorwurf klang, als sie erwiderte: »Ja, ich weiß. Ich hätte das auch gerne mal wieder.«

Sie wünschte, er würde darauf eingehen, irgendetwas dazu sagen und ihr zeigen, dass er sich für sie interessierte, sie ernst nahm. Aber sie wünschte es vergebens.

»Ich habe mich wieder so lebendig gefühlt! Es war eine dieser perfekten Nächte in Berlin. Ach … ich weiß nicht, wann ich das letzte Mal so viel Leben in mir gespürt habe!«

So habe ich mich das letzte Mal nach Leos Geburt gefühlt,

schob Wana in Gedanken ein. Es machte sie traurig, dass es bei ihm nicht so war. Alexander strahlte wie ein kleiner Junge, der in einem Freizeitpark hatte übernachten dürfen. Er stand auf und ging mit dem Telefon auf den Balkon. Wana sah die Nachbarhäuser hinter ihm auftauchen. Die Sonne schien. Wana stellte sich vor, wie in Berlin nun das Leben nach draußen schwappte, wie die Menschen nach dem langen Winter die Bürgersteige besetzten und in Decken gehüllt den manchmal noch bitterkalten Frühlingsabenden trotzten. Alexander stellte das Handy ab. Für einen Moment sah sie seine Beine, die in Shorts gehüllt waren.

Da wurde ihr erst bewusst, dass der Frühling zu Ende war und der Sommer bereits begonnen hatte. Das alles war geschehen, während sie in ihrem Bett im Krankenhaus gelegen hatte. Und jetzt war sie zurück in der Wohnung ihrer Eltern, in ihrer Vergangenheit, und immer intensiver wurde in ihr das Gefühl, dass sie ziellos im Orbit schwebte, während alles andere weiterging wie immer. Die Menschen lebten weiter ihr Leben, und die Jahreszeiten wechselten. Aber sie war außen vor, kein Teil mehr davon. Sie war ein Fremdkörper.

Alexander setzte sich auf einen Stuhl, und ein Glimmen in seiner Hand holte Wanas Aufmerksamkeit zurück zu ihm und weg von den verstörenden Gedanken. Er hob die Hand mit der Zigarette. »Ach komm, Wana, jetzt keine Predigt. Ich hatte einfach eine tolle Nacht und wollte dir davon erzählen.«

Wana hatte nichts dergleichen gedacht, als sie auf seine Hand geschaut hatte. »Ich habe doch gar nichts gesagt«, erwiderte sie ruhig und bemühte sich, nicht empört zu klingen.

Trotzdem verdüsterte sich Alexanders Gesicht, und er drehte ihr sein Profil zu. *Wie ein kleiner Junge*, dachte Wana und spürte plötzlich den Drang aufzulachen. Aber eigentlich war das alles gerade nicht komisch. Es war eher traurig, dass es sie kaltließ. Es war ihr gleichgültig, dass er wieder rauchte.

Ist Gleichgültigkeit das Gegenteil von Liebe?, fragte sich Wana und bereute den Gedanken sofort. Schnell wechselte sie das Thema, fragte ihn nach der letzten Nacht und forderte ihn auf, mehr zu erzählen. Ihre plötzliche Gelassenheit schien Alexander nicht geheuer zu sein, und sie sah ihm an, dass er ihr das Interesse nicht abnahm. Die Leichtigkeit war dahin, und nach ein paar Sätzen über die letzte Nacht schwiegen sie sich an.

»Ich glaube, ich bleibe noch ein paar Wochen hier. Ich brauche noch Unterstützung, und du hast viel zu tun, nicht wahr?«, sagte sie nach einer Weile. Sie machte eine Pause und hoffte, wenn auch nicht innig, er würde protestieren.

Aber er sagte nichts, sondern setzte sich lediglich ein bisschen aufrechter hin und sah sie an.

»Ich denke, es ist besser, wenn ich hierbleibe, bis ich wieder ganz gesund bin.« Wana realisierte erst jetzt, dass sie ihn testete. Wie ein letzter Versuch. Nicht aus dem Drang heraus, ihn wiederhaben zu wollen, sondern um später sagen zu können, dass sie nichts unversucht gelassen hatte. Dass sie alles getan hatte, um die Liebe zwischen ihnen zu retten.

Alexander nahm endlich seine Sonnenbrille ab. Er sah überrascht aus. Wana hatte den Eindruck, als sei eine Spannung, die ihr zuvor nicht aufgefallen war, aus seinem Körper gewichen. Sein Hals wurde länger, und er lehnte sich geschmeidig und mit glatter Stirn wieder zurück. Er schien erleichtert. In den letzten Minuten ihres Gesprächs versuchte er zu verstecken, dass er sich über die Nachricht freute. Er appellierte an ihre Verantwortung, sich alle Zeit der Welt für ihre Genesung zu nehmen. Er sagte das Richtige, doch verrieten seine Redseligkeit und seine plötzlich zurückgekehrte gute Laune, dass er erleichtert war, gelöst. Enthusiastisch warf er Urlaubspläne an die Wand, wollte sich drei Wochen freinehmen, weil er ja jetzt vorarbeiten konnte. Wana hörte ihn reden, und es erschien ihr absurd, dass er sich vormachte, dass zwischen ihnen alles normal sei. Sie hörte ihn sprechen und fühlte, wie sich die Leere in ihr ausbreitete.

Lange nachdem sie aufgelegt hatten, saß Wana immer noch mit dem Telefon auf dem Bett und maß die Konsequenzen ihres spontanen Vorschlags ab. Es war bedrückend und erleichternd zugleich, Letzteres, weil seine Reaktion ihr bestätigte, dass ihr Gefühl sie nicht getäuscht hatte: Es war vorbei. Er mochte es sich vielleicht noch nicht eingestanden haben, aber Wana hatte es ihm angesehen. Es gab keinen Weg mehr zurück. Auch *ihm* schien es besser zu gehen, wenn *sie* nicht da war. Das klaustrophobische Gefühl, das Wana durch den Anruf hatte lindern wollen, kehrte zurück.

Sie hob den Kopf und überwand sich, in den Spiegel zu schauen. Sie dachte an die Zeit nach jener Nacht mit Mathis und hob das Kinn noch ein bisschen höher.

Ich bin keine fünfzehn mehr. Und ich bin nicht dazu verdammt hierzubleiben. Ich werde hier wieder weggehen, werde zurück nach Berlin gehen und werde mir wieder ein neues Leben mit Leo aufbauen. Und bis dahin …?

Sie wusste nicht weiter.

Dann ist das jetzt eben so!

Sie schaute sich streng an, hielt ihrem eigenen Blick stand. Etwas richtete sich langsam in ihr auf, während sie ihr Abbild im Spiegel betrachtete. Sie war eine erwachsene Frau und würde es schaffen.

KAPITEL 5

11. Juni 1993

Nach der Nacht mit Mathis

Elf Wochen nach der Nacht mit Mathis stand Wana, wie so oft in den letzten Tagen, vor dem Spiegelschrank und klappte die linke Tür auf, etwas mehr als fünfundvierzig Grad, damit sie Modar in der Küche beobachten konnte, ohne selbst von Modar gesehen zu werden.

Wana verharrte dort schon seit geraumer Zeit und bildete immer neue Sätze im Kopf, die sich seit Stunden weigerten, laut ausgesprochen zu werden. Ihre Gedanken stolperten übereinander, schossen wild durch die Gegend. Wana war nicht in der Lage, ihnen Einhalt zu gebieten. Sie hatte es schon so oft versucht in den letzten Tagen, hatte Luft geholt, aber dann doch nichts gesagt, hatte wieder eine Gelegenheit verstreichen lassen zu beichten, was sie Fürchterliches getan hatte.

Modars tägliche Soap lief, und sie starrte auf den klobigen Fernseher, der auf einem viel zu kleinen zierlichen Hocker stand. Ahnungslos saß Modar auf dem Küchenboden in ihrer Sitzecke auf einem kleinen rot-schwarzen afghanischen Teppich. Sie lehnte sich gegen ein Kissen, das dasselbe Muster besaß. Sie hatte beides einer Bekannten abgekauft, die es aus Afghanistan mitgebracht hatte. Auf diesem kleinen Stück Heimat verbrachte Modar seitdem die meiste Zeit des Tages und machte immer irgendwas nebenbei: stricken, nähen, Kartoffeln schälen, fernsehen, eben alles, was man im Sitzen machen konnte. Zwischendurch stand sie auf, rührte im Topf, räumte hier und da auf, dann setzte sie sich wieder, starrte gebannt auf den Apparat und ahnte nicht, dass sie sich noch vor Anbruch des nächsten Tages inmitten einer Katastrophe befinden würde. Und Wana würde die Ursache dieses Unglücks sein.

»Du siehst so blass aus. Geht's dir gut?«, fragte Nila und trat ins Zimmer.

Sie hatte gegessen. Wana roch es und wollte Nilas Frage eigentlich gerade verneinen, als sich etwas aus ihrem Magen hochkämpfte. Schnell rannte sie ins Badezimmer.

Die Übelkeit war das Erste gewesen, was plötzlich anders gewesen war.

Nila lief ihr hinterher und hielt ihr die Haare aus dem Gesicht, während Wana über der Kloschüssel würgte. Sie konnte den Geruch des Essens an Nila kaum ertragen. Modar kam, stellte sich auch noch ins enge Badezimmer und roch nach *Aschak*, während sie Wana den Rücken strich, bis nichts mehr aus ihr herauskam.

»Mein armes Kind, was ist dir denn nicht bekommen? Möge es deine Mutter treffen und nicht dich!«

Modar setzte sich umständlich und schwerfällig zu ihr und legte die Hand auf ihre Stirn. Wana schluchzte laut auf, und Modar fuhr zusammen. Wana weinte fast nie. Nicht vor anderen. Schnell murmelte sie etwas von Magenschmerzen, und Modars besorgtes Gesicht kam wieder zum Vorschein.

»Du armes Geschöpf, du gehörst ins Bett. Komm, ich helfe dir.«

Modar brachte sie ins Bett und gab ihr eine kalte Cola, die sie schlückchenweise trinken sollte. Ein Hausmittel ihrer Mutter, das gegen jeglichen ärztlichen Rat stand, aber es half. Nila und Modar blieben bei ihr und spekulierten darüber, ob es eine Magengrippe war, und ließen sie erst in Ruhe, als sie sich zur Wand drehte und sich schlafend stellte.

Später konnte sie den Fernseher hören, der leise in der Küche lief. Modar hatte die Tür offen gelassen. Wana drehte sich auf den Rücken und starrte auf das flackernde Fernsehlicht an der Decke. In ihrem Kopf hatte nichts anderes mehr Platz als die unaufhörlichen Fragen, warum sie das getan hatte, warum sie mit ihm mitgegangen war. Denn das war sie eigentlich nicht: übermütig und verwegen. Es war so vieles zusammengekommen in dieser Nacht: die Aufregung um Mathis, die absurde Situation vor dem Club, die so vieles verschoben hatte, sodass am Ende nichts mehr zusammenpasste. Nichts mehr, außer ihr und Mathis. Vielleicht war deshalb geschehen, was geschehen war. Sie war nicht mehr in der Lage gewesen, einen klaren Gedanken zu fassen. Sie hatte sich treiben, sich führen lassen von seinen Küssen und seinen Händen, die plötzlich überall gewesen waren. Sie wollte tun, was andere Mädchen tun, einfach mal »normal« sein und sich keine Gedanken machen. Sie war ihm dankbar gewesen, dass er ihre verstörenden Beobachtungen des Abends zurückgewiesen und bezweifelt hatte, dass der Türsteher das alles wirklich so gemeint hatte. Wana glaubte ihm gern. Sie wollte glauben, dass es nicht an der Hautfarbe gelegen hatte, die ja auch die ihre war. Wana wollte nicht anders sein, sie wollte kein Opfer sein. Mathis hatte sie geküsst, und sie war froh gewesen, dass sie nichts mehr sagen und nichts mehr denken musste. Sie wusste noch, dass sie die Augen geöffnet und er sie ernst angeschaut und irgendetwas gesagt hatte. Sie hatte den Blick nicht von seinen Lippen lösen können und hatte nur genickt, nichts verstanden, sich aber nicht getraut, noch mal nachzufragen, wollte nicht so banal sein in diesem zauberhaften Moment. Ihr war sofort klar gewesen, was er gefragt haben musste, als sie den heftigen Stich gespürt hatte. Sie hatte es abbrechen, es ungeschehen machen wollen, aber sie hatte gewusst, dass es zu spät war und sie schon zu weit gegangen war.

»Solltest du dich für einen Abbruch entscheiden, muss das innerhalb der nächsten Woche passieren. Du bist bereits in der elften Woche, und ein Abbruch ist nur bis zur zwölften möglich.«

Nach diesem Satz hatte Wana das erste Mal den schrillen Piepton im Ohr gehört.

»Da du noch nicht sechzehn bist, brauchst du das Einverständnis deiner Eltern. Es gibt Beratungsstellen …«

Nachdem die Ärztin ihre Eltern erwähnt hatte, hielt der Pfiff in ihrem Ohr an. Die Stimme der Ärztin entfernte sich immer weiter, und Wana hörte alles wie unter Wasser. *So klingt es bestimmt unter einer Taucherglocke*, war es ihr absurderweise durch den Kopf gegangen, während die Ärztin erklärt und erklärt hatte.

Das Fernsehlicht erlosch. Ihre Mutter ging ins Bad, und Nila kam leise ins Zimmer, um sich zum Schlafen umzuziehen. Wanas Herz klopfte immer schneller. Sie musste es ihr heute sagen. Wana versuchte, ruhiger zu atmen. Sobald Nila im Bett lag und Wana ihre ruhigen Atemzüge hörte, schlich sie sich leise und zitternd ins Wohnzimmer, wo Modar unter den Fenstern auf einer Matratze lag. Die Vorhänge waren aufgezogen, wie immer, wenn Boba schon schlief und Modar das Wohnzimmer allein für sich hatte. Der Mond schien und leuchtete bläulich grau ins Zimmer. Die Ecke ihres Vaters erschien einladender als sonst, ihre Mutter schöner, wie sie so dalag mit gezupften Augenbrauen, die wie auf dem Bauch liegende Neumonde aussahen.

»Modar«, flüsterte Wana und war erleichtert, als sie nicht antwortete und sie die furchterregende Beichte damit noch ein bisschen hinausschieben konnte. Wana kam näher und setzte sich neben die Matratze. Sie schüttelte sachte ihre Schulter.

»Modar.«

Obwohl sie geflüstert hatte, schreckte Modar hoch.

»Ist was mit deinem Vater?«, krächzte sie, setzte sich auf, strich sich die Haare aus dem Gesicht und sah Wana mit aufgerissenen Augen an.

»Nein, Boba schläft. Nila auch. Ich muss mit dir reden.«

Modar sah erleichtert, aber nun auch argwöhnisch aus. »Geht es um einen Jungen?«

»Ja.« Wana stockte und korrigierte sich: »Nein.«

»Kind, du hast mich so erschreckt! Mir ist die Seele aus dem Körper gewichen.« Modar fasste sich ans Herz, dann wurde ihr Gesicht weich, und ein Lächeln umspielte ihre Lippen. »Was ist das für ein Junge?«

Wana hatte sich genau überlegt, was sie sagen wollte. Aber der ahnungslose Plauderton Modars beschämte sie. Es kam Wana falsch und respektlos vor, sie noch länger hinzuhalten, sie glauben zu lassen, Wana wolle ihr von einer Romanze erzählen.

»Es geht nicht um einen Jungen. Es geht um ein Kind«, platzte es aus Wana heraus, und sie zeigte auf ihren Bauch.

Modars Augen wanderten zu ihrer Hand. Ihr Gesicht fiel in sich zusammen. Während ihre aufgerissenen Augen abwechselnd erst in Wanas Gesicht und dann auf ihren Bauch schauten, schüttelte sie immer heftiger den Kopf, und als sie sich auf die Knie schlug, wusste Wana, dass ihre Mutter endlich verstanden hatte.

»Von wem?«, fragte sie mit sich überschlagender Stimme und erschrak offenbar selbst über die Lautstärke, denn sie deutete auf die Tür und presste hervor: »Mach sie zu.«

Dann fing sie an zu klagen. »*Ya Allah*, lass ihre Häuser zugrunde gehen, wie mein Heim zugrunde gegangen ist. *Ya Choda*, lass deinen Zorn auf sie herabregnen. Lass ihnen das Liebste sterben und zerstöre sie, wie sie uns und unsere Heimat zerstört haben!«, jammerte sie mit mühevoll gedämpfter Stimme und auf den Boden gerichtetem Blick.

Wana wusste nichts zu sagen, als ihre Mutter weiter »die Russen« und ihre afghanischen Verbündeten verfluchte, die sie zur Flucht in dieses fremde Land gezwungen hatten, und auch nichts, als sie klagte, dass das alles nie passiert wäre, wenn ihr Vater gesund wäre und sie nicht Vater und Mutter zugleich sein müsste. Dann schaute sie ruckartig zu Wana, als ob sie sich plötzlich an etwas erinnert hätte.

Wana sah schnell zu Boden, als sie die Wut auf Modars Gesicht sah.

»Seit wann? Wann hast du dich und unsere Familie ruiniert?« Ohne Wanas Antwort abzuwarten, schlug sie sich auf das Bein und rief zur Decke: »Wofür bestrafst du uns so, *ya Choda*? Was haben wir getan, dass du uns dieses Schicksal erleiden lässt?! Oh Gott!«

Sie schlug sich ins Gesicht.

»Modar, Modar *jaan*, *nako*, bitte lass das.«

Sie versuchte, Modars Hände festzuhalten, die sich jedoch mit unerwarteter Kraft wieder aus Wanas lösten, um sich an den Haaren zu reißen, auf die Brust oder die Beine zu schlagen.

»Bitte lass das! Hier, schlag mich! Schlag mich!« Wana presste weinend Modars Hände an ihre Brust. Plötzlich ging die Tür auf.

»Was ist los? Was ist passiert?« Nila schaute sie mit verschlafenen Augen an.

»Pscht, mach die Tür zu!« Modar fing wieder an zu weinen, diesmal leiser, und zeigte mit der flachen Hand auf Wana. »Diese Hundetochter ist schwanger. Was soll ich bloß mit dieser Schande machen?«

Nila stürzte zu ihnen und kniete sich vor Modar. »Was sagst du da, Modar?« Nila sah sie flehentlich an. »Wana? Sag! Was ist hier los?«

Wana saß da und konnte nicht antworten. Sie brachte es nicht noch einmal über die Lippen. Nila wiederholte ihre Frage. Diesmal lauter.

Endlich hob Modar den Kopf, und eine dicke Träne tropfte aus ihrem Auge, als sie ruhig sagte: »Ich habe es gewusst. Habe ich es dir nicht gesagt, dass sie anders aussieht?«, fragte sie Nila und musterte dann Wana angewidert von oben bis unten. »Ich habe es dir angesehen, deiner Haut, deinen Haaren. Ich habe gesehen, wie du obenrum zugelegt hast und wie müde du in den letzten Wochen warst.«

Modar senkte den Kopf und fing wieder an zu weinen.

»Ich Unglückselige habe das alles gesehen und die Augen verschlossen, weil ich dachte, dass meine Tochter sich nie so erniedrigen würde.«

Ihre Schultern bebten. Und dann klagte sie, verfluchte Wana und verwünschte sie für die Schande, die sie über alle gebracht habe, für die selbstsüchtige Lust, der sie ihre Familie geopfert habe. Die Panik in Nilas Stimme und die Scham auf Modars Gesicht ließen in Wana Selbsthass aufkeimen, der wuchs und wuchs, bis der Morgen graute, ohne dass sie ein Auge zugemacht hätten. Wana wünschte sich, sie würde sterben, dann wäre alles besser. Für alle.

Am nächsten Morgen stand sie zur selben Zeit wie immer auf, um zur Schule zu gehen. Sie verrichtete dieselben Abläufe, sie nahm denselben Weg. Alles war wie immer. Und doch war alles anders.

Dabei hatte sich das Ende schon abgezeichnet, bevor die zwei rosafarbenen Streifen auf dem Test erschienen waren. Die kurzen Treffen nach der Schule und die riskanten Aktionen, um ein paarmal bei ihm zu übernachten, waren Mathis nicht genug. Er wollte eine »richtige« Beziehung. Und in den zehn Wochen, in denen sie mit ihm zusammen gewesen war, hatte sich ein tiefer Graben zwischen ihr und Biljana gebildet. Es gab nie einen Streit oder ein böses Wort. Es hatte damit angefangen, dass seit jener Nacht Mio Mathis und Mathis Mio nicht mehr sehen wollte. Und weil Wana jede Minute, in der sie sich von zu Hause wegschleichen konnte, mit Mathis verbringen wollte, hatte sie kaum noch Zeit für Biljana, die sich vernachlässigt fühlte. Wana verstand sie, aber sie hatte keine andere Wahl, konnte sich schließlich nicht zerreißen. Sie hatte doch nur diese ein, zwei Stunden nach Schulschluss mit ihm. Gerade von Biljana hätte sich Wana mehr Verständnis für ihre schwierige Situation gewünscht. Aber die zog sich immer mehr zurück, und sie hörten auf, nach Schulschluss rauchen zu gehen oder nachmittags zu telefonieren.

Als Mathis mit Wana Schluss gemacht hatte, suchte sie Biljana fieberhaft auf dem Schulhof. Sie war die Einzige, mit der Wana reden wollte. Aber Biljana reagierte kühl auf Wanas fassungslos vorgetragene Nachricht. Wana stand wie angewurzelt an derselben Stelle. Da hatte sie noch gedacht, dass es nicht schlimmer kommen könnte. Sie hatte geglaubt, dass damit schon alles weggebrochen war, woran sie vor ein paar Wochen noch fest geglaubt hatte: ihre ewige, alles überdauernde Freundschaft mit Biljana, die Liebe zu Mathis.

Aber dann war es noch viel schlimmer geworden. Tag für Tag. Erst bekam Wana mit, dass Biljana wegziehen würde und es keine Hoffnung mehr auf Versöhnung gab. Dann machte sie den Test. Danach waren ihr ihre vorherigen Sorgen plötzlich als dumm, nichtig und weit weg erschienen. Auch Biljana. Und nachdem sie Modar alles erzählt hatte, war das Leben zur Hölle geworden.

Als Wana Tage nach dem Test, der Beichte vor Modar und den Nächten ohne Schlaf aus der Narkose aufwachte, spürte sie sofort eine tiefe Sehnsucht nach Biljana. Nach jemandem, der ihr wohlgesinnt war. Die immer nur sie und nicht das Drumherum gesehen hatte. Wana dachte an ihre Freundin, und Tränen quollen ihr aus den Augen, bevor sie wusste, wo sie war, weil sie wusste, dass Biljana nicht mehr da war. Nie wieder da sein würde. Ihre Mutter und Nila saßen an ihrem Bett und weinten auch. Nicht mit ihr, sondern wortlos und voller Vorwürfe.

Boba erzählten sie, dass Wana eine Zyste an der Gebärmutter entfernt worden sei. Das erklärte ihre starken Blutungen und die Bettruhe. Boba fragte nicht viel, schließlich handelte es sich um ein »Frauenproblem«. Wenn Boba sich an Wanas Bett setzte, konnte sie ihn nicht ansehen. Sie hatte ihn hintergangen, belogen und etwas getan, das er ihr nie zugetraut hätte, wofür er sich furchtbar schämen würde. Sie fühlte sich seiner Liebe nicht mehr würdig. Am liebsten wäre sie unsichtbar gewesen, wenn er in der Nähe war.

Modar und Nila pflegten sie, brachten ihr Essen und Getränke ans Bett, aber keine von ihnen wechselte ein freundliches Wort mit ihr. Und Wana fand, sie hatte das verdient. Mehr als Bobas Mitgefühl. Sie bereute und haderte mit sich, fürchtete sich vor der Strafe dafür, dass sie dem Leben in sich keine Chance gegeben hatte, und fand weder tags noch nachts Frieden.

Eine Woche nach dem Eingriff musste Wana wieder zur Schule. Nach allem, was passiert war, kam ihr alles, was vorher das Selbstverständlichste der Welt gewesen war, abwegig und absurd vor: sich morgens einfach anzuziehen und zur Schule zu gehen. Wana fehlte schon die Kraft, um aus dem Bett zu steigen. Jede Bewegung, jeder Schritt fühlte sich an, als hingen schwere Gewichte an ihr. Sie schleppte sich aus dem Haus, zur Schule und wieder zurück und wollte die ganze Zeit nur in Ruhe gelassen werden. Hier und da wechselte sie ein paar Worte, wenn man sie fragte, was sie gehabt habe und ob es ihr nun besser gehe. Wana lächelte und winkte ab, hörte sich reden, aber nichts berührte sie, nichts hatte wirklich mehr etwas mit ihr zu tun. Nichts in ihrem Leben fühlte sich mehr echt an. Nicht mal ihre Gefühle, ja nicht mal sie selbst. Sie mochte weder die alte Wana noch die neue. Ihr früheres Ich war ein naives, dummes Ding gewesen, und ihr jetziges war schlecht, verlogen und verdorben.

Die Tage in der Schule zogen an Wana vorbei. Einmal sagte sie den ganzen Tag kein Wort. Es fiel niemandem auf. Sie wandelte durch diese Zeit wie durch Watte, hatte kein Zeitgefühl und wusste erst, dass Freitag war, als ihr jemand beim Rausgehen aus der Klasse »ein schönes Wochenende« wünschte. Wanas Magen zog sich zusammen, als sie vor der Haustür stand und an die Stimmung dachte, die sie dahinter erwarten würde. Modar ignorierte sie, aß nicht mehr mit ihr zusammen, schaute sie nicht einmal mehr an. Wana schloss widerwillig die Tür auf und hoffte, dass Modar sie in Ruhe lassen und Boba die eisige Atmosphäre zwischen ihnen nicht bemerken würde.

Modar öffnete sofort die Küchentür einen Spaltbreit und forderte sie barsch auf hereinzukommen. Nila war auch schon drin und wusch sich an der Spüle die Hände. Modar vergewisserte sich noch mal, dass Boba nicht im Flur war, und schloss die Tür. Dann sah sie Wana das erste Mal wieder ins Gesicht. Ihre Augen waren kalt, ihre Lippen zusammengepresst, ihre Oberlippe war nach oben gezogen, als würde sie auf etwas Verabscheuungswürdiges schauen. Wana senkte den Blick, konnte es nicht mehr ertragen, so angeschaut zu werden.

»Was hier passiert ist, darf niemals jemand erfahren. Hört ihr? Kein Ehemann würde *das* akzeptieren, keine Familie würde eine Schwiegertochter mit einem solchen Makel respektieren«, sagte Modar mit leiser, schneidender Stimme.

Wana war erleichtert, dass Modar sie beide ansprach. Auch wenn sie alle wussten, wer die wahre Schuldige war, tat es gut, nicht allein vor Gericht zu stehen. Sie wagte, kurz zu Modar aufzuschauen, ohne den Kopf zu heben.

Modar sah sie beide abwechselnd und eindringlich an. »Außer uns dreien darf das niemand wissen. Euer Vater würde das nicht verkraften, und du«, sagte sie und sah Nila mahnend an, »du erzählst auch deinem zukünftigen Verlobten nichts davon, sonst wird er es dir beim nächstbesten Streit vorhalten. Gib ihm keinen Grund, auf dich herabzuschauen. Oder auf uns.«

»Behzad ist nicht so, er ist ein guter Mann«, sagte Nila leise.

Modar lachte höhnisch auf und antwortete mit dem afghanischen Sprichwort: »Nenne keinen Mann ein Männchen und kein Messer ein Messerchen.«

Sie schluckte und sagte eine Weile nichts, während sich ihr Blick vor Wanas Füßen auf dem Boden verlor.

Wana dachte schon, das wäre es gewesen, sie wären entlassen, aber dann schaute Modar auf, und ihr Gesicht verfinsterte sich.

»Ab heute wirst du tun, was ich sage, und wehe, du triffst dich noch einmal mit dem ›Deutschen‹, deinem …«, zur Seite schauend, suchte sie offenbar nach dem passenden Wort, das zu ihrem angewiderten Gesicht passte, »deinem Geliebten, *Londet*«, spuckte sie schließlich aus.

Es war ein vulgäres, lüsternes Wort, das sie ausgesucht hatte. Es passte und traf Wana in die Magengegend.

Dann befahl sie Wana, sich zu duschen, sie würden noch heute Abend auf eine Hochzeit gehen. Wana traute sich nicht zu protestieren. Sie ging ins Bad und stellte sich unter den Wasserstrahl. Irgendwann setzte sie sich hin und schob es immer wieder hinaus, aufzustehen und das Wasser abzustellen. Bis sie von Nilas ungeduldig trommelnder Hand an der Tür aus ihrer Lethargie gerissen wurde. Mit tropfenden Haaren und unter Nilas Geschimpfe schleppte sich Wana aus dem Bad zu ihrem Bett. Dort saß sie immer noch im Badetuch, als Nila eine halbe Stunde später ins Zimmer zurückkam. Ihre Haare waren auf dem Hinterkopf aufgetürmt, und ihre Gesichtskonturen wirkten grotesk verschoben, weil sie sich mit dunklem Make-up hier und hellen Highlights dort eine vermeintlich schmalere Nase und höhere Wangenknochen geschminkt hatte.

»Was?!« Nila blieb an der Tür stehen und starrte Wana entsetzt an. »Was soll das?! Wieso bist du noch nicht angezogen?«

Wana nahm das alles erst mit Verzögerung wahr. Sie sah an sich hinunter und merkte, dass ihr furchtbar kalt geworden war. Wortlos stand sie auf und ging zum Schrank, um sich etwas zum Anziehen herauszusuchen. Das Handtuch rutschte ihr vom Körper, und Wana versuchte vergeblich, es wieder festzustecken. Nila stöhnte auf und stampfte aus dem Zimmer. Sie kam mit einem Kamm, Bürsten und einem Fön bewaffnet zurück, während Wana immer noch ratlos vor dem Schrank stand und mittlerweile mit den Zähnen klapperte. Nila legte ihr die Tagesdecke vom Bett über die Schultern und zog sie auf einen Stuhl, den sie vor den Schrankspiegel gestellt hatte. Wana ließ alles mit sich geschehen. Wortlos fing Nila an, ihr die Knoten aus den nassen Haaren zu kämmen. Wana blickte im Spiegel auf und sah zu ihrer Überraschung, wie sich so etwas wie Mitleid in Nilas Gesicht abzeichnete, während sie ihr nun zärtlich über den gekämmten Kopf strich. Wana schluchzte unvermittelt auf. Dieser erste Hautkontakt, das erste Mitgefühl, das ihr jemand seit Wochen schenkte, zog alles in ihr zusammen und legte eine Wunde frei, die ganz tief in ihr aufgeklafft war.

»*Nako*, weine nicht«, sagte Nila auf Dari, strich ihr eine Strähne aus der Stirn hinters Ohr. Sie schaute sie im Spiegel an.

Wana nickte, und Nila nahm das als Aufforderung weiterzumachen. Während sie ein Haarbüschel nahm und mit einer Rundbürste glatt föhnte, biss Wana die Zähne zusammen, bis ihr Kiefer sich unter der Haut abzeichnete. Als Nila fertig war, fassten ihre Finger sachte, fast zärtlich in Wanas Haar, um es zurechtzulegen und hier und da eine Strähne zurechtzuzupfen. Ohne etwas dagegen tun zu können, rannen Wana die Tränen übers Gesicht.

Nila sagte nichts, gab ihr nur ein Taschentuch und sah immer wieder blinzelnd und schniefend zur Decke und konnte doch nicht verhindern, dass ihre sorgfältig schwarz geschminkten Augen sich röteten und der akkurat gezogene untere Lidstrich an der Stelle, wo eine Träne durchgebrochen war, leicht verschmierte.

Modar kam ins Zimmer. »Ist sie etwa immer noch nicht fertig?«, stieß sie barsch aus. So war das jetzt: Modar sprach nicht mehr *mit* ihr, sondern nur noch mit Nila *über* sie.

Wana blickte auf den Boden, als Nila sich räuspernd sagte: »Wir sind gleich so weit. Es ist meine Schuld, ich habe so lange gebraucht, um mich erst mal selbst fertig zu machen.«

Wana hatte nicht erwartet, dass Nila sich schützend vor sie stellen würde. Modar stampfte davon. Wana beobachtete Nila im Spiegel, wie sie immer wieder zur Tür schielte und dabei Wanas Blick mied.

»Was willst du anziehen?«, fragte sie und sah Wana mit sorgenvoll gefalteter Stirn endlich wieder an.

Wana fühlte sich schuldig, dass auch Nila leiden musste. Sie zuckte mit den Schultern. Nila ging zum Schrank und holte ein kurzes schwarzes Kleid aus ihrem Teil des Schranks hervor und half Wana, es anzuziehen. Es war schlicht, hatte einen mitteltiefen Rückenausschnitt und Trompetenärmel. Wana zog es über und fühlte sich auf einmal entsetzlich unwohl. Nila war kleiner als sie. Der eigentlich knielange Rock ging Wana nur bis zu den Oberschenkeln. Sie schämte sich für ihre nackten Beine. Es war nicht richtig, dass sie sich nach allem, was passiert war, so aufreizend anzog.

Nila hingegen sah sich ihr Werk stolz im Spiegel an, und ein Lächeln huschte über ihr Gesicht, als sie auf Deutsch fragte: »Ist doch gut so, oder?«

Wana wollte ihr nicht wieder die Laune verderben und nickte. Nun trug ihr Nila Schicht für Schicht das Make-up auf. Wana war froh, dass sie dabei die Augen schließen konnte und sich nicht mehr im Spiegel sehen musste.

»Was hat *die* denn an?«, hörte Wana ihre Mutter schnauzen.

Sie öffnete ein Auge. Nila hatte sich aufgerichtet und sah zur Tür, wo Modar mit den Händen an den Hüften stand und abwechselnd Nila und Wanas Beine wütend anfunkelte. Als Wana an sich hinuntersah, stellte sie entsetzt fest, dass das Kleid im Sitzen noch höher gerutscht war. Sie hatte nicht darauf geachtet, als sie sich zurückgelehnt hatte, damit Nila sie schminken konnte. Wana setzte sich aufrecht hin und zog den Saum mit beiden Händen hinunter. Modar stampfte zum Schrank und riss die Doppeltür auf. Ein Schwall Klamotten fiel ihr entgegen. Ganz am Ende der Kleiderstange suchte sie eine afghanische Tracht heraus. Wana besaß sie bestimmt schon seit zwei Jahren, hatte sie aber nie getragen. Sie war schockiert gewesen, als ihre Mutter ihr erzählt hatte, dass sie 100 Mark dafür gezahlt hatte. Wana hatte sich tagelang darüber aufgeregt, was sie nicht alles mit dem Geld hätte kaufen können. All die Sachen, die sie wirklich gebraucht, gewollt und getragen hätte. Ihre Mutter hatte sie undankbar geschimpft und dann mehrmals vergeblich versucht, ihr die Tracht zu den unmöglichsten Gelegenheiten aufzudrängen, sogar als Kostüm zum Karnevalsfest in der Schule. Aber selbst für den Karneval war das Ding zu groß, zu schwer, zu bunt, und sie hatte sich standhaft geweigert. Bis jetzt.

»Hier, das soll sie anziehen«, sagte Modar und hielt den Kleiderbügel, an dem die bunte Tracht hing, wie eine Waffe auf Nila gerichtet, die das schwere Teil widerstandslos entgegennahm und an Wana weiterreichte.

Wana sagte nichts, stand auf und ging ins Bad, um die lila Pluderhose und darüber das magentafarbene Kleid anzuziehen. Ihre langen Haare verhedderten sich in den bunten Perlenbordüren, und Wana zerrte daran, als wären es nicht ihre Haare, die sie dabei herausriss. Als sie die Tracht endlich angezogen hatte, drückte diese so schwer auf ihre Schultern, dass Wana am liebsten in die Knie gegangen wäre. Sie trat in den Flur hinaus, und im selben Moment ging die Wohnzimmertür auf, und Boba stand plötzlich vor ihr. Wana biss sich ertappt auf die Lippe. Mit der Klinke in der Hand sah Boba sie ungläubig lächelnd an.

»*Wa-Wa*, meine afghanische Tochter«, sagte er bewundernd, und in Wana zog sich abwehrend alles zusammen. Das war etwas, das sie gerade ganz bestimmt nicht sein wollte. Nicht mehr sein konnte: das sittsame afghanische Mädchen. Sie hatte ihre Unschuld verloren.

»Ich wusste nicht, dass du diesmal mitgehst.«

Er war immer noch überrascht. Sie schaute verächtlich auf ihre Verkleidung hinunter und schämte sich vor ihrem Vater für ihre Heuchelei.

Aber ihm gefiel offenbar, was er sah. Er lächelte. »Komm mal her.«

Er winkte sie ins Wohnzimmer, nahm seine alte Kamera vom Regal und holte sie vorsichtig aus der festen, abgegriffenen Ledertasche, die der Form der Kamera angepasst war und die er extra in einem Laden in Kabul hatte anfertigen lassen. Er machte Fotos von ihr und lächelte jedes Mal, wenn er den Film der uralten Kamera weiterdrehte und sie dabei kurz ansah. Wana versuchte, auch zu lächeln, was ihr beim dritten Mal offenbar gründlich misslang, denn Boba setzte sofort die Kamera ab und schaute sie gequält an.

»Was ist los, *Nafas*? Hast du Schmerzen?« Es fiel ihm sichtlich schwer, das »Frauenproblem« anzusprechen, denn er schaute dabei verschämt auf den Boden.

Wana schüttelte den Kopf und kämpfte mit den Tränen.

»Willst du überhaupt auf diese Hochzeit?«, fragte Boba zweifelnd. Wana senkte den Kopf, und eine Träne lief ihr aus dem Auge und rollte die Wange hinab.

Boba rief nach Modar, die kurz darauf im Türrahmen erschien. Wana hatte das nicht gewollt. Modar sah böse aus.

»Lass das Kind doch hier, sie will nicht mitgehen«, sagte Boba zu ihr.

Modar schaute ihn nicht an, sondern richtete ihre funkelnden Augen auf Wana. Dann drehte sie ihren Kopf langsam zu Boba und fauchte: »Willst du sie auch noch zu Hause einschließen? ›Das Kind‹ ist kein Kind mehr.

Es muss raus und andere Menschen zu Gesicht bekommen!«

Boba runzelte die Stirn, wollte etwas sagen, aber Modar gebot ihm mit erhobener Hand Einhalt: »Nein, diesmal nicht. Sie sind jetzt Frauen, und *ich* sollte mich ab jetzt um sie kümmern.« Sie packte Wana am Oberarm, deutete mit dem Kopf zu Boba und sagte kalt: »Na los, sag es ihm. Sag ihm, warum du mitgehen sollst.«

Wana verstand ihre Andeutung und schaute zu Boden, während sie Boba anlog und ihm sagte, dass sie eigentlich doch mitwolle. Er sah sie verunsichert an, doch dann nickte er. Modar schob Wana aus dem Wohnzimmer, schloss die Tür hinter sich und wies sie an, in der Küche zu warten. Wana war noch zu erschrocken, um zu reagieren. Modar redete sonst nicht so mit Boba. Zumindest nicht vor ihnen. Mehr als das Verhalten ihrer Mutter wühlte die Reaktion ihres Vaters sie auf. Er hatte sie verwirrt angesehen, und dann war er zusammengezuckt und hatte verschämt die Augen abgewandt. Als er Modar angesehen hatte, glich sein Blick einer Kapitulation. Als wollte er sagen: »Gut, ich sehe es. Du hast recht.«

Wana hasste die Vorstellung, dass Boba glaubte, sie habe sich so angezogen, um einen potenziellen Heiratskandidaten unter den Blicken der bigotten afghanischen Gesellschaft zu treffen. Er hatte ausgesehen, als würde er sie nicht wiedererkennen, als wüsste er nicht mehr, wer sie war. Und das tat er ja auch nicht mehr.

Eine Stunde später gingen sie auf die Hochzeitshalle zu, die sich in einem Gewerbegebiet befand. Wana fühlte sich elend. Ihre Blutungen waren stärker geworden, und sie hoffte, die Binde würde halten. Die Tracht mit den handbreiten Silberbordüren und Stickereien, zwischen die kleine Spiegel eingearbeitet waren, war schwer. Wana schwitzte, und die von Synthesizern verzerrte Musik, die von der Hochzeitshalle herüberwehte, tat ihr jetzt schon in den Ohren weh. Viele andere Gäste kamen zeitgleich mit ihnen an, zwei Stunden nach dem eigentlichen Beginn der Feier. Sie brauchten ewig vom Parkplatz zum Saal, der keine zweihundert Meter entfernt war. Modar blieb immer wieder stehen und begrüßte ihre Bekannten, alle redeten durcheinander, ohne sich wirklich zuzuhören. Wana hätte es früher verlogen gefunden, typisch afghanisch, und hätte sich geärgert. Aber heute urteilte sie nicht. Heute überlebte sie, versuchte, nicht unterzugehen, und hatte keine Kraft, anderen Aufmerksamkeit zu schenken.

Endlich gingen sie weiter. Nila stolz und um Anmut bemüht an der Seite von Modar vorneweg und Wana einen Schritt hinter ihnen her. Sie vermied es, den Gästen ins Gesicht zu schauen, grüßte nur, wenn sie den Blicken nicht mehr ausweichen konnte.

Als sie in den länglichen Saal hineintraten, hatte Wana das Gefühl, alle würden sie in dieser auffälligen Kleidung anstarren. Mit gesenktem Kopf ging sie weiter, sah nur noch ihre Füße in den Zehensandalen und den grauen Linoleumboden.

Modar blieb plötzlich stehen und begrüßte überschwänglich drei Frauen. Sie hielt dabei Ausschau nach einem freien Tisch. Eine Sitzordnung gab es nicht. Wana schaute die Frauen kaum an. Nur wenig später gesellte sich ein kleiner rundlicher Mann dazu, der bestimmt schon dreißig war. Er trug einen schlecht sitzenden Nadelstreifenanzug, und seine ausgebeulten Lackschuhe waren offenbar zu schmal für seine breiten Füße, die hineingequetscht und zusammengeschnürt aussahen wie zwei dicke schwarz glänzende Würste. Innerhalb von wenigen Sekunden waberte sein Eau de Cologne im Umkreis von fünf Metern durch die Luft. Seine Stimme war heiser und hoch, sein Gesicht wie ein Klumpen Teig mit zwei Augen, Mund und Nase. Seitdem seine kleine Hand schlaff die ihre geschüttelt hatte, waren auch ihre Finger wie in Parfüm getaucht. Wana war froh, als Modar sich endlich in Bewegung setzte. Ihr war schlecht von dem überwältigenden Geruch.

Sie setzten sich an einen freien Tisch, und Modar fragte Nila: »Na, was sagst du?«

»Was macht er noch mal? Arbeitet er?«, fragte Nila zurück, während sie sich im Saal nach bekannten Gesichtern und vor allem Behzads Familie umschaute.

»Er sucht noch. Er ist ja erst vor einem Jahr nach Deutschland gekommen. Ab und zu hilft er bei seinen Schwägern im Imbiss aus. Jetzt sucht er eine Frau, am besten mit deutschem Pass.«

Sie zog ihre Augenbrauen hoch und deutete mit den Augen auf Wana.

Wana schaute abwechselnd Modar und Nila an, die sie beide nicht beachteten. Sie konnte kaum glauben, was Modar offenbar vorschwebte.

»Ich weiß nicht«, sagte Nila abwesend.

Wana wollte nicht glauben, dass ihre Mutter ihn ernsthaft für eine gute Partie hielt. Für Nila hätte sie nie einen in Betracht gezogen, der keinen richtigen Job hatte und quasi frisch vom »Flüchtlingsboot« gestiegen war. Modar pries sie weit unter Wert an, wenn sie ihn als möglichen Kandidaten für Wana in Erwägung zog. Denn auch dieser Markt hatte seine Regeln, und sie und dieser Typ waren nicht in derselben Preisklasse: Wana hatte einen deutschen

Pass und war nicht hässlich. Außerdem war sie gebildet und kam aus einer geachteten Familie. Er hingegen hatte weder Status noch Geld noch sah er gut aus. Er war keine gute Partie, ganz und gar nicht, und das wusste bestimmt auch Modar. Dass sie ihn trotzdem für einen geeigneten Kandidaten für Wana hielt, führte Wana erst vor Augen, wie weit sie im Ansehen ihrer Mutter gesunken war. *Ich bin beschädigte Ware*, dachte Wana bitter, verschränkte die Arme vor dem Körper und hatte das dringende Bedürfnis, sich unter dem Tisch mit der langen Tischdecke zu verkriechen, sich dort zusammenzurollen und nichts mehr hören und sehen zu müssen.

So ging es den ganzen Abend weiter. Modar lobte ihre Töchter, und Wana war gezwungen, mittendrin zu sitzen, zu lächeln und neugierige Fragen zu beantworten. Modar brachte meist bereits zu Anfang der zufällig entstandenen Unterhaltungen geschickt unter, dass die Töchter genug Verehrer hätten und sich im Auswahlprozess befänden. Und dann ließ sie fallen, dass es noch keinen Favoriten gebe.

Die angesprochenen Mütter, Schwestern und anderen Frauen aus Familien mit heiratswilligen Männern kannten die Codes des afghanischen Brautmarkts natürlich, und so verbrachten die meisten von ihnen den Rest des Abends damit, Wana in Gespräche einzubeziehen, ihr mit albernen Witzen zu entlocken, ob sie vielleicht verliebt sei oder ob sie diesen indischen Film oder jenen neuen Popsong kenne. Sie fragten nach Wanas Freunden, der Schule, ihren Plänen für danach. Und sie stiegen damit in die Verhandlungen ein, ohne es offen anzusprechen oder etwas Verbindliches zu sagen. Sie tasteten sich vor, zogen Grenzen, formulierten Erwartungen und Wünsche. Einige betonten, sie wollten eine häusliche Braut, andere wollten eine, die arbeiten ging, sich auch an den Kosten beteiligte und Geld nach Hause brachte. Wana wusste, dass nicht alle afghanischen Eltern ihre Kinder so verheirateten. Ein paar von Bobas alten Freunden hatten sie früher auf die Hochzeiten ihrer Kinder eingeladen, die ganz anders gewesen waren. Aber Boba verkehrte nicht mehr mit ihnen, mit niemandem mehr, also blieben nur Modars Familie und ihre Bekannten. Und die suchten sich ihre sittsame, keusche, jungfräuliche Braut auf genau diese Weise aus.

Wana kam sich vor wie Vieh und antwortete einsilbig und am Ende nur noch ironisch. Als sie einen Schwall Blut aus sich herauslaufen spürte, stand sie auf, um auf die Toilette zu gehen. Es troff an ihrem Innenschenkel hinunter, und sie beschleunigte ihren Schritt. An der Toilettentür, Wana wollte gerade hinein, tauchte hinter ihr plötzlich Modar auf und zwängte sich mit ihr in die Kabine. Sie legte die Hand auf die Lippen und hob dann drohend den Zeigefinger.

»Kannst du mir mit dem Reißverschluss helfen, Kind? Es kratzt mir am Rücken«, sagte sie mit zuckersüßer Stimme und übertrieben laut.

Sie wollte offenbar den vielen Zuhörerinnen, die vor den Kabinen am Waschbecken vor den Spiegeln standen, keinen Anlass zum Tratschen geben.

Modar hielt kurz inne, und als die Gespräche draußen weitergeführt wurden, zischte sie leise: »Wenn du dich nicht zusammenreißt, werde ich alles deinem Vater sagen und dafür sorgen, dass er dich zu Hause einsperrt. Und dich dann mit so jemandem verheiratet, den ich dir am Anfang vorgestellt habe. Also setz dich wieder zurück zu ihnen und sei freundlich!«

Ohne Wana die Gelegenheit zu geben, etwas zu erwidern, öffnete sie das Türschloss und sagte wieder übertrieben laut: »Danke schön, mein Kind. Ich gehe dann schon mal zurück.«

Während sich Wana säuberte, die übervolle Binde wechselte und immer wieder über die Demütigungen des Abends nachdachte, hörte sie Modar draußen lachen und parlieren. Und sie feilbieten, als wäre nichts passiert.

»Sie stickt und näht sehr gerne. In jeder Familie, in die sie einheiraten wird, werden die Frauen der Familie solche Kleider tragen«, hörte Wana sie draußen gurren, nachdem eine fremde Stimme Wanas Tracht gelobt hatte.

Obwohl Wana das Gewicht des Kleids auf sich spürte und ihr heiß davon war, fühlte sie sich nackt. Sie erkannte in diesem Moment, dass sie wegmusste; weg von Modar, bevor sie zu viel Macht über sie gewinnen würde.

Sie brauchte einen Plan, und der musste damit beginnen, Modar in Sicherheit zu wiegen, bis sie sich wieder einigermaßen beruhigt hatte. Momentan war sie eine tickende Zeitbombe, und Wana nahm sich vor, sie nicht zu provozieren und ihr keinen Anlass zu bieten, Boba alles zu erzählen und alles noch schlimmer zu machen. Wanas größte Angst war nicht, dass Modar sie zwingen könnte, jemanden zu heiraten, den sie nicht heiraten wollte. Das würde Boba nicht zulassen. Aber Modar würde ihre neue Macht ausreizen, würde Wana überall mitschleppen, sie feilbieten, und wenn sie sich weigern sollte, dann würde sie Boba alles erzählen, und das, da war sich Wana sicher, würde ihm das Herz brechen. Er ging davon aus, dass Nila und Wana vor der Hochzeit keinen Mann so nah an sich heranlassen würden. Er würde es Wana nie verzeihen, dass sie es hatte so weit kommen lassen. Er würde es nicht verkraften, da stimmte sie Modar zu, und Wana wusste, dass sie mit dieser Schuld nie wieder glücklich sein könnte. Und das wäre alles viel, viel schlimmer, als Modars übles Machtspiel mitzuspielen und ihr die Sicherheit zu lassen, dass sie Wana vermeintlich unter Kontrolle hatte.

Als sie zurück in den Saal ging, riss sie sich zusammen, lächelte, bis ihr die Wangen wehtaten, heuchelte Interesse und wiegte Modar in Sicherheit. Zwischendurch ging sie fast jede Stunde auf die Toilette, um die Binde zu wechseln. Modar ließ sie den Rest des Abends nicht mehr aus den Augen, während sie gleichzeitig versuchte, vor jedem Wanas Tugenden zu preisen. Es gab Wana Hoffnung und Kraft, still an einem Plan zu feilen, wie sie das alles ganz schnell und ganz bald hinter sich lassen könnte. Es half ihr, den Abend durchzustehen und die Aussicht auf viele weitere solcher Abende zu ertragen. Mit dem Ziel im Blick, diese kleine, bigotte afghanische Welt irgendwann für immer zu verlassen, ging sie etwas aufrechter in die Nacht. Diese Welt war nicht mehr ihre. Das war sie nie gewesen, aber nach dem, was sie getan hatte, hatte sie sich für immer daraus ausgeschlossen. Sie hatte nicht nur ihre Jungfräulichkeit verloren, sondern sogar abgetrieben. Vielleicht würde das niemand je erfahren, aber Wana würde es wissen. Sie hatte jedes Mal daran gedacht, als die Frauen sich an sie herangepirscht hatten, um sie als mögliche Braut in Augenschein zu nehmen. Wana war sich im Klaren darüber, dass sie in deren Augen nichts mehr wert wäre, wenn sie wüssten, was sie getan hatte. Und als Wana erkannte, wie endgültig sie damit aus ihrer Gemeinschaft ausgeschlossen war, war sie seltsam erleichtert. Sie war ein Schandfleck, und es war unumkehrbar. Sie würde es immer verstecken, immer Angst haben müssen, dass es jemand herausfand. Wenn sie jemals ein Leben führen wollte, in dem sie sich nicht für diese eine unbedachte Nacht für immer schämen müsste, musste sie weg. Weg von den Afghanen, ihren Regeln und Verboten; weg von Modar und Boba, die nur in der Gemeinschaft dieser Leute leben wollten. Und wenn sie Boba nicht mit gebrochenem Herzen zurücklassen wollte, dann musste sie, ohne viel Aufhebens und ohne das Gerede der Leute zu provozieren, alles hinter sich lassen und weggehen. Langsam und leise, aber dafür für immer.

KAPITEL 6

11. Juni 2019

Wohin willst du gehören?

Wana machte das Tor im Garten hinter sich zu, damit Leo nicht einfach hinausrennen konnte, ohne dass sie es bemerken würde. Sie war mit ihm in den Garten gegangen, weil er es oben in der Wohnung kaum noch ausgehalten hatte. Obwohl es erst früh am Vormittag war, brannte die Sonne schon, und Wana setzte sich unter den Schatten der alten Eiche. Es war ungewohnt, den Baum aus dieser Perspektive zu betrachten, den Garten hatte sie immer nur von oben gesehen und nur vom Küchenfenster aus, denn im Wohnzimmer waren die Vorhänge immer zugezogen gewesen. Zumindest früher, als Boba noch am Leben gewesen war.

Seit die herrschsüchtige Vermieterin verstorben war, stand der Garten auch den Mietern der Einliegerwohnung offen. Die alte Waschkowski hatte nach ihrem Tod alle damit überrascht, dass sie in ihrem Testament Modar und Boba bedacht und ihnen in ihrem Haus lebenslanges Wohnrecht gewährt hatte. Das Haus hatte sie einem Neffen in München vererbt, der Boba Geld angeboten hatte, damit sie auszogen, aber Boba hatte sich nicht »herauskaufen« lassen wollen aus seinem Heim. Danach hatte der Neffe den Gärtner abbestellt, die Parterrewohnung zugesperrt und sich nicht mehr blicken lassen.

Das hatte ihr Nila erst vor Kurzem berichtet, Wana selbst hatte in diesen Jahren vor Leos Geburt nichts mehr von dem Leben ihrer Eltern mitbekommen. Sie hatte den Kontakt abgebrochen, nachdem Nila und sie sich gestritten hatten, weil Modar mit einer Blinddarmentzündung im Krankenhaus gelegen und Wana es nicht für nötig befunden hatte anzureisen. Nila hatte sie als unversöhnlich, selbstgerecht und nachtragend bezeichnet. Ausgerechnet Nila, die alles wusste. Wana hatte noch am selben Tag ihre Handynummer geändert.

Zwei Jahre hatte sie nichts von ihrer Familie gehört. Zwei Jahre, in denen sie ihr Büro aufgebaut, Alexander kennengelernt hatte, überraschend von ihm schwanger geworden und mit ihm zusammengezogen war. Nachdem sie gewusst hatte, dass sie einen Sohn erwartete, hatte Wana Sehnsucht nach Boba bekommen, nach einem Großvater für ihr Kind. Erst mit Leo hatte sich der Knoten etwas gelöst, mit dem Wana all ihre Gefühle und Erinnerungen an ihre Familie fest verschnürt hatte.

Alles hätte so gut ausgehen können, wenn sie und Modar sich nicht wieder gestritten hätten, über alles Mögliche. Angefangen hatte es mit der Organisation der islamischen Trauungszeremonie, ein Friedensangebot, das Wana ihren Eltern bei ihrem ersten Telefonat gemacht hatte. Sie hatte es vor allem für Boba getan. Er brauchte diesen Rahmen, um ein legitimer, glücklicher, stolzer Großvater sein zu können. Wanas Rücksicht hatte Boba gegolten, aber Modar hatte ihre eigenen Vorstellungen von der Feier und der Gästeliste entwickelt.

»Maaa-maaa!«, hörte sie Leo schreien.

Wana setzte sich ruckartig auf und sah sich um. Leo rannte auf sie zu.

»Mama, schau mal, die sind schon reif!«

Wana atmete erleichtert aus. Die Angst um ihn war größer geworden seit dem Unfall. Viel größer. Sie stand auf und nahm seine kleine Hand fest in ihre. Sie wollte alles richtig machen mit ihm. Das war ihre größte Angst: als seine Mutter zu versagen, ihm nicht das geben zu können, was das Beste für ihn war. Eltern, die zusammenlebten, konnte sie ihm nicht mehr bieten, aber was könnte sie ihm stattdessen geben? Was wollte sie für Leo, der sie lachend mit sich zog und aufgeregt auf eine der Tomatenstauden, die er mit Modar vor Wochen angepflanzt hatte, zeigte? Wana zog den kleinen stolzen Gärtner an sich und küsste seinen Kopf, doch Leo entwand sich ihr. Sie verwuschelte ihm die Haare und widerstand dem Bedürfnis, ihn noch einmal fest an sich zu drücken. Leo hatte sich nach vorne gebeugt und etwas entdeckt. Sie schaute auf seinen zarten, zerbrechlichen Nacken und strich über die weiche Haut. Hatte Modar sie je so zärtlich betrachtet und sich vorgenommen, sie vor allem zu beschützen und alles dafür zu tun, dass sie sich sicher fühlte? Hatte sie jemals daran gedacht, wie sehr sie ihr eigenes Kind verletzt hatte? Warum hatte sie kein Mitleid mit ihr gehabt? Seit sie selbst Mutter war, wurde ihr das Ausmaß des Verrats deutlich, den Modar an ihr begangen hatte. Sie wollte eine bessere Mutter sein.

»Kann ich die haben? Darf ich, ja?« Leo versuchte, nicht zu grinsen, aber seine kleinen Lippen wollten ihm nicht gehorchen.

Wana lachte auf und zog ihn jetzt doch noch an sich, um ihn fest zu drücken, sich an ihm festzuhalten.

»Mama«, nuschelte Leo und sah zu ihr hoch. Ein Spritzer Tomatensaft schoss ihm beim Sprechen aus dem vollen Mund.

Wana wich zurück, lachte und ermahnte ihn, erst einmal zu Ende zu kauen. Kaum hatte er die Tomate hinuntergeschluckt, plapperte er weiter.

»War doch gut, dass ich *Bibi* überredet habe, Tomaten anzupflanzen, nicht wahr?«

Leo marschierte den Zaun entlang und zeigte auf die Kirschtomaten, Fleischtomaten, Rispentomaten, die an ihren Stauden wuchsen. Er hatte auf die verschiedenen Sorten bestanden. Tomaten waren sein liebstes Gemüse. Ihre rote Farbe stach aus dem grünen Einerlei des Gartens heraus, und gerade am kargen Zaun verfing sich der Blick an ihnen, obwohl Modar sich viel Mühe gegeben hatte, sie nicht in Szene zu setzen. Sie sollten nicht auffallen und nichts verschandeln, wenn sie wieder entfernt werden mussten, denn Modar rechnete immer damit, dass der Neffe der alten Vermieterin überraschend auftauchen und dies fordern könnte.

Leo hatte sich tatsächlich viel Mühe geben müssen, um Modar zu den Tomaten zu überreden. Gemüse hätte Frau Waschkowski nie erlaubt. Ihr Garten sei keine »Türkenlaube«, hätte sie bestimmt gesagt. Wenn Leo nicht gewesen wäre, hätte Modar sich nie getraut, ausgerechnet Gemüse anzupflanzen, obwohl sie sich seit Jahren allein um den Garten gekümmert hatte. Zwar machte sie das nicht wirklich gut, aber wenn das hier irgendjemandes Garten war, dann ihrer.

»Ich fürchte, du kannst *Bibi* zu allem überreden«, sagte Wana, und Leo lachte.

Ihr war jedoch nicht nach Lachen zumute. Wana beobachtete das innige Verhältnis der beiden mit gemischten Gefühlen. Hätte sie nicht im Koma gelegen, hätte sie Leo nie allein bei Modar gelassen. Nicht mal eine Nacht. Bei Nila ja, aber nicht bei Modar.

Und dann war passiert, was passiert war, und in diesen sechzehn Tagen hatte Leo Modar ins Herz geschlossen, und sie überschüttete ihn mit Aufmerksamkeit und Herzlichkeit. Leo hing an Modar, wie Wana es nie getan hatte. Zumindest nicht, seit sie sich erinnern konnte. Modars Nachsichtigkeit mit ihm stand in Kontrast zu der Strenge, die sie erfahren hatte. Es schmerzte Wana, daran zu denken, dass ihr das nie vergönnt gewesen war: Modar als umsorgend und liebevoll zu erleben. Und sie glaubte auch nicht wirklich, dass Modar so sein konnte, denn dann hätte sie Wana damals nicht so unerbittlich bestraft.

Wana ging zurück zur alten Eiche, setzte sich aber nicht, sondern starrte mit verschränkten Armen das Tor an. Sie hoffte, dass Nila bald käme und Leo und Modar abholte, damit sie sich an die Arbeit machen konnte. Damit sie sich ein Bild davon machen konnte, wo sie stand, um zu überlegen, wie es weitergehen sollte. Sie brauchte endlich einen Plan.

»Mama, wann kommt denn *Chola* Nila?«, rief Leo nun auch.

Seine Cousinen hatten heute hitzefrei, und Nila wollte mit ihnen und Leo einen Ausflug zu einem Wasserspielplatz machen. Leo ging es hier gut, aber in den letzten Tagen hatte er seinen Vater vermisst. Gestern hatte er geweint, als Behzad mit seinen Töchtern herumtollte. Nila hatte es mitbekommen und ihm den heutigen Tag mit den Mädchen und ohne Behzad versprochen. Wana war dankbar, dass Nila so sensibel reagierte. Es war erleichternd, dass Nila sich um Leo kümmerte, sich um einen Gastplatz in der Kita ihrer Töchter für ihn bemühte und immer ein Auge auf ihn hatte. Wana beruhigte es, dass sie die Verantwortung für sein Wohlbefinden nicht allein trug. Es war gut, dass jemand mit aufpasste und nicht alles von ihr abhing. Bei Alexander hatte sie das immer vermisst.

»Hast du Lust, ein bisschen mit mir in der Hängematte zu schaukeln?«, fragte Wana, die hoffte, dass es sie auch von ihrer eigenen Unruhe ablenken würde.

Als sie Leo endlich zu sich gehievt hatte, lag er in ihrem Arm, und sie spürte seinen kleinen, schnellen Herzschlag. Die Krone der Eiche und die traurig herunterhängenden Äste der Trauerweide, zwischen denen sie schaukelten, spendeten Schatten, und es war schön, so aneinandergekuschelt zu schaukeln und in den strahlend blauen wolkenlosen Himmel zu schauen.

Behzad hatte die Hängematte vor ein paar Tagen gekauft und sie für Leo angebracht. Wana tat es weh zu sehen, dass ausgerechnet Behzad als der bessere Vater abschnitt. Einer, der begeistert war von seinen zwei wilden Mädchen, die er ermutigte, sich noch wilder zu benehmen. Wana hatte immer gedacht, dass er das Gegenteil tun würde: sie zu braven, sittsamen afghanischen Mädchen zu erziehen.

Vielleicht hätte er sich selbst auch so eingeschätzt, bevor er Vater geworden ist, ging es Wana durch den Kopf. *Oder vielleicht hast auch du alles falsch eingeschätzt*, meldete sich eine gehässige Stimme in ihr. *Führt nicht am Ende Nila die emanzipiertere Ehe, obwohl sie den afghanischen Macho geheiratet hat, mit dem du ihr eine ganz andere Zukunft vorhergesagt hattest?*

Es hupte, und Leo versuchte, wie ungehalten aus der

Hängematte zu klettern. Wana verhinderte mit Mühe und Not, dass sie herausfielen. Leo rannte zum Tor.

Tatsächlich stand Nilas Auto auf der anderen Seite der um diese Zeit ruhigen kleinen Straße. Wana packte Leo am Arm, die Bewegung zog ihr in der Seite, wo sie operiert worden war, und sie stieß einen kleinen Schmerzensschrei aus. Sie vergaß jeden Tag mehr, wie krank sie vor ein paar Wochen noch gewesen war. Die Erinnerung daran verblasste ebenso wie die Überzeugung, dass alle anderen Sorgen unwichtig sind, wenn man einfach nur gesund ist. Vielleicht hatten ihre großen gesundheitlichen Fortschritte sie auch übermütig gemacht, was sicherlich vor allem an der Fürsorge von Modar gelegen hatte, die ihr Leo abgenommen und darauf bestanden hatte, dass Wana sich schonte, dass sie genug aß und genug schlief. Ja, genau die Modar, die sie um ihren Schlaf gebracht und ihr ihren Seelenfrieden genommen hatte.

Wana bugsierte Leo auf die Rückbank zu Nilas Töchtern, die ihn laut und ausgelassen willkommen hießen. Als Nila aussteigen wollte, um sie zu begrüßen, wehrte Wana hastig ab, ging zu ihr auf die Fahrerseite, drückte ihr einen Kuss auf die Wange.

»Schade, dass du nicht mitkommst.«

»Ich muss mich um den Antrag für das Krankengeld und all so was kümmern«, sagte Wana, und augenblicklich war die Unruhe zurück.

»Wo ist *Bibi*! *Bibi* will auch mit, ich gehe sie holen«, rief Leo.

Wana bückte sich noch ein bisschen tiefer, um ihn besser sehen zu können, und verbot ihm auszusteigen. Wenn sie sich alle verstreuten, würden sie ewig brauchen, um loszufahren.

»Ich hole sie, aber sie fährt nicht mit euch zum Spielplatz, verstanden? Sie besucht eine Freundin im Krankenhaus und geht noch in den Supermarkt.«

Wana wollte nicht, dass er sich falsche Hoffnungen machte und weinte, wenn Modar abgesetzt wurde. Dann eilte sie zum Haus, um Leos Rucksack aus dem Garten zu holen und Modar zu rufen, deren Schritte im Treppenhaus bereits zu hören waren.

Nachdem Nila laut hupend davongebraust war, machte sich Wana erleichtert auf den Weg zurück ins Haus, froh darüber, endlich ein paar Stunden für sich zu haben, ohne Leo, vor allem aber ohne Modar.

Komm schon, ohne sie wäre das hier alles noch viel schlimmer ausgegangen, ermahnte sich Wana, als sie merkte, wie viel besser sie sich fühlte, wenn Modar nicht in der Nähe war.

So ging es die ganze Zeit: Wana war hin- und hergerissen zwischen der tiefen Dankbarkeit, die sie empfand, nachdem sich Modar so selbstverständlich um sie gekümmert hatte, und dem vertrauten Groll, dem sie hier in der alten Umgebung nicht aus dem Weg gehen konnte.

Als sie ins Wohnzimmer trat und eher zufällig den Sonnenstrahl an der Wand sah, machte sie einen Schritt auf die Fenster zu und verharrte in ihrer Bewegung. Für einen winzigen Moment war sie versucht gewesen, die Vorhänge zu schließen, weil Boba es doch nicht mochte, wenn es so hell war.

Wana spürte den dicken Kloß im Hals und senkte den Kopf. Unter ihren Füßen leuchtete der afghanische Teppich, der schon immer hier gelegen hatte, glutrot. Der Raum wirkte in diesem Licht anders: unwirklich, fremd und doch seltsam vertraut. Boba würde ihn nie wieder abdunkeln. Boba, der für immer weg war, ohne je erfahren zu haben, was in jenem Sommer passiert war.

War es das wert?, fragte sich Wana wieder und wusste zugleich, dass es sinnlos war, sich die Frage zu stellen. Jetzt, wo Boba tot und begraben war, machte die Antwort keinen Unterschied mehr.

Wana blickte auf und sah seinen leeren Sessel, auf der Lehne sein *Pattou*, der beigefarbene afghanische Männerschal, der auf seinen Schultern oder seinen Beinen gelegen hatte, wenn ihm kalt gewesen war. Im Regal vor dem Sessel stand die alte Kamera in der abgegriffenen schwarzen Ledertasche. Wana stand auf und hoffte, dass noch ein Film eingelegt war, aber die Kamera war leer. Sie stellte sie zurück neben den Weltempfänger, den sich Boba immer dann besonders fest ans Ohr gedrückt hatte, wenn die Nachrichten aus Afghanistan liefen. Es schnitt ihr ins Herz, als sie ihre Nase an den Lautsprecher hielt und tatsächlich noch, wie sie gehofft hatte, seine Haarpomade roch.

Mit dem Radio in der Hand ging Wana zu ihrem alten Platz und ließ sich an der Wand hinunterrutschen. Sie presste das Gerät, das Boba jeden Nachmittag immer schlechtere Nachrichten aus der alten Heimat überbracht hatte, an ihr Gesicht und weinte um ihren Vater, der gestorben war, ohne dass Wana ihm die Wahrheit gesagt hatte. Der gestorben war, ohne wieder an den Ort zurückgekehrt zu sein, wo er seine Lebenslust und sein dröhnendes Lachen gelassen hatte. Boba hatte seine Brüder nie wiedergesehen. Wana weinte laut, und als sie den Kopf senkte, hatte sie wieder den Geruch seiner Pomade in der Nase.

Wie oft hatte sie hier gesessen und an ihrem Plan gefeilt, wie sie sich ein neues Leben aufbauen könnte, ohne Boba zu verletzen, ohne ihn dem Spott und Gerede der anderen auszusetzen und ohne ihn für ihre Freiheit zu opfern. Dann hatte sie wie eine Verrückte für ein gutes Abitur gelernt. Sie wollte den Medizinstudienplatz in Berlin und dieses renommierte Stipendium, um Boba davon zu überzeugen, sie zum Studium in eine andere Stadt ziehen zu lassen. Das war der Plan, eigentlich ein sehr guter Plan. Aber sie hatte das Stipendium nicht bekommen. Auch den Studienplatz für Medizin in Berlin nicht. Zumindest nicht sofort. Aber Wana hatte den Plan nicht aufgeben wollen und zwei Zusagen gefälscht, sich zwei Wochen nach deren Eingang von ihrem dann doch sehr stolzen Boba verabschiedet und die Eile damit begründet, dass sie nachgerutscht sei und in wenigen Tagen in Berlin sein müsse, um an den Vorbereitungsseminaren teilzunehmen. An einem Sonntag Anfang Oktober war sie mit klopfendem Herzen und Bobas erschlichenem Segen in den Zug gestiegen und hatte angenommen, dass sie vor einem echten Neuanfang stand. Aber die alten Lügen wollten verborgen gehalten werden und neue mussten her, um von jenen abzulenken, die ans Licht zu kommen drohten. Und dann war ihr irgendwann alles entglitten, und die Geschichten, die sie zu Hause erzählt hatte, hatten nichts mehr mit ihrem realen Leben in Berlin zu tun gehabt. Wo sie in Wirklichkeit mal dieses und mal jenes studierte und noch nie Medizin. Zu Hause wusste niemand etwas davon. Als dann viel jüngere Cousins und Cousinen Mediziner, Ingenieure und Juristen wurden und immer mehr spitze Bemerkungen auf Familienfeiern fielen, hörte sie irgendwann auf, nach Hause zu fahren und sich dafür zu rechtfertigen, dass sie weder erfolgreich noch verheiratet war.

Wana sah auf die Uhr und stöhnte auf. Sie saß schon seit über einer Stunde hier. Das passierte ihr oft in letzter Zeit. Die vielen Ereignisse der letzten Wochen hielten sie beschäftigt, gefangen in ihrem Kopf. Nichts konnte sie wegschieben, nichts löste sich auf, nicht die Vergangenheit, die sie immer wieder einholte, nicht ihre Trauer um Boba, nicht die Frage nach dem Jetzt und Hier und wohin und wie weiter. Wana war versucht, einfach sitzen zu bleiben, sich ihren Gedankenstrudeln hinzugeben, gegen die sie ja sowieso kaum noch anzukämpfen vermochte. Vielleicht würde es auch keinen Unterschied machen, wie auch all die Jahre des Kämpfens um Unabhängigkeit nichts gebracht hatten. Sie saß wieder hier in ihrem Elternhaus an genau derselben Stelle, hilflos in eine ungewisse Zukunft starrend, wie damals als Teenagerin.

Wana schaute zum Tisch, wo der Antrag für das Krankengeld lag, das ihr nun nach sechs Wochen endlich zustand. Sie brauchte das Geld und konnte es sich einfach nicht mehr leisten, sich weiter gehen zu lassen. Sie musste auch schnellstmöglich ein paar Wohnungsanzeigen aufgeben, aber allein die Vorstellung, sich in diesen Zeiten auf dem Berliner Wohnungsmarkt eine Wohnung suchen zu müssen, machte sie schon wieder mutlos. Sie war doch schon jetzt so erschöpft.

Eine Dreiviertelstunde später saß sie zusammengesunken über ihren Kalkulationen. Sie hatte mehrmals nachgerechnet, aber es änderte nichts: Nach Abzug ihrer privaten Krankenversicherung blieben ihr von ihrem Krankengeld keine zweihundert Euro übrig. Als Selbstständige hatte sie in den letzten sechs Wochen kein Einkommen gehabt, und ihr kleiner Finanzpuffer war fast aufgebraucht. Sie brauchte dringend ein regelmäßiges

Einkommen. Solange sie nicht finanziell unabhängig war, müsste sie entweder mit Alexander oder mit Modar unter einem Dach leben. Würde Alexander Unterhalt zahlen?

Mit dem Kopf in den Händen saß Wana am Tisch über den Papieren, als plötzlich Schritte im Flur zu hören waren. Modars schleppende, langsame Schritte. Wana horchte und hoffte, sie hätte sich verhört. Hastig warf sie einen Blick auf ihre Armbanduhr. Sie hatte sie frühestens in zwei Stunden erwartet. Wollte sie nicht noch bei einer Freundin vorbeischauen?

»Wana-*Batschem*?«, war es auch schon zu hören, als die Wohnungstür aufgeschlossen wurde.

Wana stöhnte leise auf. Kurz darauf stand Modar mit freudig hochgezogenen Augenbrauen an der offenen Wohnzimmertür.

»Rate mal, wen ich eben getroffen habe!«, sagte sie.

»Was machst du denn schon hier?«, fragte Wana und versuchte, nicht so genervt zu klingen, wie sie sich fühlte. Sie nahm irgendeines der Papiere in die Hand, um zu vermeiden, dass Modar ihr Gesicht sah und ihre Mimik richtig deutete.

»Das will ich dir ja gerade erzählen«, sagte Modar, während sie sich den weißen Witwenschleier aus Chiffon vom Kopf zog und sich mit der anderen Hand die herumfliegenden Haarsträhnen hinter die Ohren strich.

»Meine Freundin Zeinab musste zu einer Untersuchung, die lange dauern sollte, also bin ich bald wieder los und war noch im Supermarkt einkaufen. Und wen treffe ich da? Niko!« Sie strahlte und nickte. »Er besucht seine Mutter und hat für sie eingekauft. Er hat nach dir gefragt, und da habe ich ihn zu einem späten Mittagessen eingeladen.« Modar schlug die Hände aneinander und sah sie erwartungsvoll an. Es war offensichtlich, dass sie annahm, sie habe eine gute Nachricht überbracht.

Wana sagte nichts. »Warum?«, fragte sie schließlich.

Modars freudiges Lächeln verschwand. »Aber ich dachte, du freust dich.«

»Ich war dabei, einige Sachen zu erledigen, ich muss mich um all das hier kümmern«, sagte Wana und warf den Brief in ihrer Hand auf den Tisch.

Modar schaute abwechselnd auf Wana und dann auf das Schreiben und zog den Kopf ein bisschen ein.

»Ist schon gut«, log Wana und schob ihre Unterlagen zusammen.

Nichts war gut, aber sie wollte nicht mehr reden. Es gab nichts, was sie sagen konnte, was nicht wütend, enttäuscht oder gemein geklungen hätte. Es war schließlich die Wohnung von Modar, die immer überschwänglich Gäste einlud und jedes Feingefühl, was die Bedürfnisse anderer anging, vermissen ließ.

»Ich kann dir helfen, wenn wir gegessen haben«, bot sie an, wohl wissend, dass sie noch nicht einmal in der Lage war, die Briefe zu entziffern.

Wana ersparte sich eine Antwort. Modar stand mit schuldbewusster Miene da und wartete auf ein Zeichen, dass alles gut war. Also überwand sich Wana zu einem Lächeln und einem weiteren »Schon gut«.

»Lass alles liegen, ich räume später hier auf«, sagte Modar. Dann ging sie endlich in die Küche.

Wana fühlte sich nicht wohl bei dem Gedanken an Nikos Besuch. Sie kannten sich kaum. Nach der Grundschule hatten sich ihre Wege getrennt, und seither hatten sie höchstens ein paarmal länger und über das Medizinische hinaus miteinander gesprochen.

»Willst du dir nicht etwas anderes anziehen?«, fragte Modar, als sie zurück ins Wohnzimmer kam.

Wana sah an sich hinunter, und genau in diesem Moment kam ein verstörender Verdacht in ihr auf: Wollte Modar sie etwa mit Niko verkuppeln? Ahnte sie, dass Wana und Alexander Probleme hatten, und wollte sie Wana schnell wieder versorgt wissen? Die Schande einer Scheidung so gering wie möglich halten? Hatte sie einen anderen Deutschen auserkoren, weil ein Afghane sie nicht mehr nehmen würde? Am besten einen Arzt? Wana sah Modar prüfend an.

Es klingelte.

Wana ging rasch in ihr Zimmer und schloss die Tür hinter sich. Aus Trotz wäre sie am liebsten in diesem Aufzug hinausgegangen, hätte Niko begrüßt, nur um gleich wieder zu verschwinden, aber im Spiegel sah sie ihre ungekämmten Haare, die wie ein elektrisiertes Knäuel von ihrem Hinterkopf abstanden. Sie trug keinen BH und ein Muskelshirt, das zu viel Einblick bot und über ihren Bauch rutschte, wenn sie die Arme hob. Das würde erst recht den Eindruck erwecken, dass sie sich ihm an den Hals warf, und so konnte sie auch nicht auf die Straße gehen. Sie würde sich umziehen müssen.

Wana ging zum Schrank, nahm hastig und wahllos ein paar Klamotten heraus und hörte Niko und Modar im Flur miteinander reden. Als sich ihre Stimmen entfernten, ging sie leise am Wohnzimmer vorbei ins Bad.

Sie nahm ihren Kulturbeutel von der kleinen Fensterbank hinter der Tür, knallte ihn auf die Waschmaschine und wühlte nach ihrer Haarbürste. Ohne in den Spiegel zu schauen, ging sie immer wieder fest und energisch durch die zahlreichen Knoten in ihren Haaren.

Wana hielt inne, als sie ihr angespanntes, erhitztes Gesicht irgendwann doch im Spiegel sah. Sie war eine gestandene Frau und Mutter, auch wenn sie wieder in ihrem Kinderzimmer wohnte. Selbst wenn Modar das alles wirklich ernst meinte – sollte sie mit diesem unwürdigen Schauspiel nicht anders umgehen als früher?

Wana zog sich an und trat in den Flur. Sie hatte gehofft, sie könnte sich noch kurz sammeln, bevor sie ihnen entgegentrat, aber Modar und Niko standen direkt vor der offenen Wohnzimmertür und deckten den Tisch. Erleichtert, dass keiner von beiden sie bemerkte, blieb Wana noch kurz in der Dunkelheit des Flures stehen.

»Es ist in Polen, und es ist eine sehr weite Reise für sie. Und vielleicht bringt es schlechte Erinnerungen zurück, an den Krieg und die Flucht aus Oberschlesien. Irgendwas Schlimmes muss auf der Flucht passiert sein, sie hat immer Albträume, spricht Schlesisch und will zurück in ihr ›Zuhause‹ vor der Flucht …« Niko brach ab.

»Deine liebe Mutter auch Flüchtling? Ich wusste nicht«, sagte Modar. Dann wurde es kurz still, und Wana hörte, wie Modar sich schnäuzte. Niko nickte und ging um den Tisch, eigentlich mit Blick auf Wana, die sich sicher war, dass er sie entdeckt hatte. Sie stand in seiner Sichtachse, hinter Modar. Aus irgendeinem Grund schien er ergriffen zu sein, als hätte Modar etwas gesagt, das ihn tief berührte. Für einen kurzen Moment vergaß Wana ihre eigenen Sorgen und war erstaunt über die Intimität dieser Situation.

Vielleicht hat ihn Modar doch ohne Hintergedanken eingeladen, meldete sich ein leiser Zweifel in Wana. Vielleicht war das alles gar nicht so, wie es schien. Niko hatte sich schon immer mit allen aus ihrer Familie verstanden und mit Modar besonders gut. Die beiden verband das

Essen: Modar kochte und bewirtete gern, und Niko liebte die afghanische Küche. Er hatte mal in Modars Beisein von Wanas Mittagessen geschwärmt, das ihr Modar entweder selbst täglich ins Krankenhaus gebracht oder ihr geschickt hatte. Schon am nächsten Tag hatte Modar auch Niko täglich bekocht. Es war eine sehr afghanische Geste gewesen, und Wana hatte sich damals auch nichts dabei gedacht.

Ob ihre Erinnerungen sie paranoid machten? War ihr Verdacht nicht zu abwegig? Konnte Modar wirklich von Alexander und ihr wissen? Wenn Alexander zu Besuch war, riss sich Wana ganz besonders zusammen, wollte nicht, dass Modar irgendetwas von ihren Problemen mitbekam. Modar konnte nicht wissen, dass Wana überhaupt an Trennung dachte. Wana hatte ja noch nicht einmal mit Alexander darüber gesprochen.

»Hat sie nur schlechte Träume von ihre alte Zuhause?«, fragte Modar.

Niko schüttelte den Kopf und sah auf. »Nein, nicht immer. »

»Das ist gut. Dass sie auch gute Erinnerungen an alte Heimat hat. Ich habe manchmal gute, manchmal schlechte. Meine Mann immer hatte schlechte Träume. Das ist nicht gut«, sagte Modar. Ihre Stimme war zum Schluss immer leiser geworden.

Wana ging es genauso. Sie hatte nie gute Träume von Kabul. Niko nickte und schnaufte kurz, wie Menschen es tun, wenn sie plötzlich etwas verstehen. Mit traurigen Augen lächelte er Modar an.

»Würden Sie, hätten Sie Lust, uns vielleicht mal zu besuchen, meine Mutter und mich, zu Hause zu besuchen? Erstaunlicherweise erinnert sie sich an Sie, an Wana, was selten ist, denn an diese Zeit erinnert sie sich kaum noch.

Es täte ihr gut, und Sie scheinen sie irgendwie besser zu verstehen. Sie waren ja auch Flüchtlinge, ich meine, Sie sind es, oder?« Er hielt inne, schaute verunsichert.

»Alles gut, nicht schlimm, mein Kind«, sagte Modar. »Einmal Flüchtling, immer Flüchtling.« Sie sprach mit ihm, als ob sie mit Leo reden würde. »Du bleibst Flüchtling, auch wenn du bist angekommen«, sagte sie und tätschelte Nikos Arm. »Ich komme dich und deine liebe Mutter gerne besuchen. Ich bringe aber Essen mit, ja?! Du kannst dir wünschen, was du willst. Und heute ich habe *Qabeli Palau* für dich gemacht!« Sie duzte ihn wie früher.

»Ich weiß nicht, ob ich Ihnen das erzählt habe: Ich habe vor zehn Jahren für ein paar Monate in Kabul gearbeitet, für Ärzte ohne Grenzen. Als ich dort war, habe ich oft an Sie gedacht«, sagte Niko und sah plötzlich nicht mehr traurig aus.

Mir hast du es erzählt, dachte Wana und wunderte sich, wie verzaubert er jedes Mal schien, wenn er von dem Land sprach, das sie immer in Angst und Schrecken versetzte. Sie und Boba.

»Immer wenn ich Tee mit Kardamom getrunken oder *Qabeli Palau* gegessen habe, habe ich an euch denken müssen, an meine alten Nachbarn zu Hause. Als Kind habe ich Wana um den Trubel und das gute Essen hier beneidet. Hier war immer etwas los.«

Er beschrieb ihre Kinderjahre, hatte die schlimme Zeit danach nicht mitbekommen. Sie schnaubte leise, aber sein Geständnis rührte sie auch. Als Kind wäre es ihr nicht in den Sinn gekommen, dass ihr andere Kinder irgendetwas neiden könnten. Sie hatte sich nie im Besitz von etwas gewähnt, das andere Kinder auch gerne gehabt hätten.

»Hallo Niko«, sagte Wana und trat ein. Sie blieb eine

Armlänge entfernt vor ihm stehen und streckte steif den Arm aus.

Niko hatte sie offenbar küssen oder umarmen wollen, auf jeden Fall blieb sein Arm in der Luft hängen. Er hatte sich vorgebeugt und wich nun wieder zurück, unschlüssig. Dann tätschelte er ihren Oberarm, und sie nickten und lächelten sich zu, ohne zu wissen, wohin mit ihren Blicken.

Reiß dich zusammen, Wana! Du bist kein kleines Mädchen mehr!, schimpfte sie still mit sich, weil sie Modar immer noch so viel Macht gab. Weil sie sie immer noch auf ihrer Schulter sitzen und ihr all diese dummen Dinge zuflüstern ließ.

»*Doktar jaan*, du in Kabul *jaan* gewesen? Ich nicht mehr seit fünfunddreißig Jahren.« Modar hatte sich hingesetzt, obwohl der Gast noch stand, so sehr schien sie die Nachricht zu beeindrucken.

Niko setzte sich Modar gegenüber und überließ Wana den Platz zwischen ihnen am Kopf des Tisches. Sie sollte vielleicht nicht sofort gehen, es würde Niko vor den Kopf stoßen, überlegte Wana und setzte sich unschlüssig ebenfalls hin.

»Warum nicht? Warum sind Sie nie wieder zurückgegangen?«

Boba hatte ihr nicht erlaubt hinzureisen, nach dem Fall der Taliban. Nicht mal für einen kurzen Besuch, obgleich Modar ihn angefleht hatte. Wana hatte gewusst, warum er nicht wollte, dass irgendjemand aus seiner Familie Onkel Wali vor die Augen trat. Sie hatte jahrelang das Versprechen gefürchtet, das Boba ihm auf der Veranda gegeben hatte. Wana hatte ihre ganze Kindheit hindurch fast täglich gebetet, dass Boba sein Wort nicht halten würde. Und sie hatte immer gewusst, dass es mitunter dieses gebrochene Versprechen war, das ihn in seine tiefe Traurigkeit gestürzt hatte. Das zum Bruch mit seinen Brüdern geführt hatte und ihn jedes Mal hatte erstarren lassen, wenn es Hoffnung auf Frieden in Afghanistan gegeben hatte. Obwohl er sich nichts sehnlicher gewünscht hatte, als dass der Krieg endlich vorbei wäre.

»Ich alte Frau, ich Angst allein. Mein Mann vorher krank, jetzt nicht mehr da. Und meine Töchter keine Lust.«

Modar zuckte mit den Schultern. Sie nannte nicht den wahren Grund. Selbst wenn sie mit Wana allein gewesen wäre, hätte sie es nicht ausgesprochen. Sie – Modar, Wana und Nila – sprachen nie darüber, obwohl über die Jahre durch kleine Versprecher und Andeutungen herausgekommen war, dass sie alle drei wussten, warum Boba und seine Brüder nicht mehr miteinander sprachen. Die Erinnerung an Boba trug Wana kurz fort, beanspruchte ihre ganze Aufmerksamkeit, deshalb hörte sie nur den halben Satz.

»… ja, und vor allem Wana hat sich immer geschämt für eigene Heimat.«

Wana schaute verdutzt zu Modar. Dieser Angriff traf sie so unerwartet, dass sie für einen kurzen Moment unfähig war zu antworten.

»Das stimmt doch gar nicht! Warum sagst du so was?!«

»Wieso? Stimmt doch!« Modar zählte mit den Fingern auf: »Du wolltest nie etwas mit Afghanen zu tun haben; du wolltest keine afghanische Familie, keine afghanische Freunde, keine afghanische Hochzeit. Nix!«

Modar verschränkte die Arme vor der Brust und schaute sie provozierend an. Wana war fassungslos. Wie konnte ihr Modar nur diese haltlosen Vorwürfe machen? Wieso glaubte sie im Recht zu sein? Wieso sah sie so aus, als hätte sie etwas gesagt, das sie schon lange hatte sagen wollen? Und mit welchem Recht beschwerte sich Modar ausgerechnet vor Niko über sie?

»Ja, ich wollte nichts mit alldem zu tun haben, aber doch nicht, weil ich mich für Afghanistan, für das Land, geschämt habe. Das ist doch absurd.« Wana versuchte, die Fassung zu wahren.

Aber als Modar beleidigt wegschaute, brannte irgendwas in ihr durch, und sie beugte sich nach vorn, um Modar fest in die Augen zu blicken.

»Ich habe diese verlogenen afghanischen Hochzeiten gehasst, wo alle ihre Töchter präsentiert und zum Kauf feilgeboten haben. Wie Vieh!«, sagte sie langsam mit zusammengebissenen Zähnen.

Modar erstarrte, ihre unruhig blinzelnden Augen verrieten Wana, dass sie genau wusste, worauf sie anspielte.

»Wer fährt das größere Auto, wessen Kind hat die meisten Einsen, wessen Tochter hat den besten Fang gemacht?!«, sagte sie barsch und starrte Modar an, die nach unten blickte und sich kaum traute, den Kopf zu heben. Sie sah schuldig aus, und Wana tat es gut, sie so zu sehen, nachdem sie jahrelang genau so vor Modar gestanden hatte und ihr ausgeliefert gewesen war.

»Diese Fleischbeschau! Wer eignet sich als Ehefrau, wer ist überhaupt noch Jungfrau …? Alle haben gelogen. Niemand hat die Wahrheit gesagt. Sie haben ihre kaputten Familien nach außen perfekt inszeniert und nichts gesagt, selbst wenn Unrecht geschah. Es war alles falsch daran. Diese ganze verlogene afghanische Welt fühlte sich falsch an!«, sagte Wana mit mühevoll kontrollierter Stimme, die ihr zwischendurch entglitten war und gezittert hatte. Es fühlte sich gut an, ihr alles ins Gesicht zu sagen.

Modar schwieg, hielt den Kopf gesenkt. Wana fühlte sich frei und erleichtert.

Niemand sagte etwas. Verstohlen blickte Wana über ihre rechte Schulter zu Niko, der auf die Tischplatte starrte, seine Augen blinzelten unruhig, und auf seiner Stirn erschienen Falten.

Ich sollte gehen, dachte Wana, und der Gedanke war kaum beendet, als ihr klar wurde, dass, egal wie lange sie wegbleiben würde, sie am Ende hierher zurückkehren musste. Sie hatte keinen Ort, an den sie gehörte, keinen Menschen, zu dem sie konnte. Wie gerne würde sie ihre Sachen nehmen und gehen. Aber das konnte sie nicht. Ein Unwohlsein zog von Wanas Magen aus in alle Richtungen ihres Körpers. Sie spürte ihren Puls, das heftige Klopfen ihres Herzens, dann verschwamm alles um den Tisch herum. Als hätte sie Scheuklappen auf, konnte Wana auf einmal nur noch das sehen, was unmittelbar vor ihr war. Nein, eigentlich sah sie noch nicht einmal das, sie starrte nur auf den Tisch, hörte ihr Blut rauschen und ihren eigenen schweren Atem, der so klang, als befände sie sich unter Wasser. Irgendetwas daran fühlte sich vertraut an, wie schon mal erlebt. Sie wollte einatmen. Verschluckte sich. Hustete, zog die Luft heiser ein und stand auf. Ihr Stuhl fiel um. Sie bekam immer weniger Luft. Sie wollte nur noch raus. Sie stürzte zum Flur, hörte Niko rufen, drehte sich aber nicht um, griff eher reflexhaft als bewusst nach einem der Schlüssel, die an der Haustür hingen. Sie riss die Tür auf und stolperte die Treppen hinunter. Schneller, immer schneller. Wana kam es vor, als würde der Sauerstoff immer knapper. Sie hatte Todesangst und widerstand dem Drang zu schreien. Draußen wurde es noch schlimmer.

Wo konnte sie nur hin? Sie drehte sich um die eigene Achse und hörte Modar aus dem Fenster rufen. Wana hob abwehrend die Arme und lief fort, bog in die nächste Straße ein und fiel auf die Knie. Dann lag sie auf einmal auf dem Rücken, und Nikos Kopf tauchte über ihr auf. Sie rollte sich zur Seite und übergab sich.

Etwas später lag sie auf der Gartenbank von Nikos Eltern, weil sie nicht wieder nach Hause gewollt hatte. Sie hatte Niko angefleht, Modar von ihr fernzuhalten. Er hatte dafür gesorgt, dass Modar wieder zurückgegangen war. Dann hatte er sie die zwei Straßen zu seinem Elternhaus getragen.

Wana lag auf dem Rücken und starrte in den blauen wolkenlosen Junihimmel. Niko war im Haus und sprach mit der Krankenpflegerin seiner Mutter. Wana konnte sich nicht bewegen. Sobald sie den Kopf drehte, wurde ihr wieder schwindelig. Sie hörte immer noch ihren schnellen Puls, aber er raste nicht mehr so. Nach dem Übergeben war es langsam besser geworden. Sie sah auf ihre Brust, die sich hob und senkte, und versuchte, ruhig zu atmen. Sie würde ihr nie wieder vertrauen, das verstand Wana jetzt. Sie würde sie nie mit dem Wohlwollen ansehen, das in Leos oder Nikos Blick lag. Sie und Modar, das war nicht zu heilen. Das Vertrauen war zerstört, und daran würde sich nie etwas ändern. Egal, was Wana versuchen würde, egal, was Modar in den letzten Wochen getan hatte und was noch kommen würde, nichts würde das Vertrauen zurückbringen, das Modars Verrat für immer zerstört hatte.

»Hier, leg mal deine Beine höher!« Niko stand mit zwei

weinroten Samtkissen im Arm plötzlich vor ihr. Er legte sie ihr unter die Beine. »Ist dir kalt?«

Wana hob abwehrend die Hand und bereute es sofort, denn ihr war trotz des außergewöhnlich heißen Tages wirklich kalt, aber sie wollte nicht noch mehr Umstände machen. Niko stand vor ihr und schaute auf sie herunter. *Er muss bestimmt gleich die Krankenpflegerin ablösen*, dachte Wana mit schlechtem Gewissen.

»Es geht gleich wieder, es ist nichts«, versuchte sie, ihn zu beruhigen. Sie verwünschte ihren Körper dafür, dass er sie immer wieder im Stich ließ und sie in diese elenden Situationen brachte, wo sie so abhängig von anderen war.

Niko holte sich einen Gartenstuhl und setzte sich zu ihr. Wana wünschte, er würde sie einfach nur ein bisschen liegen lassen, dann würde sie sich bestimmt bald wieder aufrappeln. Ihr war das alles schon peinlich genug.

»Hast du so etwas öfter?«, fragte er ruhig.

»Ja, ich kenne das. Es ist nichts«, sagte sie schnell und richtete ihren Kopf ein bisschen auf. Alles drehte sich, und sie ließ den Kopf wieder sinken.

»Wana, das war eine Panikattacke. Das musst du ernst nehmen. Wenn der Körper so reagiert, dann will die Psyche dir etwas sagen.« Er hörte nicht auf, sie anzusehen.

Wana hätte am liebsten die Augen geschlossen, aber das machte den Schwindel noch schlimmer.

»Du sagst, dass du so was öfter hast. Kannst du vielleicht sagen, wodurch es ausgelöst wird?«, hakte Niko nach.

Modar, dachte Wana erst und stockte dann innerlich. War es wirklich nur Modar? Was war das, was eine solche Todesangst in ihr auslöste?

Sie versuchte, sich zu erinnern, wann sie zuvor schon mal einen solchen Panikanfall gehabt hatte, und dann fiel es ihr wieder ein: der Friedhof, Bobas Beerdigung, der Streit mit Alexander. Kurz nachdem sie Boba begraben hatten, noch vor dem Unfall und lange bevor sie wieder bei Modar eingezogen war. Plötzlich sah sie alles wieder vor sich: Bobas Sarg, Alexander und Leo, der nicht hätte da sein dürfen. Sie erinnerte sich an alles, an jedes Detail, sah seine schwarzen Lederschuhe, auf die sie gestarrt hatte, als ihr die Luft weggeblieben war, wie das Gras gewesen war, auf das sie sich übergeben hatte.

Wana setzte sich auf, alles drehte sich.

»Ist alles okay mit dir, Wana?«

Nikos Stimme holte sie zurück. Er saß am Stuhlrand und schaute sie besorgt an.

Was löst es aus?, hallte seine Frage in ihren Ohren nach. Wanas Blick wanderte über seine Schulter auf seine Füße und dann auf das Gras vor ihren Füßen.

»Das letzte Mal war nach der Beerdigung meines Vaters«, begann sie leise, ohne den Kopf zu heben. »Alexander hatte Leo mitgebracht, und es hat mich nervös gemacht, dass Leo da war.«

Sie waren während des Totengebets gekommen. Wana hatte mitgebetet oder hatte zumindest versucht, sich an die genauen Worte der Sure zu erinnern, und hätte die beiden dabei fast übersehen. Sie hatten abseits gestanden, wie unbeteiligte Zuschauer ausgesehen. Leo war da, obwohl es das Einzige gewesen war, worum sie Alexander gebeten hatte: dass Leo nicht bei der Beerdigung dabei sein möge. Bobas Beerdigung war schon schlimm genug gewesen, aber dass Leo da war, hatte irgendwie alles noch viel, viel schlimmer gemacht.

»Mir ging es schon die ganze Zeit nicht gut, und dann war plötzlich Leo weg«, fuhr Wana fort.

Sie versuchte, die Bilder in ihrem Kopf zu ordnen. Sie hatte mit Modar und Nila zusammengestanden und hatte Alexander Leos Namen rufen hören. Sie hatte sofort gewusst, dass Leo weg war. Als Alexander allein auf sie zugerannt gekommen war, war sie erstarrt und hatte sich nicht von der Stelle rühren können.

»Als wir ihn wiedergefunden haben, haben Alexander und ich uns gestritten.«

Niko sagte nichts. Er saß mit übereinandergeschlagenen Beinen da und rührte sich kaum. Es fühlte sich an wie im Krankenhaus, wenn sie mit ihm über ihren Körper geredet hatte: Es fiel ihr nicht leicht, aber es fühlte sich richtig an.

»Und dann passierte es; es war genauso wie vorhin: Mir wurde schwindelig, mein Sichtfeld schrumpfte zusammen, und ich habe kaum noch Luft bekommen.«

Vorher hatte sie Alexander noch angeschrien, ihm alles, ihren ganzen Frust der letzten Jahre ins Gesicht geschrien. Sie hatte gehustet, er hatte ihr helfen wollen, aber sie hatte seinen Arm weggeschlagen und ihn angebrüllt.

»Du glaubst, deine armselige Aussage ›Ich bin noch nicht bereit für Kinder‹ reicht ein Leben lang aus, um dich aus allem rauszuhalten?!«, hallte der Klang ihrer eigenen schrillen Stimme in ihren Ohren nach.

Dann hatte sie gegen den Baum geschlagen und sich dabei an der Rinde verletzt. Es hatte geblutet, aber nicht wehgetan. Sie hätte am liebsten immer wieder gegen den Baum geschlagen, ihre Wut an ihm ausgelassen, dass er unfähig, ja unwillig war, sich um seinen Sohn zu kümmern, weil er zwar sie, aber nicht das Kind in ihrem Bauch gewollt hatte. Nach all den vielen Malen, die sie deswegen miteinander gestritten hatten, hatte er sich ausgerechnet den Tag von Bobas Beerdigung ausgesucht, um zuzugeben, was sie schon lange geahnt hatte: dass er Leo nie gewollt hatte. Leo war sein Zugeständnis an sie, und er gab Wana das Gefühl, in Bringschuld zu stehen. Und das würde immer so bleiben. Ihre Spucke war auf Alexanders Brust geflogen, als sie ihm gesagt hatte, dass er sich zum Teufel scheren solle, dass es mit ihnen vorbei sei. Es hatte sich gut angefühlt. Sie hatte sich über den Mund gewischt, und ein Speichelfaden war an ihrer Hand hängen geblieben. Und dann, und erst in diesem Moment war ihr klar geworden, dass nicht *er* sich zum »Teufel scheren« musste, sondern *sie*. Sie und Leo. Sie würden aus der Wohnung ausziehen müssen, die Alexander gehörte, seit sein Name im Grundbuch stand. Sein Name, nicht ihrer oder Leos. Es hatte sich angefühlt, als hätte jemand einen Eimer kaltes Wasser über sie ausgekippt. Plötzlich stand sie ohne Zuhause da, und in allen vier Himmelsrichtungen gab es nichts, was ihr das Gefühl nehmen konnte, dass sie Leo kein Heim bieten konnte. Sie hatte sich genauso verlassen und einsam gefühlt wie vorhin. Wo hätte sie hingehen können? Sie hatte erkannt, dass der Preis für die Wahrheit hoch war und sie vielleicht nicht stolz genug, nicht stark genug war, ihn zu zahlen. Dass es vielleicht besser war, in einem Zuhause voller Lügen zu leben, als keines zu haben.

KAPITEL 7

21. Juni 2019

Heimweh

Wana lehnte sich an das Wartehäuschen der Straßenbahnhaltestelle, und als ihre Schläfe das angenehm kühle Glas berührte, schloss sie kurz die Augen und atmete erleichtert durch, dass sie endlich im Schatten stand. Trotz der luftigen Tunika und der offenen Birkenstock-Sandalen schwitzte sie. Sie war froh, dass sie Leo bei dieser Hitze, die nun schon seit Wochen anhielt, nicht mitnehmen musste. Seine Unterbringung als Gast in dem Kindergarten seiner Cousinen war ein Segen – für ihn und für sie.

Mit schrillem Quietschen fuhr die Straßenbahn ein und riss Wana aus ihren Gedanken. Drinnen stand die Luft, aber immerhin war die Bahn leer und ruhig. Drei Seniorinnen saßen verteilt im vorderen Bereich, und Wana ging nach hinten durch und setzte sich an einen Fensterplatz, der im Schatten lag. Sie öffnete das Oberfenster und freute sich über den Fahrtwind, der ihr ins Gesicht wehte, und auf das Treffen mit Biljana, die sie in einer erneut schlaflosen Nacht spontan angeschrieben hatte. Endlich mal nicht die immer gleichen Probleme wälzen, ohne wirklich etwas zu lösen.

Wana hatte nicht erwartet, so viele Einträge zu finden, als sie ihren Namen in die Suchmaschine eingegeben hatte. Biljana hatte immer noch ihre Löwenmähne und als Choreografin Karriere gemacht. Ihr Name war verlinkt mit Projekten in Kairo und Buenos Aires, mit Veranstaltungen des Goethe-Instituts und mit etlichen Seiten aus Kroatien und Deutschland. Erst als Wana unter einem aktuellen Link und mit steigender Aufregung gelesen hatte, dass Biljana seit ein paar Tagen einen mehrwöchigen Workshop in Oberhausen leitete, hatte sie überlegt, sie anzuschreiben. Das war vor vier Tagen gewesen. Vier Tage, die wesentlich weniger düster gewesen waren, weil dieses Treffen anstand, auf das sich Wana mehr freute, als sie für möglich gehalten hatte.

Sie war froh, dass sie damals nach dem Nachmittag, an dem Niko sie besucht hatte, nicht Hals über Kopf geflohen war. Es hatte sich furchtbar angefühlt, an Modars Tür zu klopfen. Sie hatte aufgeschlossen und so getan, als wäre nichts passiert. Damit hatte sie Wana Zeit gegeben, um nachzudenken. Um Leos willen wollte sie Ruhe bewahren. Und nachdem sie eine Nacht darüber geschlafen hatte, hatte Wana gewusst, dass es für Leo am besten war, wenn sie beide noch so lange bei Modar blieben, bis sie ein regelmäßiges Einkommen hatte, um in eine eigene Wohnung ziehen zu können. Und sie hatte nicht einen einzigen Auftraggeber. Sie konnte Leo nicht einer solchen Unsicherheit aussetzen. Sie musste dableiben und die Zähne zusammenbeißen. Und versuchen, Leo nicht auch noch die Großmutter zu nehmen, bei der er sich so wohlfühlte.

Obwohl jener Nachmittag so furchtbar verlaufen war, hatte er sie weitergebracht. Es fühlte sich wie ein Fortschritt an, wie ein Weiterkommen, nachdem sie so lange auf der Stelle getreten war. Sie hatte schon damals Nikos Garten mit dem Gefühl verlassen, dass sie einen Schritt weiter war als noch am Morgen, und war ihm dankbar gewesen, dass er die richtigen Fragen gestellt hatte. Das Ganze wurde dadurch nicht weniger schrecklich oder weniger ausweglos, aber irgendwie greifbarer. Es gab ihr ein kleines bisschen Kontrolle zurück, dass sie nun wusste, was beide Panikattacken gemeinsam hatten: das Gefühl, verloren und orientierungslos zu sein. So hatte sich Wana gefühlt, bevor sie keine Luft mehr bekommen hatte. Es ließ sich nur schwer in Worte fassen. Sie fühlte sich nämlich nicht nur allein und ohne Zuflucht, nicht nur schutzlos und angreifbar, sondern auch ohne Kompass und ohne Ziel.

Wana schrak auf. Sie raffte ihre Tasche unter den Arm und schaffte es gerade noch auszusteigen, bevor die Türen sich wieder schlossen.

Sie hatten sich auf der Aussichtsplattform des Gasometers verabredet, wo Biljana ihre Schülerinnen in die Mittagspause entlassen wollte, um dann mit Wana essen zu gehen. Wana erkannte sie sofort, wie sie inmitten einer Gruppe stand und auf irgendwas in der Ferne zeigte. Sie trug einen schwarzen Overall und offene flache Schuhe. Alles an ihr war schlicht und unauffällig. Und dennoch stach sie heraus. An ihr leuchtete jedes Detail. Als Biljana sie erblickte, strahlte sie Wana mit ihren dunklen, tiefen Augen an. Biljana umarmte sie herzlich und stellte sie kurz auf Englisch als ihre älteste Schulfreundin vor. Die vielleicht zehn, zwölf Schülerinnen, allesamt jung, hingen an Biljanas Lippen, die sich eilig von ihnen verabschiedete, nachdem sie streng auf Zeit- und Treffpunkt nach der Mittagspause hingewiesen hatte. Biljana hakte sich bei Wana unter und ging mit ihr von der Gruppe weg, ohne auf die drei Blondinen mit identischen Pferdeschwänzen zu achten, die näher an sie herangetreten waren und offenbar auf eine Gelegenheit warteten, sie anzusprechen.

»Lass uns schnell weggehen, bevor sie uns nicht mehr in Ruhe lassen«, flüsterte sie und grinste.

Auf der anderen Seite des Turms versteckten sie sich zwischen einer anderen Besuchergruppe, und Biljana wartete, bis alle Schülerinnen hinuntergegangen waren.

»Ich hätte Lust hierzubleiben.« Sie schaute sich noch einmal um. »Ich will nur nicht, dass die auch hierbleiben. In meiner Pause will ich meine Ruhe haben.« Sie sah sich um, die Luft schien rein, und sie begann, in ihrer großen Tasche zu graben. »Ich habe uns Baguettes und Weinschorle besorgt.«

Sie hielt triumphierend eine Papiertüte hoch und zeigte auf das Meer aus Bäumen, das sich rings um den Turm erstreckte. Das Ruhrgebiet sah von hier oben viel schöner aus. Nicht so grau und eng.

»Und du? Hast du Lust? Hierzubleiben, meine ich?«

Wana lachte und antwortete nicht. Biljana gab Wana die Papiertüte, hockte sich hin und kramte weiter in ihrer Tasche, aus der sie nun ein großes graues Batiktuch hervorholte, das sie auf dem Boden ausbreitete. Es war erstaunlich, was alles in die Tasche passte: Brownies als Nachtisch, zwei kleine Wasser – und zwei ebenso kleine Flaschen mit Weißweinschorle.

»Ich weiß, es sieht so aus, als ob ich ein Alkoholproblem hätte …«, sagte sie und kramte noch Servietten aus der Tasche, »... aber diese Amerikanerinnen machen mich wahnsinnig! Ich bin so froh, wenn dieses Seminar vorbei ist. Ich glaube, ab dieser Generation habe ich endgültig den Zugang zur Jugendkultur verloren. Ich verstehe sie nicht und mag sie nicht, diese Millennials, denen Smartphones aus den Fingern wachsen!«

Biljana setzte sich im Schneidersitz auf das Tuch, und Wana setzte sich neben sie.

»Aber die Millennials mögen dich, das war offensichtlich. Sie hingen regelrecht an deinen Lippen«, sagte Wana grinsend.

Biljana winkte ab. »Ach, für die bin ich eine alte Frau. Aber weißt du, was ich wirklich befremdlich finde? Sie fragen mich ständig nach meiner Jugend, sind versessen auf die 90er und sprechen darüber, als wären sie selbst dabei gewesen. Als ob ihre eigene Zeit weder musikalisch noch modisch genug zu bieten hätte«, sagte Biljana kopfschüttelnd, öffnete eine der grünen Flaschen und gab sie Wana.

»Und die Musik, die sie typisch für die 90er halten, hat schon damals niemand mit Verstand gehört. ›Mr. Vain‹!« Biljana schnaubte verächtlich. »Auf der Kirmes und in Großraumdiskos ohne Einlasskontrolle hat man das früher vielleicht gehört.«

Wana amüsierte Biljanas Spott, aber sie hatte keine Ahnung, wovon sie sprach. Sie kannte keine Millennials, aber es war schön, Biljana reden zu hören wie früher. Sie hatte offenbar immer noch ihre scharfe Zunge. Nachdem sie ein paar Bissen von ihren Baguettes und ein paar Schlucke von ihren Weinschorlen genommen hatten und von amerikanischen Tanzschülerinnern auf Biljanas Karriere zu sprechen gekommen waren, zeigte sie auf die Stickereien auf Wanas Knopfleiste.

»Das ist so wunderschön. Ich kann gar nicht weggucken.«

Es hatte Boba gehört, das cremeweiße afghanische Männeroberteil. Wana trug gerne seine Sachen. Es erinnerte sie daran, dass es ihn wirklich mal gegeben hatte, und es tröstete sie, dass der Stoff auch ihn berührt hatte. Wana strich über den Rock.

»Darunter wird eigentlich noch eine Pluderhose getragen.« Sie lupfte den Seitenschlitz. »Es ist nicht dafür gedacht, so viel Bein zu zeigen.« Wieder musste Wana lachen, sie dachte an Biljanas Rat, den sie am Morgen und viele andere Male zuvor beherzigt hatte:

Zeig entweder Bein oder Brust. Nie beides!

»Ach komm, du kannst es dir doch leisten.« Biljana zeigte auf Wanas im Schneidersitz verschränkte Beine. »Du hast so schöne Beine und siehst wahnsinnig gut darin aus!«

»Das Ergebnis deiner Saat. Befolge ich seit der Schulzeit!«

Wana schlug ihr sanft aufs Knie, und Biljana sah sie mit fragenden Augen an. Wana begann zu erzählen, und schon bald drifteten sie ab und sprachen über die Zeit, als sie weder Kinder noch Frauen gewesen waren. Die Erinnerungen wehten vorbei und ließen zwei nachdenkliche Frauen zurück. Wana legte sich auf die Decke und schaute in den blauen Sommerhimmel. Biljana hatte sich die Arme um die langen Beine geschlungen und sah in die Ferne.

»Guck mal, da müsste unsere Schule sein.« Biljana zeigte auf einen Punkt rechts von ihnen, wo Dächer zwischen den dichten Bäumen aufblitzten.

»Und da unsere alte Wohnung.« Sie seufzte. »Eine von

vielen alten Wohnungen. Ich bin danach in Dutzende weitere gezogen.«

Wana setzte sich auf und blickte auf die Baumwipfel und die Dächer, aber sie kamen ihr nicht bekannt vor. »Dass du das kannst! Ich bin völlig orientierungslos!«

»Ach, meine Wana! Manche Sachen ändern sich halt nie.«

Biljana lachte und kniff Wana in die Wange. Die Himmelsrichtungen – *Nie Ohne Seife Waschen* im Uhrzeigersinn – bestimmend, zeigte sie auf verschiedene Punkte und ging mit Wana die Orte ihrer Jugend durch: die Schule, der Sportplatz, die Innenstadt. Die Wohnung von Wanas Eltern.

»Ich habe mir das angewöhnt, nachdem wir so oft umgezogen sind. Es hat mich beruhigt zu wissen, wo mein altes Zuhause war. Manchmal saß ich stundenlang auf einem hohen Gebäude und habe versucht, mein Heimweh zu stillen«, sagte sie und schaute auf den Punkt, den sie vorher als ihr altes Zuhause lokalisiert hatte.

»Und? Ist es dir gelungen?«

Biljana drehte ihren schmalen Goldring am Zeigefinger. »Nein, Heimweh habe ich immer, egal, wo ich bin. Bis heute. Aber ich quäle mich nicht mehr selbst damit zu erwarten, dass ich mich irgendwo ganz und angekommen fühle. Es ist nicht so, dass ich mich nicht wohlfühlen kann, wo ich gerade lebe. Aber es gibt immer einen Ort, den ich vermisse. Ist schon immer so gewesen. Seit ich denken kann. In unserer Wohnung in Deutschland habe ich unseren Hof in Kroatien vermisst, auf unserem Hof in Kroatien unsere Wohnung in Deutschland – das Gefühl, zu Hause zu sein, war nie vollkommen. Irgendwie fühlte ich mich immer amputiert, als ob etwas fehlen würde.«

Sie begann, den Müll in eine der Papiertüten zu packen.

»Ich habe Afghanistan nie vermisst. Nicht so. Ich habe aber auch nur wenige Erinnerungen daran. Danach beschränkte sich meine ›andere Heimat‹ auf die Wohnung meiner Eltern, auf meine Verwandtschaft und die lästigen Hochzeitsfeste der Bekannten meiner Mutter. Nichts und niemand davon bereitet mir auch nur annähernd so warme Gefühle, die du offenbar hast, wenn du an Kroatien denkst.«

»Apropos Familie. Wie geht es denn deiner Familie? Was macht deine Schwester? Hast du eigentlich selbst eine Familie gegründet?«

Wana holte Luft und war sich nicht sicher, wo anfangen, ohne zu viel sagen zu müssen. Sie wollte diese Zeit mit Biljana genießen, mal nicht an Bobas Tod oder an Alexander denken.

»Nila ist verheiratet und hat zwei Töchter. Mein Vater ist leider verstorben.« Sie nahm Biljanas Beileidsbekundung mit einem Lächeln entgegen und redete schnell weiter: »Und meine Mutter, ja, die hat sich kaum verändert.« Wana rollte mit den Augen.

Biljana nickte wissend, während sich auch auf ihrem Gesicht ein Grinsen abzeichnete, das ihre hohen Wangenknochen noch mehr betonte. »Ist sie immer noch so schlimm, ja?«, fragte sie, und Wana nickte.

»Wir streiten uns immer noch. Ständig. Über alles Mögliche. Erst vor Kurzem wieder, als sie einem Gast ganz unverhohlen gesagt hat, was sie schon immer an mir gestört hat.«

»Und, was hat sie schon immer an dir gestört? Dass du ein Mädchen warst und jetzt eine Frau bist?«

Biljana verstand sie immer noch. Tatsächlich wäre es

Modar wahrscheinlich lieber gewesen, Wana wäre ein Junge gewesen. Dann hätte sie sich nicht solche Sorgen um ihren Ruf machen müssen.

»Das bestimmt auch. Aber bei unserem letzten Streit hat sie mir vorgeworfen, dass ich mich für meine Herkunft oder besser gesagt für Afghanistan schämen würde.« Wana legte die Stirn in Falten und sah Biljana an.

Biljana senkte den Blick und schwieg.

»Findest du das auch, oder was?«

Biljana hob die Hände. »Wani, es tut mir leid. Ich, du … Egal, ich habe doch gar nichts gesagt.«

»Wani«, so hatte Biljana sie in der Schule immer genannt. Wana fragte sich plötzlich, ob Biljana in jener Nacht vor dem Club auch schon so gedacht hatte. Hatten sie, Mio und Can alle dasselbe gedacht? Hatten sie sich darüber unterhalten, als Wana weg gewesen war?

»Du hast aber etwas gedacht, das habe ich dir doch angesehen.« Wana wollte es jetzt wissen.

»Wani, ich weiß gar nicht, was ich sagen soll. Das ist alles schon so lange her.« Wieder schwieg Biljana, überlegte und schien sich dann einen Ruck zu geben. »Ich will nicht sagen, dass du dich geschämt hast, aber du warst überkritisch. Manchmal hatte ich den Eindruck, dass du nur das Schlechteste erwartet hast.«

Ja, aber nicht, weil ich mich geschämt habe, sondern weil es nichts Gutes gab, an das es sich zu erinnern lohnte, dachte Wana. *Du durftest Sehnsucht haben, hast dort deinen Sommerurlaub verbracht und jedes Mal einen Strauß bunter, nach Sand und Meer riechender Erinnerungen mitgebracht. Alles, was ich habe, sind meine Familie, Modars Freundinnen und ein paar verblichene Schwarz-Weiß-Fotos.*

Biljana war nicht wie sie bei Nacht und Nebel geflüchtet

und nie wieder zurückgekehrt. Alles, was mit Afghanistan zu tun hatte, tat weh, war aus einer anderen Zeit, die für immer Vergangenheit war, und nichts, nichts, was mit diesem Land, seinen Menschen, mit seinen Riten und Traditionen zu tun hatte, war ihr jemals nützlich oder sinnvoll erschienen oder hatte sie irgendwie in ihrem Leben weitergebracht. Außer der Sprache, mit der sie ihr Geld verdiente, verband sie nichts Gutes mit Afghanistan. Warum sollte sie also ständig darüber reden wollen?!

»Weißt du, ich habe noch nie etwas damit anfangen können: dieser Kult um das, was man hinter sich gelassen hat, die ewige Trauer um die ›alte Heimat‹. Schon als Kind konnte ich nichts damit anfangen. Diese naiven, albernen Mädchen, die immer nur einen Afghanen heiraten wollten, als ob es nichts anderes im Leben gäbe. Ich habe mich nie als Teil von ihnen gesehen. Ich weiß, das klingt furchtbar, aber ich kann mit Afghanen und dieser Kultur einfach nichts anfangen. Selbst meine Familie ist mir fremd. Es ist nicht schön, und ich wünschte, es wäre anders, aber ich habe meinen Frieden damit gemacht. Es passt einfach nicht, und das bin nicht ich. Und gehört es nicht zum Erwachsensein, der Wahrheit ins Auge zu schauen und Entscheidungen zu treffen?«

Es klang unsicherer, als sie es sein wollte. Biljana schaute sie an, als wäre sie nicht sicher, ob Wana das alles ernst meinte. Und am Ende sah sie bestürzt, ja mitfühlend aus. Als hätte Wana ihr etwas Schmerzvolles gestanden.

Wana missfiel das. Sie wollte kein Mitleid, sie wollte nur nicht missverstanden werden. Deshalb schob sie noch mal nach: »Ich habe diese Entscheidung halt sehr früh für mich getroffen, und ich würde mich auch heute immer wieder gegen das Afghanische und für das Deutsche entscheiden, wenn es sein müsste.« Das fühlte sich besser an, das konnte sie verteidigen.

Biljana saß in der kerzengeraden Haltung einer Tänzerin neben ihr, wich Wanas Blick aus und wackelte unruhig auf den Sitzknochen.

Wana hatte plötzlich das Gefühl, dass sie überreagiert hatte. Wieso geriet sie mit allen in Konflikte? Sie spürte ihren Puls am Hals pochen.

Warum bin ich so wütend?

»Ich«, sagte Biljana zögerlich und zog Wanas Aufmerksamkeit wieder weg von der Wut, die sich ihrer irritierend bemächtigt hatte, »ich hoffe, ich trete dir nicht zu nahe, aber ich muss das jetzt einfach sagen, weil ich zu viele People of Color kenne, die diesem Irrtum aufgesessen sind: Warum glaubst du eigentlich, dass du dich für und gegen eine Seite entscheiden musst? Und wofür eigentlich? Und zwischen was? Wie soll das gehen? Deine Persönlichkeit aufzufächern und in deutsch und afghanisch zu trennen? Und selbst wenn das möglich wäre, wer hat dich denn vor die Wahl gestellt, dich für das eine und damit gegen das sndere zu entscheiden?«, fragte Biljana herausfordernd.

Wana war baff. Überreagierte jetzt nicht Biljana? Und wie hatte sie sie genannt, *People of Color*? Das hörte sich so aktivistisch, politisch an. Nach Gruppendynamik. Und Wana misstraute Gruppen grundsätzlich. Es gab immer einen Preis, den man zahlen musste, um reinzukommen. Zumindest war das in Wanas Leben immer so gewesen.

Sie wartete, aber Biljana sagte nichts mehr, und auch Wana schwieg. Sie fühlte sich verunsichert. Und angegriffen. Andererseits wollte sie dieses Treffen, das so vielversprechend begonnen hatte, auch nicht so enden lassen. Endlich sagte Biljana in einem leichteren Tonfall und mit einem Lächeln: »Komm, lassen wir das. Wir sollten nicht alle schweren Themen dieser Welt in eine kleine Mittagspause quetschen. Lass uns lieber noch ein bisschen die Aussicht genießen.«

Es nahm der Stille zwischen ihnen die Spannung, und Wana nickte Biljana dankbar zu. Sie fühlte sich plötzlich müde und matt.

»Jetzt sag doch mal! Wie ist es dir ergangen?«, fragte Biljana, und Wana erzählte, ohne in die Tiefe zu gehen, von ihrem Studium und ihrem Leben in Berlin, von Leo und ihrer Arbeit als Übersetzerin, davon, dass sie zwar ein Kind, aber keine Karriere habe. Sie lachte, aber es klang trotzdem bitter.

»Mir war zwar die Karriere vergönnt, aber nicht die Mutterschaft«, sagte Biljana.

Wana war überrumpelt von der Beichte und suchte nach Worten, die ihr nicht einfallen wollten. Schließlich entschuldigte sie sich dafür, dass sie unsensibel gewesen war.

Biljana tätschelte ihre Hand. »Schon gut. Ich wollte damit nur sagen, dass die Karriere noch kommen kann, aber Kinderkriegen geht eben irgendwann nicht mehr. Gut, dass du einen Sohn hast, freu dich und gib die Hoffnung auf eine Karriere nicht auf.«

Biljana war freundlich, aber sie schien distanzierter als zu Beginn, als sie sie »meine Wana« und »Wani« genannt hatte.

Wana wollte nichts Unbedachtes sagen, die Distanz nicht noch größer machen, also sprach sie den erstbesten ehrlichen Gedanken, der ihr durch den Kopf ging, laut aus: »Ich dachte, dass ich nie Mutter werden würde als Strafe für meinen Schwangerschaftsabbruch.«

Biljana blinzelte, und ihr Gesicht zuckte. Dann verlor sich ihr Blick nach innen, und sie fing an zu nicken. Jedes Mal schien sie den Kopf ein bisschen mehr zu senken, bis sie nicht mehr aufblickte. Sie weinte offensichtlich, als sie flüsterte: »Ich weiß.« Nach einer Weile räusperte sie sich und sah Wana an. »Wie alt warst du?«

»Fünfzehn.«

Biljana wich zurück und sah sie mit aufgerissenen Augen an. »Was?!«, stieß sie aus und legte sich die Hand auf die Brust.

Diese Geste trieb Wana Tränen in die Augen, und der Schmerz, den sie plötzlich empfand, überraschte sie selbst.

»Oh Gott, du Arme!«, schob Biljana nach und legte die Hand auf Wanas Knie. »Wann war das? Nachdem ich von der Schule gegangen bin?«

Wana schüttelte den Kopf und flüsterte, weil sie ihrer Stimme nicht mehr Herr war: »Kurz davor.«

Und so erzählte sie Biljana alles: Was in jener Nacht mit Mathis passiert war und dass er von allem bis heute nichts wusste, weil er Schluss mit ihr gemacht hatte, bevor sie ihm davon hatte erzählen können.

»Ich hatte einfach keine Kraft mehr für ihn. Alles in mir pulsierte, weil ich wusste, dass ich dem Leben in mir keine Chance geben darf.«

Sie weinte, und Biljana weinte mit. Zum ersten Mal, nach all den Jahren, hatte Wana das Gefühl, dass jemand sie verstand. Wirklich verstand, wie ausweglos ihre Situation gewesen war. Wie groß die Trauer war, die sie nie hatte zeigen dürfen, weil es etwas war, worum man nicht trauerte. In keiner Gesellschaft. Sie war noch so jung gewesen. Viel zu jung, um zu verstehen, was mit ihr passiert war.

Irgendwann schaute Biljana auf die Uhr. »Ich darf nicht so verheult aussehen, wenn die anderen zurückkommen. In den nächsten fünfzehn Minuten bitte keine Tränen mehr«, sagte sie lachend und wischte sich mit den Zeigefingern die Tränen ab. »Alkohol hilft!«, sagte sie ironisch und prostete Wana zu.

So tranken sie beide ihre Flaschen auf einmal aus, und Biljana schlug sich auf die Wangen.

»Und jetzt lass uns von etwas Angenehmem reden.«

Aber nach den schweren Themen war es unmöglich, eine leichte, unbeschwerte Stimmung aufkommen zu lassen. Sie räumten still alles zusammen und sagten nichts mehr.

Auf dem Weg zur Toilette fragte Biljana: »Sag mal, wollen wir uns nicht noch einmal sehen?«

Wana fiel ein Stein vom Herzen. »Sehr gerne! Das wäre schön.«

»Wie lange bist du denn noch hier?«

Wana hob die Schultern. »Ich weiß es nicht. Vieles verändert sich gerade bei mir. Bei uns.« Mehr brachte sie nicht über die Lippen, und sie versuchte, stark und bestimmt auszusehen.

»Du meinst, du und dein Mann?«, fragte Biljana vorsichtig.

»Freund.« Wana holte Luft und fügte gefasst hinzu: »Wir haben nie geheiratet. Nicht standesamtlich. Das hat Alexander nicht gewollt.«

Es fühlte sich gut an, die Dinge beim Namen zu nennen und ihn nicht mehr entschuldigen zu müssen.

»Und wie geht es dir damit?«

Wana hob die Schultern und seufzte. Dann nickte sie mehrmals, mehr um sich selbst Mut zu machen, und lächelte. »Es geht schon. Ich bin schon darüber hinweg«, behauptete sie, und ihr wurde fast schlecht bei dem Gedanken, dass sie noch nichts hinter sich hatte: nicht das klärende Gespräch mit Alexander, nicht die Frage, wie Leo es aufnehmen oder ihre Familie reagieren würde. »Ich muss mir jetzt einen Job und eine Wohnung suchen, also falls du hören solltest, dass eine Dolmetscherin für Englisch oder Dari gesucht wird …«, sagte Wana und versuchte, so zu klingen, als hätte sie alles im Griff.

»Warte mal, oh Gott, ja, tatsächlich! Mein Kollege unterrichtet gerade einen Kurs mit Geflüchteten und braucht dringend eine Übersetzerin für Dari oder Farsi. Kannst du beides?«

Es waren lediglich zwei Dialekte derselben Sprache, aber Wana konnte nur nicken.

»Ich weiß nicht, wie gut die Bezahlung ist, aber es wäre für mindestens sechs Wochen, vielleicht auch länger, wenn du bleiben willst … Ich erkundige mich nach der Bezahlung und geb dir dann Bescheid, ja?«

Wana nickte und formte ein lautloses »Danke«, weil ihr die Stimme versagte.

KAPITEL 8

5. Juli 2019

Ankunft

Wana nahm ihren Becher mit dem Instantkaffee in die Hand und trat ans Küchenfenster. Sie gähnte und wünschte, sie hätte sich noch mal hinlegen können, nachdem sie Leo in den Kindergarten gebracht hatte. Aber sie hatte noch mit der Krankenkasse telefoniert, und dann führte eins zum anderen, und als sie alle Unterlagen herausgesucht hatte, die die Krankenkasse noch benötigte, war es zu spät, um sich noch mal schlafen zu legen. Niko hatte sie und Modar zum Mittagessen eingeladen, und Wana hatte es nicht übers Herz gebracht, ihm abzusagen. Dafür fühlte sie sich Niko zu sehr verpflichtet, nachdem er sich wochenlang im Krankenhaus um sie gekümmert hatte. Ihn und seine Mutter zu besuchen, war auch nicht das Problem, sondern die Vorstellung, so viel Zeit mit Modar verbringen zu müssen. Seit dem Treffen mit Biljana fragte sich Wana oft, wie es dazu gekommen war, dass sie sich seit ihrer Kindheit allem immer so fremd gefühlt hatte: der Familie, der Kultur, allem, was afghanisch war. Und egal, wie sie es drehte und wendete, sie kam immer wieder zurück auf Modar. Die Aussicht, sie in den nächsten Stunden um sich zu haben, schlug Wana aufs Gemüt, wie sehr sie auch versuchte, es zu ignorieren. Sie hatte sich doch vorgenommen, Modar nicht mehr so viel Platz in ihren Gedanken einzuräumen. Es ging endlich aufwärts. Nach all den Wochen und Monaten zeichnete sich ein Lichtstreif am Horizont ab. Wana schaute lächelnd auf die Baumkrone der Eiche und empfand das erste Mal seit langer Zeit so etwas wie Zuversicht. Es war noch ein weiter Weg bis zu den eigenen vier Wänden, ihr standen noch Wochen, wenn nicht Monate mit Modar und schlechtem Kaffee bevor, aber Wana trat nicht mehr auf der Stelle, sondern folgte diesem kleinen schillernden Pfad, der sich völlig unerwartet genau vor ihren Füßen aufgetan hatte: Biljana und dieser Auftrag, den sie vermittelt hatte. Das erste Mal ging es bei ihrer Arbeit nicht um Asyl- und Aufenthaltsbestimmungen, sondern um Musik und ums Tanzen. Es brachte Wana weiter, in jeder Hinsicht: finanziell und emotional. Sie hatte wieder eigenes Geld in der Tasche, fühlte sich nicht mehr so abhängig und in die Enge getrieben. Der Auftrag ließ sie wieder atmen und Hoffnung schöpfen. Und dann war da Biljana, die Leichtigkeit und Lachen in ihr Leben brachte. Und diese afghanische Tanztruppe, für die Wana fasziniert dolmetschte. Seitdem sie diese Gruppe kannte, fragte sich Wana das erste Mal, ob sie ohne afghanische Freundinnen vielleicht doch etwas in ihrem Leben verpasst hatte.

Modar kam in die Küche und zog eine Duftwolke ihres Parfums hinter sich her. Sie trug ein gerade geschnittenes, knielanges marineblaues Kleid. Obenherum saß es perfekt, aber ab dem Bauchnabel zeichnete sich der Bund der weißen Pluderhose ab. Wana sagte nichts, Modar würde sich sowieso nicht umziehen. Sie hätte auch normale Hosen anziehen können, wie manche anderen älteren afghanischen Frauen, die Wana kannte und die ihre Beine ebenfalls nicht in der Öffentlichkeit zeigen wollten. Aber nein, für Modar mussten es diese weißen weiten Baumwollhosen mit Spitzenbordüren am Saum sein, die jedes Kleid, das darüber getragen wurde, unförmig aussehen ließen.

»Willst du auch einen Tee?«, fragte Modar, obwohl der Kaffeebecher in Wanas Hand nicht zu übersehen war. Modar stellte ihr jeden Morgen dieselben Fragen, und Wana gab jedes Mal dieselben Antworten. Sie waren höflich zueinander, hatten nicht mehr über den Nachmittag gesprochen, an dem Niko sie besucht hatte. Modar gab sich Mühe, so zu tun, als wäre nichts passiert, und Wana hätte das auch gerne getan. Es wäre für alle leichter gewesen, wenn sie alles einfach unter den Teppich gekehrt hätte. Dann hätte sie sich über ihren neuen Job und die wieder auflebende Freundschaft mit Biljana freuen und sich ihre Kraft für all das, was noch kommen würde, aufsparen können. Aber der Konflikt mit Modar entzog sich ihrer Kontrolle. Wie sehr sie es auch versuchte, sie konnte weder Modar noch die Spannung, die sie erzeugte, ignorieren. Wana konnte nicht darüber hinwegsehen und ihr einfach verzeihen. Dafür war einfach zu viel passiert.

»Danke, ich habe mir schon Kaffee gemacht«, sagte Wana bemüht freundlich.

Hoffentlich aber nicht so freundlich, dass es Modar zu einem Gespräch ermutigen würde. Sie wollte in Ruhe austrinken, bevor sie die nächsten Stunden mit Modar verbringen musste. Es war ihr erster freier Tag, seitdem sie wieder arbeiten ging, und sie hatte die letzte Nacht wieder kaum geschlafen. Leo hatte vor dem Einschlafen gefragt, ob sie jetzt hier oder in Berlin wohnten, und Wana hatte sich um die Antwort gedrückt. Sie wusste keine.

Wana versuchte, das laute, geschäftige Treiben von Modar zu ignorieren, die Wasser aufsetzte, geräuschvoll die Schränke auf- und zumachte und dann den Frühstückstisch abwischte.

»Ich gehe ein bisschen in den Garten.«

»Müssen wir nicht in einer halben Stunde los?«, fragte Modar.

»Doch«, sagte Wana und ging hinaus.

Im Treppenhaus war es angenehm kühl. Wie immer waren die Rollläden geschlossen. Als Wana die Haustür öffnete, schlug ihr die Hitze derart entgegen, dass sie die Tür am liebsten sofort wieder geschlossen hätte. Trotzdem setzte sie sich auf die Stufe vor der Haustür. Wana konnte sich nicht erinnern, dass sie sich jemals in Deutschland so nach Kälte und Regen gesehnt hätte. Diese Sehnsucht nach einem kühlen Wind und Regen kannte sie nur von damals. Aus Kabul. Kabul war gerade so nah. Die Tänzerinnen brachten ihre Geburtsstadt und die Erinnerungen daran wieder zurück. Sie hatten Wana Fotos und Videos gezeigt. Wana erkannte nichts davon wieder. Es fühlte sich nicht so an, als ob sie von derselben Stadt sprächen. Die Zärtlichkeit, mit der diese Tänzerinnen von Kabul sprachen, die Melancholie, die sie ergriff, waren Wana fremd, aber nicht die Sprache, in der sie von ihrer Stadt schwärmten, die Koseworte, die sie wählten, um sie zu beschreiben, oder die Musik, zu der sie laute Klagelieder über ihr Heimweh sangen. Es war aufwühlend, aber Wana fühlte sich seltsam aufgehoben, auch wenn es viele Dinge gab, die sie nicht verstand. Wie konnte es sich so schön und gleichzeitig so schmerzhaft anfühlen, sich an dieses kleine afghanische Mädchen zu erinnern, das sie einst gewesen war? Und wie konnten diese freiheitsliebenden Tänzer und Tänzerinnen von einer Stadt schwärmen, die es ihnen so schwer machte, in Freiheit zu leben? Wana war irritiert, aber auch fasziniert. Vor allem von den Frauen, die sich auf der Bühne präsentierten, rauchten und fluchten und dabei mit Tränen in den Augen von Kabul erzählten. Wana hörte mit offenem Mund ihren Geschichten zu, in denen es nicht normal, aber auch nicht unmöglich war, dass junge Männer und Frauen so unbeschwert miteinander umgingen, gemeinsam auf die Bühne traten und sogar Liebesaffären hatten, und zwar solche, die nicht zwangsläufig in Ehen münden mussten. Einvernehmlich, ohne Trauschein und glücklich. Wana hatte das bislang nicht für möglich gehalten unter Afghaninnen und Afghanen. Das Bild, das sie bislang immer von ihnen gehabt hatte, passte so gar nicht mehr mit dem zusammen, was Wana jetzt täglich spürte, sah und hörte. Biljanas Erklärung, dass die im heutigen Afghanistan lebenden Menschen vielleicht einfach schon viel weiter waren als diejenigen, die ihre Heimat vor Jahrzehnten verlassen hatten und sich an den längst überholten Wertevorstellungen ebenso festkrallten wie an ihren Erinnerungen, klang in Wana nach.

Modar kam herunter und mahnte zur Eile. Sie machten sich auf den Weg, liefen stumm nebeneinanderher, und Wana zwang sich, nicht zu schnell zu laufen.

Ist das wirklich eine gute Idee?, fragte sie sich wieder einmal. Hierhin zu ziehen, obwohl sie Modar kaum noch ertragen konnte? Für den Alltag ergab das zwar Sinn, aber würden all ihre pragmatischen Erwägungen ausreichen, um aufzuwiegen, dass Modar, ihre Familie, ihre Freundinnen, ja die gesamte afghanische Community sie mit Argusaugen beobachten würden? Die waren nicht so tolerant wie die Tanztruppe. Auch wenn es beruhigend war, dass nicht alle »Afghanen« gleich waren, Modar verkehrte nun mal mit den Leuten, mit denen sie verkehrte, und »diese Afghanen« hatten ganz andere Vorstellungen davon, wie Frauen zu sein hatten. Wäre es ihr gleichgültig oder würde sie den Drink in der Bar wegschieben, damit die Freunde ihres Schwagers, die zufällig hereinkämen, nicht sähen, dass sie Alkohol trank? Würde sie an ihrer hart erkämpften Freiheit festhalten oder würde sie sich schämen, wenn sie mit einem Liebhaber erwischt werden würde? Würde sie alldem und der Scham, die dann immer und überall lauern würde, entkommen? Wana wusste darauf keine Antwort und war froh, als sie endlich vor dem Gartentor der weißen Villa im Bauhausstil standen.

Modar schaute bewundernd auf das Haus und den Garten und seufzte: »Was für ein Haus. So wie früher unseres.«

Wana hatte dasselbe gedacht, als sie das erste Mal hier gestanden hatte. Das war an Nikos siebtem Geburtstag gewesen, wenige Monate nach ihrem ersten Schultag. Boba hatte sie gebracht. Damals war ihr der Garten wie ein Park erschienen. Stundenlang hatten die anderen Kinder Verstecken gespielt und dabei immer noch neue Orte entdeckt. Sie und Niko hatten nicht mitgespielt. Sie hatten von den Fenstern der oberen Etage die anderen Kinder unten beim Spielen beobachtet, und für eine lange Zeit hatte niemand bemerkt, dass sie weg gewesen waren.

Niko machte die Haustür auf, noch bevor Wana das Gartentor wieder geschlossen hatte. Modar lief den langen Weg vor Wana entlang und strahlte Niko an, der mit ausgebreiteten Armen »Willkommen« rief. Wana fiel es schwer, den kleinen dürren Jungen von früher mit dem großen breitschultrigen Mann in Verbindung zu bringen, der mit dem Geschirrtuch auf der Schulter an der Haustür stand. Seine buschigen Augenbrauen, seine Hakennase, die Spannweite seiner langen Arme hatten etwas von einem Adler. Die Nase hatte er schon immer gehabt, aber er war groß und viel zu dürr gewesen und hatte mehr als allem anderen einer Spinne geähnelt. Das war ihr als Erstes durch den Kopf geschossen, als sie ihn das erste Mal gesehen hatte. Noch heute schämte sich Wana, wenn sie daran dachte, wie er sie hockend und pinkelnd gesehen hatte. Der Strahl war einfach nicht mehr zu stoppen gewesen, und Wana hatte gedacht, alles wäre vorbei: in der Menge unterzugehen, nicht aufzufallen in der neuen Schule, neue Freunde, einfach alles. Damals hatte sie Bobas Behauptung, dass Niko ein Verbündeter sein könnte, für einen billigen Trost gehalten. Aber er hatte recht behalten. Niko war ein Freund geworden. Ihr einziger in diesen ersten-unsteten Jahren, in denen sie sich nie sicher sein konnte, ob sie zu den anderen gehören durfte oder nicht.

Modar war in ihrem schnellen, watschelnden Gang bei Niko angekommen und versuchte, ihre Hände auf seine Schultern zu legen, was nur möglich war, weil sich Niko herunterbeugte. Modar nahm sein Gesicht in beide Hände und küsste ihn dreimal – wie in Afghanistan üblich – auf die Wange. Ihre Begrüßung war vertraut, die Gesten fließend, Nikos Blick war offen und ihre Gesichter einander zugewandt. Wana blieb zwei Schritte vor ihnen stehen und wartete darauf, dass sie an der Reihe war. Sie dachte an ihre letzte Begrüßung und wurde nervös.

»Hallo Wana, schön, dass du kommen konntest!«, sagte Niko und streckte ihr den Arm entgegen.

Wana griff danach, und ihre Hand verschwand in seiner. Sie stellte sich auf die Zehenspitzen und streckte sich zu ihm. Er trat einen Schritt zurück. Ihr Kuss landete in der Luft. Niko war überrascht, beugte sich zu ihr, aber da war Wana schon im Begriff, sich wieder zurückzuziehen. Schließlich konnte Wana doch noch einen unbeholfenen Kuss auf seine Wange drücken, während er sie kurz und ebenso ungelenk umarmte.

»Mutter wollte nur ein bisschen an die frische Luft, aber es ist viel zu heiß. Geht doch schon mal rein, ich hole sie«, sagte er ein bisschen zu schnell und führte sie ins Wohnzimmer.

Wana war froh, als er durch die Terrassentür hinausging und ihrem warmen Gesicht Zeit ließ, sich abzukühlen. Sie atmete erst einmal durch und ärgerte sich über ihre unbeholfene Begrüßung, bevor sie sich umschaute.

Modar stand schon vor dem Bücherregal, das wie ein Rahmen um die Flügeltür angebracht war. Darin standen lauter Lederbände, Enzyklopädien, die einst bestimmt mehrere Hundert Mark gekostet hatten. Im Zeitalter des Internets besaß kaum noch jemand, den Wana kannte, diese Art Nachschlagewerke. Hier hatte sich überhaupt sehr wenig verändert, alles sah aus wie früher: hell, weit, großzügig, dieselben Möbel in derselben Anordnung. Die dunklen schweren Regale hätten jeden anderen Raum erschlagen, aber die hohen weißen Wände und die Glasfront zur Terrasse auf der gegenüberliegenden Seite konterkarierten die Wucht der Möbel.

Wana ging zu Modar. »Schau mal!«, sagte sie und zeigte lachend auf ein Foto von Niko.

Er grinste, und sein Schneidezahn fehlte. Wana konnte sich noch gut daran erinnern, wie er mit seinem Zahn in der Faust morgens in der Schule auf sie zugekommen war und seine Hand so vorsichtig aufgemacht hatte, als ob er ihr einen Schatz zeigen wollte. Wana nahm das Bild in die Hand und kam sich alt vor. Wie nah plötzlich alles schien, was schon so lange her war. Modar nahm ein anderes Foto in einem verschnörkelten Silberrahmen aus dem Regal. Wana trat zu ihr und warf einen Blick über Modars Schulter auf die Aufnahme. Ein Dutzend Personen unterschiedlicher Generationen standen vor einem Gutshof und sahen ernst in die Kamera, zumindest die Erwachsenen. Wana kannte diese ernsten Gesichter auf alten Fotos. Den Menschen musste damals noch feierlich zumute gewesen sein, wenn man sie für die Ewigkeit festhielt. In den Alben ihrer Eltern sahen sie genauso aus. Bobas Vater, Modars Schwestern, niemand lachte oder lächelte.

Modar strich mit ihrem Daumen über das Paar in der Mitte, das besonders ernst in die Kamera schaute. Die Frau trug ein langes Kleid und einen Haarkranz aus Blättern oder Blumen, und ihre Augen sahen aus wie Nikos. Als Modar wieder über das Glas wischte, diesmal mit dem Ärmel, erkannte Wana, dass sie offenbar versuchte, die Kussabdrücke wegzuwischen. Am Rahmen klebte ein Post-it, auf dem in verschnörkelter Schrift stand: *Ich werde heute glücklich sein.* Die Hand, die den Füller geführt hatte, war zittrig gewesen, aber es war eine schöne, sorgfältige Schreibschrift. Wana schreckte auf, als sie plötzlich Nikos Stimme hinter sich hörte.

»Mama, das ist Wana aus meiner alten Schule. Ihr habt euch lange nicht gesehen, und du mochtest sie früher. Und das ist Wanas Mutter, Frau Nasseri.«

Sie drehten sich um, Modar immer noch mit dem Bilderrahmen in der Hand. Niko beobachtete seine Mutter von der Seite, während sie Wana musterte. Nach einem kurzen Moment entspannten sich ihre Gesichtszüge, und ein breites Lächeln umspielte ihren Mund und ihre Augen. Sie streckte Wana ihre freie Hand entgegen.

»Wie schön du geworden bist, *Madla*, komm mal her und lass dich anschauen.«

Modar stupste sie mit dem Ellenbogen an, obwohl es dazu gar keinen Anlass gab.

Wana blickte kurz stirnrunzelnd zur Seite, trat vor und fühlte sich wieder, als wäre sie sieben Jahre alt. »Guten Tag, Frau Weidmann.«

»Ich freue mich, dich wiederzusehen.« Sie zeigte auf die Couch. »Kommt, macht es euch gemütlich. Ich mach das Essen fertig und komme dann gleich, ja?«

»Ich habe schon alles vorbereitet«, sagte Niko und tätschelte die Hand seiner Mutter, die auf seiner großen Armbeuge noch kleiner und zerbrechlicher aussah. »Mach dir keine Sorgen um das Mittagessen, *Muttel*. Es ist fast fertig. Den Quark haben wir gestern gemacht.«

Frau Weidmanns Blick wanderte umher, und als er wieder Nikos Gesicht traf, lächelte sie kurz und unsicher. Niko legte ihr die Hand auf den Rücken und deutete in Wanas Richtung, zog sie sanft weg von der Flügeltür, die zum Flur und zur Küche führte.

»Schau mal, *Muttel*«, sagte Niko und zeigte auf Modar. »Wanas Mutter hat sich gerade das Bild von den Großeltern angeschaut. Magst du ihr erklären, wer die Menschen auf dem Bild sind, und ich lege deine Lieblingsmusik auf?«

Frau Weidmann sah Niko an, und Wana glaubte Dankbarkeit in ihrem Gesicht zu erkennen. »Mach ich gerne, mein Junge. Ich freue mich, wenn sich noch jemand für die alten Fotos interessiert.«

Sie begrüßte Modar und ließ sich von Niko zur Couch führen, die vor der Glasfront zur Terrasse stand.

»Zeigen Sie mal, was haben Sie sich angeschaut?«, sagte sie, bevor sie sich auf das rote Sofa mit Samtbezug setzte.

Wana erkannte die Kissen wieder, die Niko ihr nach ihrem Panikanfall gebracht hatte.

Frau Weidmann winkte Modar herbei, klopfte auf den Platz neben sich und nahm ihr das Bild aus der Hand. Eine ganze Weile sagte sie nichts, strich immer wieder gedankenverloren über den kleinen gelben Zettel, der am Rahmen klebte, und schwieg. Wana dachte schon, sie würde nichts mehr erzählen, als sie die Finger unter die Gesichter legte und begann: »Das sind meine Großeltern.« Sie zeigte auf das Paar in der Mitte. »Und das hier, das sind meine Eltern.« Ihr Finger glitt unter das Gesicht einer jüngeren schwangeren Frau, die neben einem Mann mit Jungengesicht und schwarzem Hut stand. »Ich war noch nicht geboren, aber meine Mutter trug mich schon unter ihrem Herzen.« Sie runzelte die Stirn und zog die Augen zusammen. »Alles weg. Mein armer Großvater.« Sie schaute auf und sah Modar mit schief gelegtem Kopf flehentlich an. »Wusstet ihr das? Haben sie ihn gefunden?«

Modar deutete auf das Bild in Frau Weidmanns Schoß. Langsam legte sie ihren Finger auf den Mann mit dem Schnurrbart in der Mitte. »Ihn?«

Frau Weidmann nickte.

Modar schüttelte bedauernd den Kopf, ohne den Blick von Frau Weidmann zu nehmen. »Hast du ihn gesehen zum letzten Mal hier? An diesem Ort?«

»Ich … wir … ich glaube, ja. Das war zu Hause.« Sie blickte unruhig umher, bis sie Niko entdeckte, der mit dem Rücken zu ihnen an der Musikanlage stand. Frau Weidmann lehnte sich leicht an Modar und flüsterte, ohne die Augen von ihm zu nehmen: »Wer ist der Kerl?«

Wana hielt den Atem an, traute sich kaum, zu Niko zu schauen, und fragte sich, ob Frau Weidmann vergessen hatte, dass sie hinter der Couch stand. Wie furchtbar das sein musste, wenn man von den eigenen Eltern nicht mehr erkannt wurde.

»Den habe ich mitgebracht«, sagte Modar beiläufig. »Er ist ganz nett«, sagte sie noch, bevor sie Frau Weidmann den Bilderrahmen aus der Hand nahm und die Aufnahme studierte. Das lenkte auch wieder Frau Weidmanns Aufmerksamkeit von Niko weg.

Wana war erleichtert, dass Niko nichts gehört zu haben schien und dass Modar so souverän mit der Situation umzugehen wusste.

Frau Weidmann lehnte sich zurück und hielt Modar die Hand hin, die sie ergriff. »Ich bin übrigens Elfriede«, sagte Frau Weidmann und rollte wie immer das r auf der Zunge.

Modar drückte ihre Hand. »Ich bin Zubaida.«

»Noch mal! Wie? Schreib doch bitte mal auf.« Frau Weidmann schob einen Block gelber Notizklebezettel und den Stift, der daneben auf dem Tisch lag, zu Modar, die sich ihrerseits erschrocken zu Wana umdrehte. Sie sah aus wie jemand, der bei etwas Verbotenem ertappt worden ist. Modar ergriff immer Panik, wenn sie schreiben oder lesen sollte.

Wana nahm Stift und Zettel aus der Hand ihrer Mutter entgegen und schrieb deren Namen darauf. Dann gab sie beides Modar zurück, die den Zettel an Frau Weidmann weiterreichte.

»Zu-ba-ida«, las Nikos Mutter vor und sprach das Z wie ein deutsches Z aus und nicht wie ein stimmhaftes S, das Wanas englischkundiger Vater gemeint haben musste, als er Modars Namen das erste Mal mit lateinischen Buchstaben aufgeschrieben hatte.

»Zu-ba-ida«, sagte Frau Weidmann noch einmal. »Und wie heißt du noch mal, Kindchen?«, fragte sie an Wana gewandt, die jetzt am Tisch stand, unschlüssig, ob sie sich neben Modar oder wieder hinter die Couch stellen sollte.

»Ich bin Wana.«

»Was?!«, rief Frau Weidmann überrascht aus. »Du heißt Werner?!«

Niko, der eine Schallplatte auflegte, prustete los.

»Nein, Wana. W-A-N-A«, sagte Wana und musste jetzt auch lachen.

Es knisterte, und dann erklang Nat King Cole leise im Hintergrund, und Frau Weidmanns Gesicht hellte sich auf.

»Das hat mir John mitgebracht«, sagte sie lachend zu Modar und legte den Kopf in den Nacken, um mit geschlossenen Augen und wiegendem Körper mitzusummen.

Modar lauschte aufmerksam, aber Wana wusste, dass sie der »westlichen« Musik nicht viel abgewinnen konnte. Selbst Bobas afghanischen Lieblingssänger, Ahmad Zahir, hatte sie deshalb verschmäht, weil in seinen Liedern fast immer Schlagzeug, Trompete oder Akkordeon zu hören waren. Modar behauptete, die Töne aus diesen Instrumenten täten ihren Ohren weh.

Niko zeigte lächelnd auf einen der leeren Sessel. Wana

nahm Platz, und Niko setzte sich neben sie. Keine der beiden älteren Frauen auf der Couch beachtete sie und Niko.

Frau Weidmann senkte ihre Stimme: »John ist … er ist ein guter Bekannter. Ein sehr guter.«

Wana traute ihren Augen kaum, wie Frau Weidmann vielsagend die Augenbrauen hob und ein Grinsen unterdrückte.

»Ein *Karlus*, sag ich dir!« Ihre Lippen bewegten sich lächelnd, als hielten sie etwas Köstliches im Mund.

»Und? Wollt ihr heiraten?«, fragte Modar und überraschte Wana erneut damit, dass sie offenbar überhaupt keine Scheu zu haben schien, Frau Weidmann dort abzuholen, wo sie sich in ihrer Erinnerung gerade befand.

»Nein, Vater und Mutter würden das nie billigen. Heiraten geht nicht. Aber …«

Sie lächelte und schaute Modar ins Gesicht. Ihr Lächeln ging in ein Grinsen über, und auch Modar sah aus, als hätte sie genau verstanden, worauf Frau Weidmann anspielte. Und das offenbar viel schneller als Wana, die erst, als sie Niko mit den Augen rollen sah, verstand, dass Frau Weidmann es genauso anzüglich gemeint hatte, wie es bei Wana angekommen war.

Frau Weidmann haute sich leicht auf den Oberschenkel. »Nein, ich bleibe besser bei dem Weidmann. Er macht mir kein Herzklopfen, aber er ist anständig und eine gute Partie. Ein Doktor.«

»Ja, ein Doktor ist immer gut. Deine Eltern bestimmt einverstanden, oder?«, fragte Modar.

Frau Weidmann hörte auf, sich zur Musik zu bewegen. Ihr Gesicht sah nicht mehr so jung aus wie noch vor ein paar Minuten. Das Strahlen und Glühen erstarben. »Nein, sie sind mit niemandem einverstanden, vor allem Vater nicht. Aber er ist mit nichts mehr einverstanden, alles ist schlecht und düster. Ich wünschte, ich müsste ihm nicht den Weidmann vorstellen. Mutter wird ihm vorwerfen, dass er ein Einheimischer ist, und Vater, dass er ein Mann ist. Der Weidmann wird das alles nicht verstehen. Er glaubt, dass er sie überzeugen wird. Mit seinem Fleiß, seinen guten Absichten, dem Glauben an das Gute in den Menschen. Manchmal frage ich mich, wie er den Krieg überlebt hat. Im Herzen ist er ein grundanständiger Bergmann. Das ist er immer geblieben, trotz Medizinstudium. Du kannst den Jungen aus dem Bergwerk holen, aber nicht das Bergwerk aus dem Jungen.« Sie drückte beide Hände an die Brust. Hätte sie eben nicht selbst bestätigt, dass »der Weidmann« ihr Herz nicht aufgeregt hatte klopfen lassen, hätte man glauben können, dass sie nur diesen einen Mann geliebt hatte. Dann schreckte sie auf. »Wo bleibt dein Vater heute? Er kommt doch sonst immer zum Mittagessen!« Ihr Blick wanderte hektisch hin und her.

Niko stand auf und setzte sich zu ihr. »Mach dir keine Sorgen, *Muttel*. Er kommt heute sehr spät.«

Wana war erstaunt, dass Niko sie im Glauben ließ, dass ihr Mann noch lebte.

Frau Weidmann schaute verwirrt zu Wana und Modar und sah aus, als sei sie überrascht, dass sie da waren.

»Mama, Wana und ich machen jetzt das Mittagessen fertig«, sagte Niko und sah seiner Mutter ins Gesicht.

Wana konnte nur seinen Hinterkopf sehen und fragte sich, ob er versuchte herauszufinden, ob das vielleicht alles zu viel für seine Mutter wurde.

»Vielleicht können wir uns ein bisschen zusammen

ausruhen? Oder willst du lieber allein sein, Ellafarieda«, fragte Modar und rollte das r ebenso wie Frau Weidmann, setzte dabei noch Vokale nach dem l und f weil in ihrer Muttersprache nie zwei Konsonanten aufeinanderfolgten.

»Nein, bleib ruhig. Ich habe dich gerne um mich herum. Ich ruhe mich nur ein bisschen aus«, sagte Frau Weidmann und schloss die Augen.

Niko stellte ihr einen Hocker hin und half ihr, die Beine hochzulegen.

Auch Modar lehnte sich auf der Couch zurück, nahm ihre Tasche auf den Schoß und holte ihr Strickzeug heraus. Sie nahm die Wolle zwischen die Finger und legte die erste Masche an, während Frau Weidmanns Atemzüge immer flacher wurden.

»Sollen wir vielleicht lieber gehen?«, flüsterte Wana beim Hinausgehen, aber Niko schüttelte den Kopf, legte den Finger auf die Lippen und zeigte zur Küche. Er schloss erst die Tür hinter sich, bevor er antwortete.

»Nein, ich bin froh, dass ihr hier seid. Sie braucht nur ein bisschen Ruhe. So ausgelassen war sie schon lange nicht mehr. Es tut ihr gut, dass ihr da seid. Und deine Mutter ist ein Engel. Sie scheint genau zu wissen, wie sie mit ihr umgehen muss.«

Sie bereiteten zusammen den Feldsalat für die Pellkartoffeln mit Quark und Leinöl vor. Wana hatte sich das Gericht ganz bewusst gewünscht, als er gefragt hatte, ob es etwas gebe, das sie außer Schweinefleisch nicht aßen. Sie wollte ihm nicht zu viel Arbeit machen. Außerdem mochte sie Pellkartoffeln mit Leinöl. Im Winter mehr als im Sommer, aber auf die Schnelle war ihr sonst nichts anderes eingefallen. Jetzt wünschte sie sich, sie hätte an einen Nudelsalat oder eine kalte Suppe gedacht. Das kochende

Wasser der Kartoffeln ließ die Temperatur in der Küche noch ein bisschen ansteigen. Wana sah den Dampf und fühlte sich wie in der Sauna.

Niko ließ sich mit einem Stöhnen auf den Stuhl fallen und rieb sich das Kreuz. Sein Gesicht zog sich zusammen, und er schloss kurz die Augen.

»Ist es dein Rücken?«, fragte Wana. Im Krankenhaus hatte er sich ein paarmal darüber beklagt.

Niko nickte, drückte das Kreuz ein bisschen durch, ohne die Hand vom Rücken zu nehmen. »Die Nächte waren in den letzten Wochen kurz. Ich …« Er sah sie an und hob die Schultern. »Als Mutter kommt dir das sicherlich lächerlich vor, dass ich nach ein paar Wochen so rumjammere.«

Wana hatte es nicht lächerlich gefunden. Ganz im Gegenteil, sie hatte sofort Mitgefühl empfunden. Eben, sie kannte es und wusste, wie er sich fühlte. »Schlafentzug ist nicht umsonst eine Foltermethode. Egal, aus welchem Grund. Mehr als ein paar Tage hält niemand durch. Ob mit oder ohne Übung.«

»Als Arzt sollte ich das eigentlich gewohnt sein, aber früher konnte ich den Schlaf an den freien Tagen nachholen«, sagte er und lehnte sich zurück. Als sein Rücken die Lehne berührte, richtete er sich sofort wieder auf und erhob sich.

»Es ist schon anstrengend. Und auch traurig«, sagte er und lehnte sich an die Anrichte neben dem Herd. »Aber ich bin froh, dass ich hier bin. Dass ich da sein kann und sie so erlebe. Ich lerne sie ganz neu kennen. Sie hat mir in den letzten Monaten von so vielen Dingen erzählt, von denen ich keine Ahnung hatte.« Er zeigte auf die Küchentür und lächelte gequält. »Manches wüsste ich lieber nicht. All die vielen Liebhaber, meine Güte! Ich hätte nie gedacht, dass Mama eine solche Lebefrau war.« Er schüttelte den Kopf.

Diese Schwäche machte Frau Weidmann Wana noch sympathischer. Sie war ihr schon immer so geheimnisvoll vorgekommen.

»Sie ist eine faszinierende Frau, deine Mutter.«

»So habe ich sie aber nie erlebt.« Er stockte und schaute kopfschüttelnd auf den Boden, um dann wieder abrupt aufzuschauen. »Also nicht, dass sie keine tolle, starke Frau war. Aber sie kam mir immer so geerdet vor, so frei von Eitelkeiten. Ich hätte nie gedacht, dass sie sogar während der Ehe mit meinem Vater …« Nikos Lächeln verschwand. »Sie hat vor ein paar Wochen von einem Italiener erzählt, ihre große Liebe.« Er kniff den Mund zusammen und schüttelte sich leicht, ohne seinen Blick von dem Schachbrettmuster des schwarz-weißen Fliesenbodens zu nehmen. »Ich habe sie immer für eine glückliche Frau gehalten, aber das war sie offenbar nicht. Nicht so glücklich, wie sie ist, wenn sie von diesem Italiener spricht.« Beim letzten Satz hatte sich Ärger in seine zuvor sanfte Stimme geschlichen. Er sah auf. Seine Mundwinkel waren vor Abscheu nach unten gezogen. »Er war ihr Nachbar, als sie noch auf der Zeche gewohnt haben. Das war die glücklichste Zeit ihres Lebens, sagte sie. Nicht dieses Haus, wo ich groß geworden bin, wo wir als Familie gelebt haben und wo ihr Glück hätte sein müssen.« Er zeigte auf die Wände zu beiden Seiten und schnaufte.

Kein Kind hat ein Recht darauf, dass seine Eltern glücklich sind, widersprach ihm Wana in Gedanken und fragte sich gleichzeitig, wie richtig oder falsch es war, auf das eigene Glück zu verzichten, damit das Kind nicht leidet. Würde ihr Leo irgendwann so etwas vorwerfen? Was, wenn? Was, wenn sie sich für das entschied, was vermeintlich für ihn gut wäre, und darüber selbst unglücklich würde und er sich womöglich irgendwann Vorwürfe machen würde, schuld an ihrem Unglück zu sein?

»Komm, lass uns den Tisch decken und nachsehen, was unsere Mütter machen«, sagte sie, anstatt sich ihren verwirrenden Zweifeln hinzugeben.

Sie servierten leise das Essen, während ihre Mütter sich langsam zurechtrüttelten, um dann mehr benommen als erholt von ihrer Mittagsruhe still am Tisch zu sitzen. Wana konnte nicht sagen, ob Modar auch müde war oder ob sie aus Rücksicht auf die matte Frau Weidmann nichts sagte. Niko war um Tischkonversation bemüht, und Wana half ihm vergeblich dabei, die Mütter in ein Gespräch einzubeziehen. Auch Wana schweifte schließlich ab, als sie Modar betrachtete, und fragte sich, ob ihr Verhalten hier eine Ausnahme war oder ob sie sich vielleicht verändert hatte und Wana das jetzt zum ersten Mal wahrnahm. Deutsche, vor allem gebildete und wohlhabende Deutsche, hätten sie normalerweise eingeschüchtert. Zumindest hatte Wana das erwartet. Aber sie schien in sich zu ruhen. Auch jetzt, wo sie kaum etwas sagte.

»Wana?«, sagte Niko laut.

Wana sah überrascht auf. Sie hatte nicht mitbekommen, dass er sie etwas gefragt hatte.

Niko lächelte beschwichtigend und drehte seinen Kopf zu seiner Mutter, die gegenüber von Wana saß und die Kartoffel auf ihrem Teller hin und her schob.

»Wie gesagt, Wana hat mich eben nach den Großeltern gefragt, aber ich weiß eigentlich nicht viel über deine Familie. Was hat eigentlich Großvater gemacht, als ihr nach Hannover gezogen seid? Hat er jemals gearbeitet?«

Frau Weidmanns Augenbraue zuckte kurz. Sie sah nicht auf, als sie ihm antwortete. »Er hat nicht gearbeitet. Er konnte …« Nun blickte sie auf, geradeaus, nicht nach rechts, wo Niko saß, sondern geradeaus an Wana vorbei auf die Wand. »Er ist nie wirklich aus dem Krieg zurückgekommen«, sagte sie eine Spur leiser.

Wana schluckte. Sie hatte das erste Mal seit seinem Tod für mehrere Stunden nicht an ihren Vater gedacht.

»Wenn du das nächste Mal etwas über deinen Großvater wissen willst, dann überfall mich damit nicht vor Gästen beim Essen. Nimm mich in Ruhe zur Seite und gib mir Zeit, dir davon zu erzählen.« Frau Weidmanns Stimme war schneidend. Sie hob ihren Kopf und schaute Niko mit gerunzelter Stirn und zitternden Lippen an. »Das ist kein Thema, das man flapsig bei Tisch bespricht.« Sie drehte sich nach links zu Modar und hob entschuldigend die Schultern. Wieder sah sie Niko an. »Oder vor Gästen«, zischte sie.

Wana schielte hinüber. Niko nickte, ohne aufzublicken, und zeichnete mit dem Daumen etwas auf der Tischdecke nach. Wana schien es, als ob er den Ausbruch seiner Mutter erwartet hatte. Sein Gesicht sah matt und eingefallen aus, seinem Nacken schien der Kopf zu schwer. Plötzlich stand Modar geräuschvoll auf, stellte sich zwischen Frau Weidmann und Niko und nahm erst ihren, dann Nikos Teller und stellte sie aufeinander. Als er zu Modar hochschaute, legte sie ihm ihre rechte Hand auf die Schulter und sah ihn an. Ihr Gesicht war weich, und sie schloss kurz die Augen, als Nikos Blick den ihren traf. Gleichzeitig nestelte sie mit der Linken an den Tellern herum. Niko straffte die Schultern, lächelte, stand auf und nahm Wanas Teller.

Sie mögen sich wirklich, stellte Wana, immer noch erstaunt über diese ungewöhnliche Verbindung, fest. Modar hatte noch nie Bekanntschaften oder gar Freundschaften außerhalb der afghanischen Community gepflegt, schon gar nicht mit Männern. Zumindest nicht dass Wana wüsste. Hatte sich Modar doch nach all den Jahren auf die »Almana« eingelassen?

Modar nahm die gestapelten Teller vom Tisch und unterbrach Wanas Gedanken, die unruhig wurde, als sie sich allein mit Frau Weidmann zurückbleiben sah. Sie schob den Stuhl zurück und legte ihre Serviette auf den Tisch.

»Modar, lass, ich mache den Rest«, sagte sie erst auf Deutsch und dann weiter auf Dari: »Bleib du hier. Bitte.«

Sie hatte sich um einen beiläufigen Ton bemüht, um niemanden misstrauisch zu machen. Sie hoffte, dass Modar ihre Bitte verstand und übernehmen würde.

»Ich helfe Niko mit dem Abwasch in der Küche«, fuhr Wana erleichtert auf Deutsch fort, als sie sah, wie Modar die Teller wieder zurückstellte.

»Ja, natürlich, tut mir leid, Frau Nasseri!«, sagte Niko hastig. »Ich bitte Sie, setzen Sie sich. Möchten Sie einen Kaffee oder lieber einen Tee?«, fragte er schuldbewusst, glaubte wohl, dass Wana es für unpassend hielt, dass Modar als älterer Gast mit abräumte.

Modar setzte sich wieder und wies auf ihr halb volles Wasserglas auf dem Tisch und dann auf die Fenster auf der anderen Seite des Raums. »Wasser ist sehr gut. So heiß heute!«, sagte sie und fächelte sich übertrieben Luft zu.

Niko nahm die Salatschüssel und den Brotkorb, Wana die Teller, und sie folgte ihm stumm in die Küche. Ihre Beine fühlten sich schwer an nach dem Essen. Sie bereute, dass sie so viel gegessen hatte. Bevor sie Leo abholte, würde sie sich noch mal hinlegen. Sie stellte die Teller an der Spüle ab, wo Niko gedankenverloren die Reste aus der Salatschüssel kratzte.

Er gähnte, schaute zur Seite, lachte ertappt und legte sich schnell den Handrücken auf den Mund. »Entschuldige, ich bin heute nicht in Bestform«, sagte er, während sich seine Lachfältchen wieder glätteten.

Wana wollte ihm etwas Aufmunterndes, Aufbauendes sagen, aber ihr fiel nichts ein. Sie dachte an Modar und wie sie Niko ohne viele Worte gezeigt hatte, dass sie mit ihm mitfühlte. Es fiel ihr sofort auf, noch bevor der Gedanke zu Ende gedacht war: Das erste Mal seit langer Zeit, wenn nicht überhaupt zum ersten Mal, sah sie in Modar so etwas wie ein gutes Beispiel.

»Komm, trink einen Kaffee und mach mal eine kurze Pause«, sagte sie schließlich. »Du hast wahrscheinlich wieder eine lange Nacht vor dir.« Wana war froh, dass sie nicht so unsicher klang, wie sie sich plötzlich fühlte.

Niko zog die Lippen beim Lächeln ein und nickte.

Modar und Frau Weidmann unterhielten sich, als Wana mit einem Tablett in der Hand zurück ins Wohnzimmer kam. Sie saßen immer noch am Tisch, aber waren einander zugewandt.

Modar schaute kurz auf, während sie weiterredete. »… und meine Eltern sind in Afghanistan geblieben. Ich erst ganz alleine in Deutschland, dann meine Schwester ist gekommen. Aber meine Eltern, meine Brüder, ich habe nie wiedergesehen. Meine liebe Familie, alle weg, nur noch meine Schwester ist da«, sagte Modar niedergeschlagen, als ob ihr Mann und ihre Töchter in Deutschland nicht als Familie zählen würden.

Modars große Sehnsucht nach ihren Eltern und ihren Brüdern hatte niemals nachgelassen. Sie trauerte im Grunde immer noch um ihre Eltern, die sie bei ihrer Abreise aus Afghanistan das letzte Mal gesehen hatte. Ein Jahr später waren sie bei einem Bombenangriff der russischen Armee getötet worden. Danach hatte es nie wieder einen schönen Moment gegeben, der nicht von Modars Sehnsucht und Trauer getrübt gewesen wäre. Als Kind hatte Wana es gehasst, dass Modar nicht zulassen konnte, dass das Glück vollkommen war. Die raren ausgelassenen Momente fanden immer ein jähes Ende, wenn Modar anfing, all jene aufzuzählen, die nicht mit ihnen dieses Fest, diese Feier, dieses gute Essen genießen konnten. Ihre Augen waren dabei nie trocken geblieben.

Die beiden Frauen beachteten sie nicht. Wana ging zu ihrem Platz und stellte die Gläser aufs Tablett.

Frau Weidmann legte Modar die Hand auf den Unterarm und sagte: »Ach, Familie ist manchmal auch eine große Last.«

Wana sog die Luft ein und versuchte, nicht zu nicken.

»Meine Eltern sind hier, und ich habe nur Ärger mit ihnen. Vater … ach, Vater!« Sie winkte ab. »Das ist, wie es ist. Das wird auch nicht mehr. Und Mutter, ja, die kämpft und macht und tut, arbeitet für zwei, ich weiß, ich weiß … Aber sie ist so wütend dabei, so wütend, sag ich dir. Ich habe zum Schluss ihre Unzufriedenheit, ihr Herummäkeln an allem und jedem hier kaum noch ertragen. Ich bin froh, dass zwischen Niedersachsen und dem Ruhrgebiet Hunderte von Kilometern liegen. Ich bin damals wegen der Arbeit hergekommen und wusste nicht, dass ich auch meinen Frieden hier finden würde. Ich bin so froh, dass ich da weg bin!«

Frau Weidmann schaute gedankenverloren umher, blieb auf Wanas Höhe hängen, aber sie schien sie nicht wahrzunehmen, sondern sah an ihr vorbei auf die weiße Wand hinter ihr.

Nach einer Weile löste sie ihren Blick und schüttelte bedauernd den Kopf. »Ich weiß nicht viel mit Mutter anzufangen, weißt du. Sie erzählt immer von der Vergangenheit, zählt Dinge auf, die wir einmal hatten. Ich kann mich kaum an die Sachen erinnern, von denen sie immerzu spricht, ja mir kaum vorstellen, dass wir jemals so etwas besessen haben. Und dabei wissen wir beide genau, dass es vorbei ist, dass wir nie wieder so etwas besitzen werden, und trotzdem ist es alles, was für sie zählt. Es ist so armselig, wenn sie in ihrem flickenübersäten Kleid am Tisch sitzt und mit glühendem Gesicht von den Bällen in ihrem Elternhaus schwärmt.«

Frau Weidmann schnaufte, und Wana knetete die Serviette, die sie eigentlich auf das Tablett legen wollte.

»War dein Vater an der Front?«, fragte Frau Weidmann plötzlich.

Modar schüttelte den Kopf.

»Sei froh. Es hat einen anderen Menschen aus meinem Vater gemacht. Er schlich sich von der Front zurück nach Hause, obwohl alle vor den Russen flohen. Er glaubte, dass er als Mann der Familie uns Frauen beschützen müsse, wir sollten uns nicht allein auf den Weg machen. Aber am Ende waren wir es, die ihn mitschleppten und ihm das Leben retteten.«

Modar nickte, und Wanas Bauch krampfte sich zusammen. Während sie an Boba dachte, schnellte der Kopf von Frau Weidmann jäh in ihre Richtung.

»Hattest du auch so eine Angst davor, dass sie dich

entdecken, weil dein Herz so laut schlug?«, fragte sie plötzlich heiser. Sie schaute Wana in die Augen, ohne zu blinzeln.

Einen Moment lang bekam Wana Angst vor ihr, vor diesen Augen, die sie anblickten, als kennten sie ihre verborgenen Ängste. Wana war erleichtert, als Frau Weidmann plötzlich über ihre Schulter hinwegschaute, als fürchtete sie, jemand stünde dahinter. Dann erhob sie sich halb und beugte sich über den Tisch in Wanas Richtung.

Mit zitternder Stimme flüsterte sie: »Meins hat so laut geschlagen, dass ich wusste, dass sie es hören.« Wana wurde heiß. »Hattest du, nicht wahr? Ich sehe es dir an, dass du Angst hattest.«

Wana nickte und spürte ihre Brust eng werden.

Modar rückte ihren Stuhl zurück, um Frau Weidmanns Hüfte auszuweichen. Ihr Gesicht sah so aus, wie Wana sich fühlte: erstarrt. Und ängstlich.

»Einer? Oder waren es mehrere?«, fragte Frau Weidmann heiser.

Wana hob stumm die Schultern. Das Rauschen in ihren Ohren schwoll an.

»Sie haben uns nicht entdeckt. Ich habe nie gesehen, wie viele es waren«, antwortete stattdessen Modar leise.

Frau Weidmann ließ sich zurück auf den Stuhl fallen. Sie starrte auf ihre Hände, die von der Tischkante rutschten, und schien erleichtert. Dann aber senkte sie den Kopf und legte ihre Arme um sich, als ob sie fröstelte. Eine Weile sagte sie nichts, und Modar beugte sich vor, um ihr ins Gesicht sehen zu können. In dem Moment fuhr Frau Weidmann plötzlich fort, und Modar fuhr erschrocken zurück. Ihr Schreck durchfuhr auch Wana auf der Stelle.

»Uns haben sie entdeckt. Mich und Mutter haben sie heruntergezerrt. Vater haben sie nicht gefunden, obwohl er direkt unter uns im Heu versteckt war. Er … er …«, stammelte sie, und dann weinte sie tränenlos. Aus ihrem offenen Mund hing ein dünner Speichelfaden.

Wana ging zu Modar und deutete mit dem Kopf auf die Tür. Sie formte ein lautloses »Niko« mit den Lippen, aber Modar legte schnell den Zeigefinger auf ihren Mund, nahm eine Serviette vom Tisch und tupfte Frau Weidmanns Mund damit ab, während sie sanft und leise auf Dari sagte: »Lass sie, lass sie sich ihren Bauch ausschütten.« Bei den Afghanen war es der Bauch, nicht das Herz, den man ausschüttete, der vor Sehnsucht eng wurde und vor Kummer blutete. Modar befürchtete offenbar, dass Frau Weidmann sich nicht mehr alles von der Seele reden würde, wenn Niko dabei wäre. Für Modar war das wahrscheinlich eine »Frauenangelegenheit«. In ihrer Welt gab es eine Menge von Sachen, die man nur unter Frauen regelte. Wo Männer nichts zu suchen hatten, weil die Frauen dann nicht offen und frei denken und reden würden. Und umgekehrt. Wana widerstrebte es, sich diesem Urteil zu beugen, es hatte schon so oft Unglück gebracht. Aber sie traute sich auch nicht, Niko holen zu gehen, nachdem Modar heute schon so oft gewusst hatte, wie mit Frau Weidmann umzugehen war.

»Er hat alles gehört«, flüsterte Frau Weidmann erstickt und zog ihren Kopf tief auf die Brust. »Und ich habe die ganze Zeit daran gedacht, dass er uns hört, und gehofft, dass er sich die Ohren zuhält. Und gehofft, dass er nicht entdeckt wird. Und dann wieder gehofft, dass er sich nicht die Ohren zuhält und aus seinem Versteck herauskommt, sich vor uns stellt. Uns hilft. Ich habe mich so für ihn geschämt, dass er stillgehalten hat! Mich geschämt, dass er nichts getan hat, mich geschämt, dass er da war, während mir das angetan wurde. Ich habe mich sogar geschämt, laut zu schreien, als sie meinen Unterleib zerrissen haben, weil ich ihm nicht zumuten wollte zu hören, was geschieht, wenn fremde Soldaten Frauen und Töchter ihrer Feinde finden. Aber genau das passierte. Nacheinander und immer wieder, mit mir, mit Mutter. Und Vater lag neben uns, hörte uns und hat nichts getan! Er hat nichts getan, und trotzdem war ich es, die sich schuldig gefühlt hat.« Sie stieß einen wimmernden Laut aus, und ihr Körper bebte.

Modars Hände zitterten, als sie nach Frau Weidmanns griffen. Sie drückte sie so fest, dass ihre Fingerknöchel hell hervortraten. Frau Weidmann lehnte sich zurück. Modars Kopf senkte sich, und Wana hörte sie schniefen.

Auch Frau Weidmann fing wieder an zu weinen. »Er hat nie etwas gesagt.« Sie wischte sich mit dem Ärmel die Nase und lachte verächtlich auf. »Und wir? Wir haben ja auch nie was gesagt. Obwohl es jeden Tag im Raum stand und wie ein Gewitter über uns hing, das jeden Moment losbrechen konnte. Es war überall: in der Art, wie Mutter mit Vater sprach, ohne ihn je anzusehen. In seinem angewiderten Blick, wenn ich mir etwas Hübsches angezogen habe. Es ist bis heute da. Hier.« Sie klopfte sich auf die Brust. »Hier sitzt es, und manchmal würgt es mich wach. Bis heute. Dann rieche ich wieder das Heu, spüre die Nadeln unter mir und ihre stinkenden, schweißnassen Körper auf mir. Es schnürt mir bis heute die Luft ab.«

Frau Weidmann saß steif auf ihrem Stuhl und atmete flach. Sie hielt sich mit beiden Händen an dem Polsterrahmen fest, als fürchtete sie umzufallen. Ihre Stirn war zusammengezogen, ihre Augen blinzelten unruhig, während sie auf irgendeinen Punkt auf ihren Knien schaute.

Modar rückte an die Stuhlkante und sprach sie leise an. »Ellafarieda?«

Wanas Herz begann zu klopfen. Vielleicht war es besser, wenn sie Elfriede von diesen scheußlichen Erinnerungen ablenkten, ihr dabei halfen, sie vergessen zu lassen. Aber Modar schien das anders zu sehen. Wana hoffte, dass sie wusste, was sie tat.

Modar nahm vorsichtig Elfriedes Hände. »Denk daran, Ellafarieda, wir nicht schuld.«

Frau Weidmann schaute auf und sah Modar ins Gesicht. Wana hielt den Atem an.

»Väter, Mütter, alles nur Menschen. Und Menschen haben Angst. Angst bringt Fehler, Angst macht schwach. Eltern wollen Kinder schützen, aber sie zu schwach, manchmal noch schwächer als die Kinder. Sie mehr Angst. Angst um Kinder, Angst um Mann, Angst, Zuhause zu verlieren.« Modar stockte, suchte nach Worten. »Wenn du hast viele Dinge, du hast mehr Angst, sie zu verlieren. Das macht schwach.«

Wana schluckte.

»Kinder mehr stark als Eltern, das nicht natürlich. Für alle schwer. So schwer.« Modar griff sich an die Brust und schüttelte langsam den Kopf. Nach einem tiefen Seufzer fuhr sie fort: »Wir überleben. Einer so, anderer so. Die Alten keine Kraft haben für anderes als Überleben. Keine Zukunft, keine Träume. Wir schon. Wir jung, können neu anfangen. Neues Leben, neue Träume. Zukunft haben wir. Und nicht unsere Schuld, dass die Alten keine Träume, keine Hoffnung. Aber wir auch nichts getan, dass wir verdienen neue Träume und neue Zukunft. Die Alten alt und wir jung. Das nicht gerecht, aber das das Leben, so die Welt. Wir nicht schuld, dass sie alt und keine Zukunft haben. Verstehst du mich? Glaubst du mir?«

Wana spürte ihren Herzschlag im Hals.

Frau Weidmann nickte langsam. Eine große Träne fiel aus ihrem Auge, als sie auf ihre Hände schaute, die Modars hielten.

Wana war dankbar, dass Modar die Kontrolle zu haben schien. Sie hatte noch nicht einmal Kontrolle über ihre Beine, versuchte, das Zittern zu unterdrücken, was ihr kaum gelang.

Frau Weidmann schluchzte auf. Plötzlich sah sie Niko hinter seiner Mutter stehen. Er lehnte an der Wand wie angewurzelt. Wana hatte ihn nicht hereinkommen sehen und hatte keine Ahnung, wie lange er schon dort stand.

»Ist alles in Ordnung?«, fragte er nervös und stellte seine Kaffeetasse auf dem Tisch ab, ohne die Augen von seiner Mutter abzuwenden.

Sie beachtete Niko nicht, der nun Wana ansah, die erst durch den Lufthauch, den er verursacht hatte, als er auf sie zugekommen war, den nassen, kalten Weg einer Träne auf ihrer Wange spürte. Unwirsch wischte sie sie weg.

Niko schaute sie verwirrt an, und Sorgenfalten erschienen auf seiner Stirn.

»Wir haben nur über unsere Väter gesprochen«, sagte Wana und musste sich räuspern.

Niko trat neben seine Mutter und legte ihr den Arm um die Schultern. Er beugte sich zu ihr hinunter, aber sie sah nur Modar an.

»Ich habe mit ihnen gebrochen, sie dafür bestraft, dass sie wussten, was geschehen war. Ich habe mir keinen Weg zu ihnen offengelassen. Sie werden mich bestimmt nicht sehen wollen. Aber ich konnte es nicht mehr ertragen, konnte ihre Gesichter nicht mehr sehen, wenn sie daran dachten. Ich wollte es einfach nur vergessen, verstehst du?! Und jetzt will ich zurück, aber es ist zu spät. Oder?« Ein Schatten huschte über ihr Gesicht, und sie schaute Modar ängstlich an.

»Nein, nicht spät. Sie warten. Und sie alles werden verstehen. Bestimmt. Ich verstehe, sie auch werden verstehen. Du getan, was du musstest tun. Vielleicht nicht richtig, aber damals schwierige Zeiten, andere Zeiten. Jetzt neue Zeit. Habe keine Sorge, deine liebe Eltern wollen ihre Kind sehen. Vielleicht ihnen tut genauso leid wie dir.«

Jetzt erkannte Wana, dass Modar ganz genau wusste, was sie tat. Sie hatte Frau Weidmann nicht in dieser Scheune auf dem Heu neben ihrer Mutter und in Hörweite ihres Vaters gelassen. Sie hatte sie abgeholt und weggeführt. Sie hatte versucht, ihr die Angst und die Schuld zu nehmen. Und obgleich Modar mit Frau Weidmann sprach, wurde Wana das Gefühl nicht los, dass Modar auch zu ihr gesprochen hatte. Vielleicht hatte sie dabei auf Verständnis gehofft, vielleicht sogar um Vergebung gebeten.

Was Modar auch immer beabsichtigt hatte, Wana spürte schon auf dem Rückweg, dass sich etwas in ihr verändert hatte. Sie sprachen kaum, aber ihr Schweigen war nicht spannungsgeladen, und Wana musste sich auch nicht mehr zwingen, nicht zu schnell zu laufen. Modar schien erschöpft, und Wana konnte es ihr nicht verdenken. Modar sagte nichts, aber es war offensichtlich, wie sie mit zusammengebissenen Zähnen versuchte, den nächsten Schritt zu machen. Ihr Kopf war gesenkt, und ein kleiner Buckel zeichnete sich auf ihrem Rücken ab. Früher war Modar nur ein paar Zentimeter kleiner gewesen, aber jetzt konnte Wana ohne Mühe ihren Scheitel sehen, der weiß nachwuchs. Modar war alt geworden. Boba war nicht mehr da. Und die geheimnisvolle Frau Weidmann wieder ein Kind. Die Elterngeneration war nur noch ein Schatten ihrer selbst. Sie starben einfach weg oder verschwanden Stück für Stück. Und mit ihnen ihre Werte und Ängste.

Und ihre Macht.

KAPITEL 9

18. Juli 2019

Das Fest

Wana stand in Modars Küche und nahm das Buch mit dem roten Ledereinband in die Hand. Sie schlug die erste Seite auf.

Für Leo. Damit du weißt, wie du Sachen kochst, die nach Zuhause schmecken.

Modar

Sie strich über die Widmung. Ihr Hals wurde eng, und die Zeilen verschwammen vor ihren Augen. Sie presste das Buch an ihre Brust und dachte an ihren Vorsatz: dass er mit einem guten und warmen Gefühl an zu Hause dachte, so wie es ihr nie vergönnt gewesen war. Wana atmete tief ein, und beim Ausatmen versuchte sie, den Druck auszupusten, dem sie sich nicht mehr ergeben wollte. Sie spürte das Gewicht des Kochbuches in der Hand, öffnete die Augen und blätterte dann so vorsichtig weiter, als wäre es ein antikes Werk, dessen Seiten sonst zerfallen würden. Wenn Leo jemals ein Gericht daraus kochen sollte, würde ihn der Duft der Gewürze und des Essens sofort und wie nichts anderes nach Hause tragen. Zu ihr, seiner Modar.

Sie hatten alle dazu beigetragen, dieses kleine Buch so kostbar und wertvoll zu machen: Wana, die damit begonnen hatte, und Modar, auf die die meisten Rezepte zurückgingen. Leo und Nilas Töchter hatten nach jedem Gericht etwas gemalt oder Familienfotos eingeklebt, und Behzad hatte seine viel gerühmte Marinade für *Kabob* beigesteuert. Und Nila hatte das Rezept für Bobas Lieblingsgericht aufgeschrieben: *Borani Banjan*, gebratene Auberginen und Tomaten in einem Knoblauch-Joghurt-Bett. Als alle Gerichte endlich festgehalten waren und das rote Buch keine einzige leere Seite mehr besessen hatte, war Wana erst aufgefallen, wie viel sich zwischen dem ersten und letzten Rezept verändert hatte. Vor allem zwischen ihr und Modar. Sie hatten einen Witz hier und eine Anekdote dort ausgetauscht, und jedes Mal war es leichter geworden, sich am nächsten Tag zu Modar zu setzen und sie um ein weiteres Rezept zu bitten.

Wana legte das Buch ab, nachdem sie die Seite mit dem Rezept für *Palau* aufgeschlagen hatte. Die Gewürze standen in geöffneten Gläsern auf der Ablage vor ihr, und Wana hielt sich akribisch an die Mengenvorgaben, als sie aus jedem Glas mal einen ganzen, mal einen halben Esslöffel und mal nur einen Samen nahm. Sie überprüfte noch einmal alles, bevor sie den Deckel schloss und die Gewürzmühle anließ. Während die Maschine vibrierte und sirrte, wünschte sich Wana, sie hätte alles früher vorbereitet. Bevor die Gäste gekommen waren.

Sie hatte zum Grillabend eingeladen. Ihre Familie, die Tänzerinnen und Tänzer, für die sie die letzten Wochen übersetzt hatte, Biljana, Niko und seine Mutter, die aber nur kurz zum Kaffee vorbeigekommen war. Sie war schon wieder mit Niko auf dem Weg zurück nach Hause. Er würde sie der Pflegerin übergeben und dann zum Essen zurückkommen. Bis die beiden sich verabschiedet hatten, waren Wana und Modar Frau Weidmann nicht von der Seite gewichen. Und deshalb war Wana ein bisschen unter Zeitdruck mit dem Reis. Aber sie bereute es nicht, denn sie war Elfriede Weidmann, die selbst nicht ahnte, welche Wendungen sie in Wanas Leben herbeigeführt hatte, so dankbar. Für den Nachmittag bei ihr, an dem sie die bösen Geister zwischen ihr und Modar verscheucht hatte. Denn erst ihre schlimmen Erinnerungen hatten Modar ermöglicht auszusprechen, was Wana immer hatte hören wollen: dass sie sich ihrer Schuld, ihrer Fehler als Mutter bewusst war. Dass Modar wusste, wie stark Kinder sein müssen, wenn Eltern zu schwach sind. Es war keine Entschuldigung gewesen; Modar hatte sie nicht angeschaut, ja nicht einmal ihre Namen genannt, aber Wana hatte es gereicht, um Frieden zu finden. Und Zuversicht, dass es anders werden konnte zwischen ihr und Modar. Dass eine neue Beziehung möglich war, in der Modar sie beeindruckte, weil sie mutig genug gewesen war, sich an Elfriedes Seite zu stellen und ihr beizustehen, als Wana sich nicht getraut hatte. Jetzt konnte sie Modar eine Chance geben, ihr vielleicht endlich Vertrauen schenken. Um Leos willen, um ihres eigenen Seelenfriedens willen.

Wana wartete noch eine ganze Weile, nachdem das Sirren der Mühle verstummt war, damit sich alles absetzte, bevor sie vorsichtig den Deckel öffnete. Sofort entfaltete sich eine Duftexplosion. Es roch nach Nelken und Koriandersamen, nach Anis, einem Hauch Kümmel, nach Kardamom und Zimt. Das Bukett waberte durch Modars Küche, und wie in einem guten Orchester war jede einzelne Zutat immer noch genau auszumachen. Nur Modar hatte die genaue Balance aller Zutaten gekannt. Bis jetzt.

Wana riss das Netz auf und zählte die Zwiebeln ab. Dann öffnete sie das Küchenfenster, damit sich der bissige Geruch der Zwiebeln erst gar nicht festsetzen konnte, wenn sie sie in kleine Würfel schnitt. Gelächter und Musik wehten über die Baumkronen herein und verleiteten Wana, sich kurz hinauszulehnen. Der Garten lag an diesem frühen Abend endlich ganz im Schatten, und es ging eine leichte Brise. Es roch nach *Kabob*. Auf der Wiese vor der Hängematte war ein langes Tuch ausgebreitet, ein *Destarchan*, um darauf zu essen. Alle bis auf Niko und Behzad, der wahrscheinlich am Grill stand, saßen etwas entfernt davon im Kreis: die Tänzer, Nila und ihre Töchter, Biljana, Modar im Schneidersitz zwischen ihr und Leo, der ebenso wie alle anderen einen Rhythmus klatschte. Modar konnte das offensichtlich besser als Biljana, die ihre Arme sinken ließ und aufmerksam Modars Hände studierte. Auch Leo hörte auf zu klatschen, beugte sich vor und versuchte, Modar besser zu sehen. Er fiel vornüber. Modar fing ihn schnell mit einem Arm auf, und dann lachte sie. Wana atmete erleichtert auf. Leo konnte sie Modar anvertrauen. Jetzt schon.

Wana trat vom Fenstersims zurück. Einer der Tänzer, Khaled, stimmte sein Harmonium an. Dieser lang gezogene, klagende Laut, der Geruch des Essens und der brennenden Holzkohle versetzten Wana für einen Augenblick wieder zurück in ihre Kindheit. Während sie in das dichte Grün der Baumkronen schaute, die zum Greifen nah vor dem offenen Fenster hingen, fühlte es sich plötzlich wie ein Sommerabend in Kabul an, wenn ihre Eltern große Empfänge gegeben hatten und der Duft von *Kabob* und

Palau in der Luft gehangen hatte. Der gemütliche Teil der Feste hatte für Wana immer kurz vor dem Essen angefangen. Dann hatten die Frauen noch in der Küche gewerkelt und die Männer die letzten *Kabob*-Spieße gegrillt. Wenn die Musiker angefangen hatten, ihre Instrumente zu stimmen, hatte Wana sich den besten Platz am *Destarchan* ausgesucht und davorliegend der Musik gelauscht, bis das Essen gekommen war. Der Blick in den dunklen Sternenhimmel hatte sie sich frei wie ein Vogel fühlen lassen.

Armes kleines Mädchen, dachte Wana, und ein zärtliches Gefühl machte sich in ihr breit, als ihr auffiel, dass sie nur ein wenig älter als Leo gewesen war, als ihre Welt an einem solchen Abend plötzlich in sich zusammengefallen war. Dieses Kind in sich hatte sie zeitlebens, mal mehr und mal weniger gut, verdrängt, aber es war ihr nie gelungen, es zu vergessen. Und Wana hatte erst in den letzten Wochen verstanden, dass das auch unmöglich war: Man streifte seine Kindheit nicht einfach ab und ging dann weiter. Egal, wie sehr man es auch versuchte, die Erinnerungen würden wiederkommen. Vielleicht sogar dann, wenn man sich nicht mehr wehren konnte. Wie bei Elfriede Weidmann.

Just in diesem Moment fing der Deckel auf dem großküchentauglichen Topf zu klappern an. Wana nahm ihn ab, kippte den eingeweichten Reis hinein und blieb beim Topf stehen. Der Reis durfte nicht zu weich kochen.

»Wana-*Batschem*, denk daran, genug Reis zu kochen. Nicht dass es am Ende nicht reicht«, hörte Wana plötzlich hinter ihrem Rücken Modar sagen und erschrak.

Es war bestimmt der zehnte Ratschlag, den Modar heute gab und der entweder zu spät kam oder überflüssig war. Modar war schon aufgeregt gewesen, als Wana ihr erzählt hatte, wer an diesem Abend alles kommen würde. Aber seit die Gäste da waren und das Harmonium ausgepackt hatten, hatte Modar rote Backen wie ein Schulmädchen auf seiner ersten Party. Hin und wieder schien sie sich daran zu erinnern, dass sie keine Kontrolle über die Küche hatte, und dann kam sie zu Wana, gab ihr Ratschläge und ging wieder, ohne abzuwarten, ob sie auch befolgt wurden. Nach all den Jahren war es das erste Fest für Modar in diesem Garten. Und das erste Mal, dass Wana und Modar zusammen feierten und nicht nur auf derselben Feier waren.

Wana nahm sich kurz Zeit, bevor sie antwortete. Mit der Handkante die noch am Sieb klebenden Reiskörner in den Topf wischend, fragte sie: »Meinst du, vier Gläser Reis reichen?«

Modar hatte die Ironie in Wanas Stimme offenbar nicht verstanden und machte sich sofort an dem Vorratsschrank neben der Tür zu schaffen. »*Wiiieeee*, hast du wirklich nur vier Gläser eingeweicht?! Das sind fast alles Afghanen, *Batschem*, du hättest das Doppelte, ja vielleicht sogar das Dreifache berechnen müssen! Was sollen diese deutschen Portionen?! Warum sonst hätte ich den großen Topf herausgestellt?!«, rief Modar hektisch.

»Hör auf, Modar, das war ein Scherz! Hier sind sogar zwölf Messgläser drin«, stellte Wana richtig, zeigte auf den Topf und versuchte, ihre friedlichen Absichten mit einem Lächeln zu unterstreichen.

»Hör auf, mich zu ärgern, *Batschem*! Ich will nur, dass hier niemand hungrig nach Hause geht«, schimpfte Modar und lächelte dennoch dabei, als hätte sie ein Kompliment bekommen.

Wana sah ihr an, dass es Modar nicht entging, dass sie sich Mühe gab. Wana schöpfte mit dem Löffel ein paar

Reiskörner aus dem kochenden Wasser heraus und biss in eines hinein. Dann hielt sie Modar den Löffel hin, und auch sie nickte, nachdem sie prüfend gekaut hatte. Modar half ihr, den Inhalt des großen Topfes in ein überdimensionales Sieb zu gießen, das in der Spüle stand. Der aufsteigende Dampf war heiß und der Topf schwer. Modar schob mit dem Schaumlöffel den Reis heraus. Wana betrachtete durch den Dampf Modars konzentriertes Gesicht.

Modar kippte den Reis zurück in den Topf und hielt das Sieb darüber, damit Wana den karamellisierten Zwiebelsud hineingießen konnte, ohne dass die Zwiebeln mit hineinfielen. Unter Modars prüfendem Blick salzte und ölte Wana nach und vermischte dann alles vorsichtig miteinander. Darauf bedacht, die Reiskörner nicht zu brechen, rührte Wana vorsichtig den Sud unter, wie sie es von Modar gelernt hatte, als plötzlich ihr Handy klingelte. Es lag auf der Matratze in der Sitzecke, also ging Modar es holen.

»Hier, Alexander ist dran. Ich mache weiter, geh ruhig ran.«

Sie gab Wana das Telefon und wollte ihr den Schöpflöffel abnehmen, aber Wana zog den Arm weg und nahm Modar das Handy ab. Sie wollte nicht in ein Gespräch geraten, das sie nicht abwürgen konnte. Sie hatten in den letzten zwei Wochen viel gesprochen, zermürbende Telefonate geführt, aber auch vieles, vor allem das mit Leo, gut regeln können. Es war Alexander offensichtlich nicht unrecht, dass sie sich trennen wollte. Ja er schien erleichtert, sie hatte es geahnt und wollte es ihm nicht übel nehmen. Zumindest versuchte sie es. Und jetzt, wo der Reis endlich fertig war, wollte sie endlich auch hinunter zu den anderen und den Abend genießen. Diesen Abend, den sie durch nichts getrübt wissen wollte. Jetzt erst recht nicht, wo es klang und roch wie in Kabul. Wana wollte runter, sich den besten Platz am *Destarchan* aussuchen und der Musik lauschen. Nicht an Alexander, nicht an die Trennung und auch nicht daran denken, dass solche Abende jäh vorbei sein können.

»Ich rufe ihn später zurück«, sagte sie.

Modar sah sie prüfend an und sagte ernst: »Geh ran und sprich mit ihm. Er ist immerhin der Vater deines Sohnes.«

Modar wusste von ihrer Trennung! Wana hatte das geahnt und glaubte ihr anzusehen, dass sie es von ihr hören wollte. Aber jetzt, so zwischen Tür und Angel? Andererseits konnte sie auf so einen Satz nicht einfach nichts sagen.

»Ich weiß«, sagte sie deshalb.

Sie machte eine Pause, während sie den Blick senkte. Ein Reiskorn löste sich vom Löffel und fiel auf den Boden. Sie steckte das Handy in die Hosentasche, während sie einen schnellen Blick auf Modars Gesicht warf.

»Ich gehe nicht wieder zurück zu ihm. Das wollte ich dir schon lange sagen.«

Wana war froh, dass sie sich hinhocken konnte, um das Reiskorn aufzuheben. Das Handy in ihrer Hosentasche hörte auf zu vibrieren. Als sie wieder hochkam und Modar ansah, konnte sie immer noch nicht erkennen, was in ihr vorging.

»Wir hatten schon lange Probleme, und es ist besser so.«

Wana hatte falsch angefangen. *Das war doch ganz anders geplant!*, dachte sie nervös. Hektisch, bevor es zu spät war, fuhr sie fort: »Ich glaube, für mich und Leo ist es besser, wenn wir erst mal hierbleiben. Zumindest für eine Weile. Ich habe eine Bleibe in deiner Nachbarschaft gefunden, und Alexander ist einverstanden.« Wana überlegte, ob sie noch sagen sollte, dass es sich um Nikos Elternhaus handelte, da seine Mutter bald in ein Pflegeheim kommen würde. Niko hatte es ihr für ein Jahr angeboten und erklärt, dass er es weder übers Herz bringe, alles aufzulösen und zu verkaufen, noch könne er selbst dort einziehen und sich mit den Erinnerungen an seine Familie umgeben, die es nicht mehr gab. Wana schluckte.

Warum sagt sie nichts?

Endlich räusperte sich Modar und sagte lediglich: »Ich weiß.« Sie nickte, ohne die Augen von Wanas Gesicht zu nehmen.

Ein Zucken glitt unweigerlich über Wanas Stirn, obwohl sie versucht hatte, sich ihre Anspannung nicht anmerken zu lassen.

»Bist du jetzt glücklicher?«

Wana nickte, und sie spürte, wie sich ihre Muskeln entspannten.

Auch Modar atmete hörbar aus und schien erleichtert. »Gut«, sagte sie und trat einen Schritt nach vorn. Nach einem kurzen Zögern tätschelte sie Wanas Oberarm und sagte lächelnd: »Wir reden, wenn die Gäste weg sind. Am besten morgen.«

Es klang aufmunternd. Mut machend. Und zu Wanas Überraschung sehr gefasst. Dann ging Modar weg, raus aus der Küche, und als sie die Haustür hinter sich zuzog, stand Wana immer noch mit dem Rücken zur Spüle und schaute ihr verwundert hinterher. Manchmal hatte Wana den Eindruck, eine fremde Person kennenzulernen. Sie hatte sich verschiedene Szenarien vorgestellt, wie Modar auf die Nachricht von ihrer Trennung reagieren würde.

Dass sie aber so ruhig und vor allem so wortkarg bleiben würde, hatte Wana nicht einmal zu hoffen gewagt.

Hat ihr Niko das mit dem Haus schon verraten?, fragte sich Wana, als sie sich langsam zur Spüle drehte, die von schmutzigem Geschirr schon überquoll. Wana überprüfte den Reis, der vielleicht noch eine Viertelstunde ziehen musste, und machte sich derweil an den Abwasch. Während sich das Becken langsam leerte, kehrten ihre Gedanken zurück zu Modar. Sie hatte in all den Jahren morgens, mittags und abends per Hand gespült und das Geschirr immer zwischendurch abtrocknen müssen, weil auf die Ablagefläche der kleinen Spüle entweder ein paar Teller oder ein Topf passten. Seit dem Mittagessen bei Niko fielen ihr diese Dinge auf. Als ob jemand einen Schalter umgelegt hätte. Wana war es schon immer unbegreiflich gewesen, wie die immer ängstliche Modar das geschafft hatte: sich mit einem gebrochenen Mann und zwei kleinen Kindern am Rockzipfel bis nach Deutschland durchzuschlagen. Jetzt erst aber konnte sie auch die Überforderung des jungen, naiven, ehrgeizigen, aber ungebildeten Mädchens aus der Provinz sehen, dessen Freude über die gute Partie sich in Deutschland ebenso in Luft aufgelöst hatte wie der Koch, die Waschfrau, das herrschaftliche Haus am Berghang und der Ehemann, der für alles gesorgt hatte. Seit jenem Nachmittag bei Niko gelang es Wana immer besser, den Blickwinkel als Tochter zu verlassen und Modar aus einer anderen Perspektive zu sehen: als Frau, als Geflüchtete, als Überlebende. Modar hatte sich durchschlagen müssen, und zwar ohne Bobas Hilfe, der sich aus allem zurückgezogen hatte: aus ihrem Familienleben, aus den Pflichten als Vater und Ehemann. Modar war ausgerechnet in der Fremde das erste Mal auf sich gestellt gewesen, und die einzige Gemeinschaft, der einzige Halt, auf den sie Zugriff gehabt hatte, war diese afghanische Community gewesen. Eine, die konservativ und streng, aber hilfsbereit und in unmittelbarer Nähe gewesen war, ganz den eingeschränkten Möglichkeiten Modars entsprechend. Modar hatte vielleicht keine bewusste Entscheidung getroffen, sondern nach dem ersten Strohhalm gegriffen, der sich angeboten hatte. Wana kamen Modars eigene Worte in den Sinn:

»Du getan, was du musstest tun. Vielleicht nicht richtig, aber damals schwierige Zeiten, andere Zeiten.«

Es hatte Elfriede gegolten, aber Wana gingen die Worte nicht mehr aus dem Kopf. Es war nicht so, dass sie alles vergeben und verziehen hätte, die Erinnerungen an ihre Jugend taten immer noch weh, und ihr Herz war nicht frei von Groll. Aber Wana schaffte es jetzt immer öfter, einen Schritt zurückzutreten und einen Moment innezuhalten. Und erkannte erst jetzt auch, wie sehr Modar ihren eigenen Blick auf viele andere Dinge getrübt hatte. Sie hatte Modars Definitionen für das, was afghanisch war und was nicht, nie hinterfragt, nie gezweifelt, ob die sonst alles nicht sehr genau nehmende Modar vielleicht auch hier die Dinge nicht richtig einschätzte. Wana hatte sich nicht die Mühe gemacht, sich selbst auf die Suche nach Antworten zu begeben, um Modars Worte zu überprüfen, obwohl sie schon immer allen Grund gehabt hatte, ihnen zu misstrauen.

Ja, hätte ich das getan, oder wäre ich schon früher Menschen wie Khaled und Zeba begegnet, oder hätte Boba Modars afghanischer Gesellschaft etwas anderes entgegengesetzt, mehr mit seinen Leuten verkehrt, wären die Dinge vielleicht ganz anders verlaufen. Aber die Dinge sind, wie sie sind, beendete Wana ihre Grübeleien energisch und nahm die Salatschüssel, um zu den anderen zu gehen.

Niko war auch schon wieder zurück, wie sie hören konnte, während sie die Treppen hinunterstieg. Als sie um das Haus ging und den Garten sah, blieb sie von der Szenerie überwältigt stehen. Überall war Kerzenlicht. Teelichter standen in Schraubgläsern auf Hockern und auf dem Rasen verteilt. Auf dem reich gedeckten *Destarchan* steckten lange Kerzen oder Klatschmohn mit ein bisschen Grün in schlichten Glasflaschen, deren Etikett abgemacht war. Es war gedeckt: das Geschirr zu Stapeln aufgetürmt, in Schalen dazwischen Brot, Joghurt und ein Chutney-Dip aus frischem Koriander, Chilis und Essig. Wana stellte den Salat ab und konnte kaum glauben, was Nila und Biljana mit wenigen Hilfsmitteln geschaffen hatten. Es sah aus wie eine Filmkulisse: das weiche Kerzenlicht, die bunten Lichtergirlanden über ihren Köpfen, Modars afghanische *Kelims*, die um das *Destarchan* ausgelegt waren, damit niemand beim Essen auf der nackten Wiese sitzen musste. Hier und da lagen Sofakissen herum, und Wana wunderte sich – darüber, dass Modar erlaubt hatte, sie nach draußen zu tragen, und dass Modar mit den afghanischen Tänzerinnen immer noch im Kreis saß und schäkerte und lachte, obwohl diese Bier und Cocktails in den Händen hielten und ungeniert vor ihr tranken.

Nila stand mit Biljana, Niko und Behzad am Grill und schien zu wissen, was Wana dachte. Sie deutete mit dem Kopf zu Modar und kam auf Wana zu.

»Modar scheint es ja nicht mehr zu stören, wenn afghanische Frauen Alkohol trinken«, raunte Wana Nila zu, als sie sich zu ihr stellte. Modar bemerkte nicht, dass sie von ihren Töchtern aus einiger Entfernung beobachtet wurde.

»Darüber habe ich auch gerade mit Biljana gesprochen! Unglaublich, oder? Uns würde sie was husten!«

Nila schüttelte ungläubig den Kopf und schien zugleich amüsiert, während sie Modar musterte.

Wana lächelte. »Die afghanischen Gäste haben die Getränke mitgebracht. Sie haben mich vorher gefragt, und ich dachte, wenn die schon kein großes Problem darin sehen, warum dann ich?«

Die anderen Tänzer hatten Khaled, den Ältesten, vorgeschickt, der Wana um Erlaubnis gebeten hatte. Sie hatte gezögert und sofort daran gedacht, dass Modar es nicht mochte, wenn Menschen um sie herum Alkohol tranken. Und dann auch noch unverheiratete afghanische Frauen, Tänzerinnen. Wana hatte sich gefragt, ob sie einen Streit riskieren sollte, sich dann aber dazu durchgerungen, es zu erlauben. Wenn selbst Khaled, der in einer entlegenen Provinz in Afghanistan aufgewachsen war, es nicht für abwegig hielt, vor Modar Alkohol zu trinken, warum dann sie?

»Ich habe mich auch gefragt, ob ich das riskieren soll, dass es vielleicht den Abend verdirbt, aber das tut es ja offensichtlich nicht.«

Ohne den Blick von Modar abzuwenden, nickte Nila langsam. Ihr Mund öffnete sich, aber es kam kein Laut heraus.

»Außerdem dachte ich, wenn ich bald wieder hier, so nah bei Modar, leben will, dann sollte ich die Dinge von Anfang an anders angehen.«

Sie hatte Nila vor ein paar Tagen von ihrer Trennung erzählt, aber nichts davon, dass sie darüber nachdachte hierzubleiben. Wana hatte nichts sagen wollen, solange sie sich nicht sicher gewesen war.

Jetzt drehte sich Nila mit immer noch verschränkten Armen Wana zu und schaute sie mit großen Augen an. »Wie, Moment, was?« Sie starrte Wana an. Dann wanderten ihre Mundwinkel immer mehr nach oben, während ihre Augenbrauen immer noch skeptisch zusammengezogen blieben. »Du willst hierbleiben? Nicht zurück nach Berlin?«

Wana nickte.

Nila jauchzte auf und fiel ihr um den Hals. »Die Mädchen werden ausflippen!« Sie kreischte leise und sprang dann auf der Stelle auf und ab, bis sie plötzlich innehielt und Wana ansah.

»Wann willst du es Modar sagen?«, fragte sie, und eine ganz kleine Falte erschien auf ihrer Stirn.

»Sie weiß es schon«, antwortete Wana.

Nilas Kinnlade fiel herunter, und ihr Kopf wich leicht nach hinten, während ihre Augen hervortraten.

Wana musste grinsen und nickte langsam. »Ich habe es ihr vorhin in der Küche gesagt«, fuhr sie fort und kostete Nilas Reaktion aus.

Wana meinte denselben Unglauben auf Nilas Gesicht zu sehen, den sie gefühlt hatte, als sie in der Küche Modar hinterhergeschaut hatte.

»Und sie sitzt da und singt und lacht?«, fragte Nila empört und fasste sich an die Brust. »Wer ist diese Frau und was hat sie mit Modar gemacht?«

Wana fühlte sich berauscht, als sie mit Nila lachend und eingehakt zurück ins Haus ging, um oben in der Küche den Reis anzurichten. Als ob sie einen Sieg errungen hätte. Während sie später gemeinsam die Platten befüllten, erzählte Wana ihr von Khaled und seiner Freundin Zeba. Wana amüsierte es, dass sie heute Abend Nila immer wieder in Staunen versetzen konnte. Und sie freute sich über die ersten afghanischen Freunde, die sie jemals gehabt hatte und die ihr gezeigt hatten, dass es weder an »den Afghanen« noch an Wana gelegen hatte, dass es zwischen ihr und Modar, ihr und Modars Freundinnen, ihr und Behzad und seiner Familie nie gepasst hatte. Wana empfand darüber keine Genugtuung, sondern war vielmehr erleichtert darüber, dass es nicht ihre Schuld gewesen war.

»*Bah-bah*, was für ein Aroma, Wana *jaan*. Mögen deine Hände niemals schmerzen!«, rief Khaled, als er Wana die schwere Platte mit dem Reis abnahm, die sie und Nila in der Küche hergerichtet und in den Garten getragen hatten.

»*Nosche jaan*, es möge dir wohl bekommen!«

Wana setzte sich zu ihm, und ihr Blick wanderte über ihre Gäste, während Khaled seinen Teller füllte. Mittlerweile saßen alle um das *Destarchan* herum und bedienten sich, aber Wana hatte keinen Appetit, war viel zu aufgeregt und freute sich darüber, dass es allen zu schmecken schien. Sie lobten mit vollen Mündern und öligen Lippen den Duft des *Palaus*, die raffiniert gewürzten Fleischspieße und die genau richtige Schärfe des Chutneys. Wana beobachtete ihre Familie, erst Modar, dann Nila, dann Behzad, die Mädchen und Leo, und hatte den Eindruck, dass sie wie sie bei jedem Kompliment an das Rezeptbuch dachten. Die Gäste bekamen davon nichts mit, aßen, bis alles leer war, obwohl Wana gedacht hatte, sie habe viel zu viel aufgetischt. Und dann, als sie satt und vor ihren blank geputzten Tellern kaum noch gerade sitzen konnten, stand Khaled gespielt mühsam auf und ging unter allgemeiner Zustimmung zurück zu seinem Harmonium.

Schon nach den ersten Akkorden erkannte Wana das

Lied. Es war eines, das Boba immer gehört hatte. »*Da zemung zeba watan*«, ein Lied auf Paschto über die Schönheit Afghanistans. Wie kostbar er sei, der Ort, den man Heimat nennt.

Wana konnte die Melodie im Bauch und in den Beinen spüren, ihr Magen zog sich vor Sehnsucht zusammen wie der Fächer des Harmoniums. Es tat weh; die Sehnsucht nach Boba, die Sehnsucht danach, einen Ort Heimat nennen zu können. Eine Enge in der Brust tat sich auf. Sie spürte, wie die Tränen in ihr aufstiegen, aber sie wollte nicht weinen, denn wenn sie einmal anfing, befürchtete sie, würde sie sie nicht mehr stoppen können. Dieses Lied. Es rührte an etwas, das weit weg und tief in ihr verborgen lag. Es ging so weit zurück wie ihre ersten Erinnerungen. Es war nicht stark, nicht grell, sondern leicht und flackernd, die Gewissheit, dass dieses weit entfernte Land in Asien ein Teil von ihr war und genauso zu ihr gehörte wie ihre Kindheit, die sie auch nicht abstreifen konnte. Sie hatte es ein Leben lang versucht, es hinter sich zu lassen, es abzulegen, die Sehnsucht nach ihrem Zuhause und ihrem Garten. Es war ihr leichter erschienen, sich für immer davon zu verabschieden, als in der Ungewissheit zu leben, ob sie es jemals wiedersehen würde. Sie hatte sich für die Zukunft entschieden. Wieder kamen ihr Biljanas Worte in den Sinn.

»Warum glaubst du eigentlich, dass du dich entscheiden musst?«, hatte Biljana gefragt. »Wer hat dich denn vor die Wahl gestellt?«

Biljana saß neben Niko am Kopfende und bemerkte nicht, wie Wana sie dankbar betrachtete. Damals auf dem Gasometer hatte sich Wana von Biljanas Worten herausgefordert gefühlt, aber jetzt waren sie ihr ein Trost. Sie musste sich nie wieder entscheiden. Es war ein gutes, beruhigendes Gefühl, diesen Schmerz, den sie fühlte, anzunehmen. Es würde immer etwas fehlen, das wusste sie jetzt.

Während Wana den Kloß wegschluckte, erklang die erste, dann eine zweite Stimme. Nach und nach fielen die anderen ein, sangen den Text, den Wana so oft gehört hatte vor Bobas Sessel im Wohnzimmer. Sie schaute auf. Alle sahen Khaled an, der dem Chor mit einem Kopfnicken den Einsatz anzeigte. Nila, die genau gegenüber von Wana auf der anderen Seite des Esstuchs saß, sang nicht mit. Wana sah nur ihr Profil. Als ob sie Wanas Blick gespürt hätte, sah sie plötzlich Wana an. Wana versuchte zu lächeln, während ihr wieder die Tränen in die Augen stiegen. Nila auch. Nila schaute zu Modar. Wana folgte ihrem Blick. Modar saß klatschend da und ließ ihren Blick über alle schweifen. Immer wieder. Ihr Gesicht sah glücklich aus. Als sich ihr Blicke mit Wanas kreuzte, deutete Modar lachend mit dem Kopf auf Khaled und klatschte noch ein bisschen lauter. *Ja, sie ist wirklich glücklich*, dachte Wana zufrieden und konnte nicht anders, als sich von ihrer Freude anstecken zu lassen. Vielleicht das erste ehrliche unbeschwerte Lachen, das sie seit Jahrzehnten mit Modar austauschte. Modar hob ihr Kinn und sah dann auf ihre Hände, forderte Wana auf mitzumachen. Als Wana die Hände hob, ging Khaled über zu einem Volkslied. Es handelte, natürlich, von der Liebe. Ein Geliebter, der seine »Apfelblüte« besingt. Wana kannte das Lied von Modars Frauenpartys, es wurde immer mindestens einmal auf jeder Feier gesungen und bestand aus einem einfachen Refrain, zwischen dem improvisierte Vierzeiler eingeworfen werden mussten. Modar und ihre Freundinnen hatten das geliebt, und manchmal war es zu einem regelrechten

Wettbewerb ausgeartet. Modar hatte zu den Besten unter ihnen gehört und glänzte auch jetzt wieder. Wana hatte es schon als Kind bewundert, wie sie auf die Schnelle einen Reim fand und sogar die Königsdisziplin beherrschte: sich auch noch auf den Vierzeiler des Vordermanns, in diesem Fall Khaled, zu beziehen.

Es ging reihum, und Wana winkte ab, als sie dran war. Khaled aber unterbrach sein Spiel, hob die Hand und deutete auf Wana.

»Bitte, zu Ehren unserer Gastgeberin!«

Alle klatschten Wana an. Sie wurden immer lauter und fordernder, je mehr Wana abwehrte. Als junges Mädchen hatte sie das gehasst, wenn Modars Freundinnen sie gedrängt hatten, für sie zu tanzen oder zu singen. Niko pfiff auf zwei Fingern, nachdem Behzad ihm übersetzt hatte, was alle von Wana wollten. Schließlich gab sie sich einen Ruck und schummelte sich mit den Zeilen eines Klageliedes durch, das den gleichen Rhythmus hatte.

»Komm, lass uns hier weggehen, du und ich.«

Und im Chor fielen die anderen ein: »Meine Apfelblüte, meine Gefährtin.«

Niko klatschte nur, nickte anerkennend und sah Wana unentwegt an. Sie verpasste fast ihren Einsatz und sang mit etwas dünnerer Stimme als zuvor: »Nimm du meine Hand, und ich nehme den Zipfel deines Rocks.«

»Meine Apfelblüte, meine Gefährtin.« Sogar Biljana sang jetzt den Refrain mit.

»Um irgendwo zu enden, wo wir beide vor Kummer eingehen werden.«

Sie vermied es, in Nikos Richtung zu schauen. Er verwirrte sie, schüchterte sie aus irgendeinem Grund ein. Wanas Blick verfing sich an Leo, der zwischen seinen

Cousinen bei Nila saß und den es nicht mehr auf seinem Platz hielt, als der Chor wieder einsetzte. Er sprang auf und sang aus vollem Hals mit.

»Meine Apfelblüte, meine Gefährtin.«

Wana musste lachen und verlor dabei den Takt. Sie hob die Schultern, während sie schief und grinsend weitersang: »Du, weil du außer mir niemanden mehr hast. Und ich, weil ich deinen Kummer nicht ertragen kann.«

Während des tosenden Applauses rief Leo immer wieder: »Bravo, Mama, bravo!«

Seine Wangen hatten die gleiche Farbe wie die Wassermelonenflecken auf seinem weißen T-Shirt. Er schien vor Stolz zu bersten. Als ob sie und nicht Khaled dieses Lied auf dem Harmonium gespielt hätte. Am liebsten hätte sie vor Glück gejauchzt, aber sie hob nur die Hände, fiel in das Klatschen ein, zeigte dann auf Leo und warf ihm Küsse zu. Sie hoffte, dass er diesen Abend nie vergaß, dass er ihm als glückliche Erinnerung bleiben würde. Sie wünschte, ja sie betete dafür, dass er irgendwann zurückblickte und – im Gegensatz zu ihr – gerne an das Zuhause seiner Kindheit dachte. Sie öffnete ihre Arme, und Leo rannte um das *Destarchan* herum und warf sich hinein. Wana drückte ihn, schloss die Augen und fühlte sich glücklich. Sie wollte ihm alles geben, was er brauchte. Sie würde sich nicht mehr ducken, wenn sie zurückblickte, sondern den Dingen ins Auge schauen. Sie würde alles genau betrachten, sich nicht ablenken lassen von Modar und nur dem Schmerz und der Bitterkeit nachgehen, sondern Fragen stellen und sowohl die einfachen als auch die schwierigen Antworten aushalten, um endlich nach vorne schauen zu können. Für Leo, damit er wusste, woher sie kam und was sie zu der gemacht hatte, die sie war. Damit er sich nicht eines Tages fragte, ob seine Mutter jemals glücklich gewesen war, sondern die Gewissheit hatte, dass sein Zuhause auch ihres gewesen war.

Wana kam es noch viel zu früh vor, als die Tanztruppe ihren Aufbruch ankündigte. Sie mussten noch die letzte S-Bahn kriegen. Es dauerte, bis sie sich verabschiedet hatten. Sie standen schon seit einer gefühlten halben Stunde am Gartentor, als Khaled vor Modar und Wana trat. Ihn mochte Wana ganz besonders.

»Danke, *Chola jaan, chair bibienen.* Und du auch, Wana *jaan*, gesegnet sollst du sein, dass du uns eingeladen hast, um mit deiner Familie am gleichen *Destarchan* zu essen.« Khaleds Gesichtszüge waren weich geworden, als er dabei Modar wieder angesehen hatte. »Ich danke Ihnen dafür.«

»Für dich tausendmal. Sei willkommen«, antworteten Wana und Modar wie aus einem Munde.

Wana trat einen halben Schritt zurück und überließ Modar das Wort.

»*Du* sollst gesegnet sein, dass du mich heute mit deinem Harmonium und deinen Liedern für einen Abend zurück nach Kabul gebracht hast. Es fühlte sich an, als wäre ich wieder in meinem Garten gewesen. Ich habe mich seit fast vierzig Jahren nicht mehr so jung gefühlt.«

Modars rechte Hand lag zum Dank auf ihrer Brust, während sie Khaled ansah. Khaled ergriff Modars andere Hand und beugte sich vor, um sie zu küssen. Modar beugte sich ebenfalls vor und küsste Khaled auf den Kopf, wie es die Älteren tun, wenn ihnen die Jüngeren ihren Respekt bezeugen. Wana fiel wieder Modars Buckel auf, den sie erst vor Kurzem entdeckt hatte. *Es waren keine vierzig, sondern sechsunddreißig Jahre*, dachte Wana. Auch ohne die vier Jahre, um die Modar übertrieben hatte, war es eine

Ewigkeit in einem Menschenleben. In all diesen Jahren hatte Modar immer Sehnsucht nach Kabul und ihrem Zuhause dort gehabt. *Sechsunddreißig Jahre*, ging es Wana immer wieder durch den Kopf, als sie mit Modar zurück zu den anderen ging.

Die Aufbruchstimmung, die die Tanztruppe verbreitet hatte, hatte auch den Rest ergriffen. Behzad wollte die Kinder ins Bett bringen, die heute alle bei Modar schliefen, Nila und Biljana brachten die letzten Sachen in die Küche. Niko goss Wasser auf die Grillkohlen, und nachdem sich der Dampf verzogen hatte, war er mit Asche bestäubt. Modar blieb stehen und lachte. Die Schadenfreude war ihr anzuhören. Es war das Lachen, das Wana als Kind immer so vermisst hatte. Gemeinsam liefen sie auf Niko zu und wurden von Biljana und Nila abgefangen, die darauf bestanden, dass weder Wana noch Modar mithelfen sollten, die Küche sauber zu machen. Niko bot ihnen seine Hilfe an, und plaudernd gingen die drei auf das Haus zu. Wana schaute ihnen hinterher.

Ich bin das, was sie gemeinsam haben. Ich bin ihre Verbindung, stellte Wana zufrieden fest.

»Geh und genieß noch ein bisschen den schönen Abend«, sagte Modar, die von hinten an sie herangetreten war. Sie hatte offenbar ihre Sofakissen zusammengesucht und deutete mit dem Kinn auf die Hängematte.

Wana gähnte verstohlen in ihre Hand.

»Ich gehe zu den Kindern und schicke Behzad in die Küche. Dann können sie alle umso schneller wieder zu dir. Wenn du dann noch wach bist.«

Wana lachte.

Modar kicherte und trat dann einen Schritt auf Wana zu. »Das war ein schöner Abend, *Batschem*. Es war schön, deine Leute hier zu haben. Danke fürs Kochen und für alles andere.« Sie zeigte auf den Garten.

»Für dich tausendmal«, entgegnete Wana lächelnd.

Modar sah glücklich aus, als sie sich verabschiedete und Wana in der Hängematte baumelnd zurückließ.

Meine Leute, dachte Wana glücklich und musste grinsen. Biljana und Niko. Khaled und seine Freundin Zeba, die ihr schon so vertraut waren, obwohl sie sich erst seit Kurzem kannten. Ein jeder von ihnen berührte sie auf eine andere Art und Weise, holte sie an einem anderen Ort ab, ließ eine andere Seite in ihr erklingen. Seit Wana angefangen hatte, ihr eigenes, vielleicht tatsächlich »überkritisches« Bild zu hinterfragen, fiel es ihr leichter, die Schönheit zu erkennen, die es auf jeder dieser Seiten schon immer gegeben hatte. Es stimmte nicht – und hatte nie gestimmt –, dass es nichts Gutes gab, was sie mit Afghanistan verband. Boba war Afghane gewesen. Und bis zu ihrem sechsten Lebensjahr war sie ein glückliches kleines afghanisches Mädchen in Kabul gewesen. Dieser Abend war afghanisch und so perfekt gewesen.

Sie schaute dankbar hoch in den dunklen Abendhimmel, so dunkel, wie er in der Stadt eben sein kann, und suchte nach dem Sternbild des Schützen. Das einzige, das sie kannte.

Was, wenn wir in Kabul geblieben wären? Wäre ich dann anders?, fragte sich Wana. Oder wäre sie im Kern immer gleich geblieben, wie dieses Sternbild, das immer so aussah, egal, von welchem Land man es betrachtete?

Und plötzlich wusste sie, dass sie dorthin zurückmusste, wo alles begonnen hatte, damit sie diese Fragen beantworten konnte. Sie musste die Antworten auf das Woher und das Wohin kennen, damit sich das Leben sicher anfühlen konnte. Sie musste zurück zu dem Kind, zurück nach Kabul, und wenn es nur einmal war. Nur noch einmal zurück in ihren Garten, ihn wiedersehen und nachsehen, was aus ihm geworden war. Und um Leo einen Ort zu zeigen, der zu ihr gehört hatte, als sie in seinem Alter gewesen war. Sie würde dieses Haus in Kabul, den Garten und ihren Baum nie vergessen können, das wusste Wana jetzt. Genauso wenig wie den Klang des Harmoniums, Bobas Musik, die Gewürze und das Essen sie immer im Innersten berühren würden, egal, was sie tun würde, um alles zu vergessen, was sie als Kind erlebt hatte. Es war ihre Kindheit, mit all dem Schönen und all dem Leid, das in ihr steckte.

Ich muss Modar mitnehmen, schoss es Wana auf einmal durch den Kopf, und Modars Buckel erschien vor ihren Augen. Wann immer sie diese Reise nach Kabul antreten würde, es musste mit Leo und Modar sein, die schon seit Jahrzehnten darauf wartete.

Lautes Lachen und Geschirrklappern erklangen aus der Küche. Biljanas Stimme war deutlich zu hören. Wana verschränkte die Arme hinter dem Kopf und grinste die Sterne an, während ihr Tränen in die Augen stiegen. Sie spürte wunschloses Glück, das zufrieden machte und Lust auf die Zukunft. Sie schloss die Augen. Es roch nach gemähtem Gras und Grillkohle. Als Wana die Lider wieder aufschlug, wehte der Wind über die Blätter der Baumkrone. Sie betrachtete die noch unreifen Eicheln an den kurzen Stielen, die wie Glocken herabhingen. Erst im Herbst waren sie reif und fielen ab.

Wana sah, dass das Licht in der Küche erloschen war. Kurz darauf hörte sie die Haustür aufgehen und Gemurmel näher kommen. Wana hievte sich hoch und ließ ihren

Blick über den alten Garten und die Gruppe schweifen, die im Dunkeln auf sie zukam. Egal, was bis jetzt passiert war und noch geschehen würde, sie hätte bei diesen drei Menschen immer eine Zuflucht. Wana atmete tief ein, und es fühlte sich leichter an als sonst. Ja, jetzt war sie stark genug, nach vorne zu schauen, weiterzugehen. Sie würde es schaffen. Und sie musste es nicht allein schaffen. Nila, Niko und Biljana wären da, um ihr zu helfen. Und Modar.

Wana straffte die Schultern, schwang ihre Beine über das Tuch und ging ihnen entgegen. Sie wusste, dass eine neue Zeit angebrochen war und dass die Dinge nie wieder so sein würden, wie sie einmal gewesen waren. Endlich.

ENDE

NACHWORT

Als ich die ersten Zeilen von Wanas Geschichte aufgeschrieben habe, hätte ich nie gedacht, dass sie mich sechs Jahre begleiten und als Roman veröffentlicht werden würde. Im Jahr 2014 begann es als Kurzgeschichte, und ehe ich michs versah, war daraus ein Roman über die Sehnsucht nach Zugehörigkeit geworden, die in uns allen steckt. Denn ob Geflüchtete oder nicht, wir sind alle ein Leben lang auf der Suche nach einem Ort, wo wir zu Hause sind, man uns akzeptiert und wir uns angenommen und angekommen fühlen.

Für uns alle ist die Reise zu diesem Ort nicht einfach, für manche schmerzhafter als für andere, einige bleiben auf der Strecke, und andere kommen erst nach vielen Jahren voller Hindernisse an. Für Menschen, deren Identität außerhalb der gesellschaftlichen Mehrheit steht, ist dieser Weg noch beschwerlicher. Wana ist eine fiktive Figur, die für viele Frauen of Color steht, die mühsam um ihre Identität ringen und sich auf der Suche nach einem Ort, wo niemand ihre Zugehörigkeit infrage stellt, fast selbst verlieren. Persönlichkeiten, die zerrissen sind von dem vermeintlichen Glauben, sich von einem Teil ihres Selbst trennen zu müssen, um in einer Gemeinschaft zu leben, die sie aufrichtig akzeptiert.

Ich war immer davon ausgegangen, dass die Suche

von Generation zu Generation einfacher werden würde. Aber ich fürchte, dass es für Jugendliche of Color heute in Teilen Deutschlands noch schwieriger und konfliktbeladener ist, erwachsen zu werden, als es für mich und meine Freund*innen im Jahr 1990 im Ruhrgebiet war. Deutschland befand sich damals noch im Taumel der Wiedervereinigung, und auch ich spürte das erste Mal so etwas wie ein patriotisches Gefühl für dieses Land. Eine friedliche Revolution, die vierzig Jahre Trennung beendete, auch zwischen uns und unserer Westberliner Familie, deren Anreise nach Westdeutschland bislang immer beschwerlich gewesen und nun viel leichter war.

Dann wurde Amadeu Antonio ermordet, und alles an dieser Tat verstörte und schockierte mich zutiefst: die Brutalität, mit der die Täter das Opfer totgeprügelt hatten, die Untätigkeit unmittelbar anwesender Polizeibeamter und dass der Aufschrei der Gesellschaft, den ich erwartet hatte, ausblieb. Das eben noch empfundene Zugehörigkeitsgefühl war im Nu verschwunden. Mir war es damals vergönnt, meine Familie und meinen Freund*innenkreis als Zuflucht zu haben. Ich habe erst nach Jahren erkannt, wie wichtig und entscheidend es für meine persönliche Entwicklung war, diese sicheren Orte zu haben, wo der wachsende Rassismus gesehen, ernst genommen und nicht kleingeredet wurde. Und ich vor allem Menschen um mich hatte, die mich darin bestärkt haben, mich dem Gefühl der Entfremdung nicht zu ergeben. Ich bin so dankbar, im Ruhrgebiet aufgewachsen zu sein, wo Einwanderung seit über hundert Jahren das Miteinander prägt. Ich hatte in der Schulzeit Freund*innen, deren schlesische Familien aus dem heutigen Polen oder deren Familien aus Griechenland, der Türkei, aus dem Iran, aus Afghanistan, aus dem Libanon, aus Marokko, aus Jugoslawien und später aus Bosnien, Serbien oder Kroatien kamen. Gleichzeitig waren Einwanderung und Fluchterfahrung auch Teil der Familiengeschichten vieler meiner weißen Freund*innen. Es war tröstlich, dass viele in meinem Umfeld wussten, was es heißt, noch mit einem Bein in einem anderen Land zu stehen, und wie lang es dauert, bis man so angekommen ist, dass man seine Toten nicht mehr in »die Heimat« überführt, sondern dort bestattet, wo man lebt und sich endlich zu Hause fühlt.

Als ich das letzte Kapitel meines Romans schrieb, ereigneten sich die Terroranschläge in Halle und Hanau. Diesmal musste ich mich nicht ins Private zurückziehen, um mich unter Menschen zu begeben, die wussten, was es heißt, von Rassismus betroffen zu sein, die dasselbe fühlten wie ich. Ich fand sie überall im öffentlichen Raum: in Artikeln, in Kommentaren, in Blogs, Podcasts, in Büchern, in der Kunst und in der Musik. Diesmal sprachen wir selbst für uns und über uns, gaben uns sichere Räume für unsere Trauer, für unsere Wut und für unsere Angst. Angst, die wir Mütter, Väter, People of Color, Schwarze, Jüd*innen, Muslim*innen, Linke, queere Personen nicht erst seit der Ermordung von George Floyd haben, sondern seit Eberswalde, Lichtenhagen, Hoyerswerda, Mölln, Solingen, den Morden der NSU, seit Halle, seit Hanau. Seit mindestens dreißig Jahren, in denen die rechte Bedrohung immer weiter angewachsen ist und in denen der Rassismus Einzug in die Landesparlamente und den Bundestag gehalten hat. Wir sehen erst Bilder von der Erstürmung des Reichstags, keine vier Monate später die des Kapitols und reiben uns immer noch ungläubig die Augen. Was überrascht uns denn so? Es passiert immer wieder, und es passiert nicht nur in Deutschland: Rassisten, die sich als »das Volk« ausgeben und die als Abgeordnete, als Staatschefs und als Präsidenten applaudieren, wenn der rechte Mob die Institutionen der Demokratie erstürmt und verhöhnt. Umso wichtiger, dass wir aufstehen, uns abgrenzen, laut werden und dagegenhalten. Nicht nur wir als Betroffene, sondern wir als Gesellschaft, und nicht nur gegen den offenen und sichtbaren, sondern vor allem gegen den subtilen und alltäglichen Rassismus, der diesem Mob den Nährboden bietet und ihn salonfähig macht. Der Rassismus, der sich zwischen den Zeilen, in Andeutungen und Zweideutigkeiten versteckt. Der nicht so einfach auszumachen ist und nicht immer in böser Absicht geschieht, der aber jeden Tag um uns herum und am häufigsten stattfindet: die »Andersmachung«, die vermeintlich harmlose Stereotypisierung, die Exotisierung und die Nichtrepräsentation. Je länger die Mehrheit dies leugnet und verharmlost, desto tiefer wird der Graben sein, den der Rassismus durch unsere Gesellschaft zieht. Es hat sich schon längst festgesetzt, ist strukturell geworden.

Wir wehren hier nicht mehr den Anfängen, und es wird auch nicht bei uns Minderheiten haltmachen, wir sind mittendrin, und es geht um uns alle. Denn dort, wo heute Schwarze, Muslim*innen, Jüd*innen, queere Menschen nicht mehr sicher sind, sind es morgen auch nicht mehr die Demokrat*innen, die Journalist*innen, die Unangepassten, die Andersdenkenden, die Freiheitsliebenden. Wo gestern noch gegen Geflüchtete gehetzt wurde, wird heute das Recht von Frauen auf Abtreibung, die Geschlechtergleichheit oder die Pressefreiheit in Frage gestellt. Wir, die wir alle vom rechten Hass betroffen sind, sind auch natürliche Verbündete im Kampf gegen Rassismus und Rechtsextremismus. Wir sollten zusammenstehen, wir sollten #unteilbar sein, denn im Zweifel sitzen wir am Ende des Tages alle im selben Boot.

DANKSAGUNGEN

Ich danke dem Einen, der alles erschaffen und auch mich mit dem Schreiben gesegnet hat. Er hat mir ein Ventil und einen Anker geschenkt, der mich Zeit, Hunger, Erschöpfung und Angst vergessen und mich in schwierigen Situationen mit der Sprache spielen lässt, obwohl ich eigentlich sprachlos bin.

Wie unter meinen Ahnen üblich, beginne ich mit den Ältesten, um meiner Familie zu danken, mit meinen Großeltern, deren Biografien mir ein Leben lang eine Inspiration gewesen sind. Vor allem die meiner Großmutter mütterlicherseits, Keshwar Soltan, die ich von allen Großeltern am besten kannte. Bobo jaan, was für ein großes Vorbild Du mir gewesen bist, erfasse ich erst, seit ich älter bin. Du warst mir als Frau immer ein Beispiel. Alle, die ich als Kind kannte, hatten Respekt vor Dir, obwohl Du nie die Stimme erhoben hast. Deine ruhige Art, Deine Anmut und, ja, Deine Coolness sind mir bis heute ein Maßstab.

Kobra jaan, Apa jaan, Du warst keine Blutsverwandte, aber nicht weniger als die zweite Säule der Familie. Du bist bei Bobo jaan geblieben, als sie jung verwitwete, und hast ihre Kinder wie Deine eigenen aufgezogen. Ich danke Dir dafür und für Deine leckeren Rezepte, Deine immer wirkenden Hausmittel und Deine unflätigen Witze, mit denen man heute noch herrlich schockieren kann. Du und Bobo jaan wart ein unglaubliches und ungleiches Gespann. Ich wünschte, ich hätte mehr Zeit mit Euch gehabt.

Was wäre ich ohne meine Eltern, Karima und Baryalai, die uns packten und alles hinter sich ließen, als das Haus gebaut, die Kinder aus dem Gröbsten raus und die Karrieren auf den Weg gebracht waren. Ihr habt nicht resigniert, wie ich es vielleicht getan hätte. Danke, dass Ihr uns immer ein Zuhause und Wurzeln gegeben und dass Ihr unsere Freund*innen in diesem Zuhause immer willkommen geheißen habt, egal ob sie Weiße, Schwarze, People of Color oder Teil der LBGTQ-Community waren. Eure Toleranz, die nie im Widerspruch zu Eurem Glauben stand, lässt mich heute an die Barmherzigkeit Gottes glauben. Die Familie, die mir immer ein sicherer Hafen war, habt Ihr mir erst geschaffen. Ihr wart es, die uns vermittelt habt, wie schön es ist, Tanten, Onkel, Cousins und Cousinen zweiten, dritten und fünfundachtzigsten Grades zu haben.

Ich danke meiner Schwiegermutter, Homaira, die ich leider nie kennenlernen durfte und die ihren Sohn so erzogen hat, dass er meinen Kindern ein wunderbarer Vater ist. Und meinem Schwiegervater, Rateb, der von uns gegangen ist, bevor er dieses Buch lesen konnte. Koko jaan, Du hast an mich geglaubt und mich selbst über Deinen Tod hinaus noch viele Dinge gelehrt. Ich denke oft beim Kochen an Dich.

Amin, ohne Dich hätte ich dieses Projekt nie machen können. Du bist für mich eingesprungen, damit ich schreiben konnte, hast mir drei herzerfreuende Kinder geschenkt und machst so schöne Musik. Mit Dir tanze ich immer noch am liebsten. Dostet darom.

Samira, Mirweis, Fereschta: Ihr steht immer an meiner

Seite und hoffentlich auch dann noch, wenn wir alt und grau sind. Danke, dass wir uns streiten können wie früher als Kinder: unerbittlich, aber nie nachtragend. Wahed, ich bin so froh, dass meine Kinder in Deiner Nähe aufwachsen. Ich liebe unsere Selma- und Patty-Momente: scheschtan ghaybat mekonan wa paff, paff zigrett mekaschan.

Laith, mein Großer, Du hast Dir meine Geschichten immer wieder gern angehört. Ich liebe es, Dir meine Texte vorzulesen. Du bist ein gütiger Sohn, ein loyaler Freund und ein toller großer Bruder. Ich bin wahnsinnig stolz darauf, wie gut Du mit Menschen umgehen kannst. Mögest Du immer auf der Sonnenseite des Lebens stehen.

Hila, ich bin so dankbar, dass ich sagen darf, dass ich eine Tochter habe. Du bist jetzt schon eine Marke. Ich liebe Deine Lache und Deine unberechenbare Art und freue mich auf ein Leben mit Dir an meiner Seite. Jetzt bist Du meine Prinzessin, aber wenn Du groß bist, wirst Du eine Königin sein. Sei frei und wild, egal, was die anderen sagen.

Lemar, mein süßer, frecher Lemar. Du bist sanft und stur und unfassbar charmant. Deine Sprüche sind jetzt schon legendär. Du bringst mich zum Lachen, auch wenn ich eigentlich böse sein will. Mögest Du den Segen aller haben, um die Welt zu erobern.

Ich danke meiner Nichte Iman, die mir eine Ahnung davon gegeben hat, wie es ist, ein Kind zu haben. Und meinen Neffen John, Kijan und Arian dafür, dass ich immer lächeln muss, wenn ich an sie denke. Es ist eine solche Freude, Euch aufwachsen zu sehen. Es beruhigt mich zu wissen, dass Eure Generation – Ihr und mein Laith, meine Hila und mein Lemar – den Zusammenhalt als Familie zu schätzen weiß. Mir läuft das Herz vor Glück über, wenn ich Euch zusammen erlebe.

Ich bin Teil einer wunderbaren Großfamilie, die sich über mehrere Kontinente und Generationen erstreckt und die erfreulicherweise so umfangreich ist, dass sie es mir nachsehen wird, wenn ich nicht jeden namentlich aufzählen kann, obwohl ich es sehr gerne getan hätte. Danke für die Nähe und Geborgenheit, die es trotz der großen Entfernungen zwischen uns gibt. Ich kann es nicht erwarten, dass wir wieder zusammenkommen. Ihr seid laut und einzigartig. Ich bin so froh, dass ich meinen Kindern zeigen kann, wie schön das ist, eine gemeinsame Geschichte zu haben, die immer weitergeht.

Ich danke meiner alten Nachbarschaft in Essen-Katernberg, wo ich aufgewachsen bin, von der ich bis heute träume. Wie außergewöhnlich unser Zusammenhalt war, verstehe ich erst, seit wir dort ausgezogen sind. Mit Euch als Ideal ziehe ich seither durch die Welt und denke bei jedem neuen Zuhause an Euch und daran, was mein Boba immer gesagt hat: »Sei gut zu Deinen Nachbarn. Denn in schlechten Tagen ist niemand so schnell bei dir wie sie.«

Ich bin auch gesegnet mit meinen jetzigen Nachbarn, die mir immer wieder ihre Wohnungen überlassen haben, damit ich ohne Kindergeschrei und Chaos schreiben kann: Danke, Niko, Philip, Zein, Gaelle und Eduardo, es waren auch Eure Balkone, Eure Schreibtische, an denen diese Zeilen entstanden sind. Ghafar, Angelika, Heike, Ilse, Mega, Joanna, Tanja und Selma: Danke, dass Ihr mir immer wieder die Kinder abgenommen habt, damit ich meine Fristen einhalten konnte.

Viele Seiten dieses Buches sind in der Ora Bar und im Yaam in meiner Nachbarschaft entstanden. Danke, dass Ihr Euch nicht wichtiger als Eure Gäste nehmt und sie in Ruhe lasst, ohne sie zu vernachlässigen.

Nina, Anna, Petra, Hiba, Wagma, Sohra, Manija, Lela, Claudi, Tinka, Kristina, Zari und viele andere Freundinnen, die ich nicht namentlich aufzählen kann: Danke, dass ich mich mit Euch immer jung fühlen darf und Ihr mit mir in Würde altert. Ihr seid großartige Frauen und Freundinnen. Liebe Bettina, Deine Loyalität als Freundin rührt mich immer wieder. Danke, dass Du Dich in Vertretung für meine verstorbene Schwiegermutter um uns, um mich und Amin und unsere Kinder, kümmerst, nachfragst und einfach immer da bist.

Last, but not least danke ich meiner Agentin, Dorothee Schmidt, die an mich als Autorin geglaubt hat, bevor ich damit begonnen habe. Ich hätte nie gedacht, dass ich so etwas kann, bis Du es mir gesagt hast. Und dem Ullstein-Verlag und meinen Lektorinnen, Linda Vogt und Claudia Winkler, für das Vertrauen, das sie in mich und in die ersten Seiten dieses Romans gesetzt haben.

GLOSSAR

Batschem: mein Kind
Kabob: gegrillte Fleischspieße
Lala: großer Bruder
Nafas: wörtliche Bedeutung »Atem«, hier »mein Schatz«
Toba: Ausruf der Reue
Ya Rabb: Oh Gott
Bibi: Oma
Ied-e-Ramazan: Fest am Ende des Fastenmonats Ramadan
Batsche-Sag: Hundesohn
Ofarin: bravo
Doktar: Doktor
Ya Choda: Oh Gott
Iedie: Geldgeschenke an Festtagen
Aschak: mit Porree gefüllte Teigtaschen
Choda: Gott auf Dari
Nako: Hör auf
Wa-Wa: Ausdruck des Erstaunens
Chola: Tante mütterlicherseits
Madla: schlesische Mundart für Mädchen
Muttel: schlesische Mundart für Mama, Mutti
Wiee: Ausdruck des Entsetzens